El cerrador

EDICIÓN JUVENIL

cerrador

EDICIÓN JUVENIL

MARIANO RIVERA

con Wayne Coffey

Adaptado por Sue Corbett

LITTLE, BROWN AND COMPANY

New York • Boston

A mi Señor y Salvador, Jesucristo,
y a la familia con que Él me ha bendecido:
mi hermosa esposa Clara y nuestros
tres maravillosos hijos: Mariano Jr., Jafet y Jaziel

Índice

El cerrador

EDICIÓN JUVENIL

Prólogo

Es un hermoso día soleado de otoño en el Bronx, Nueva York, con temperatura de casi setenta grados (F). Tenemos de visitantes a los Gigantes de San Francisco, quienes ya han sido eliminados de la postemporada, mientras que nosotros seguimos luchando por clasificar, a tres partidos del líder para la clasificación del comodín, con tres equipos al frente de nosotros en el tablero de posiciones.

Es el día 22 de septiembre de 2013.

Increíblemente, también es el "Día de Mariano Rivera".

He jugado para los Yankees de Nueva York durante diecinueve años, pero este será mi último. Es una realidad agridulce.

Los Yankees han planificado algún tipo de celebración de mi carrera, pero no tengo idea respecto a los detalles. Lo único que sé es que Clara, mi esposa, estará allí, al igual que mis tres hijos. Me visto temprano para la celebración antes del partido, y entonces espero en uno de los túneles detrás del jardín en espera de mi señal para entrar al estadio.

Una de las cosas por las cuales se me conoce es por mi aspecto tranquilo. Mi calma exterior no es algo fingido. Nunca he sido propenso a ponerme nervioso en momentos de apuro.

En este momento, estoy nervioso.

He escrito algunas palabras inadecuadas de agradecimiento en un pedazo de papel, a mis padres, a mi familia, a mis compañeros de equipo, al personal de los Yankees, y sobre todo, a los fanáticos de los Yankees. No quiero quedarme sin palabras en este momento.

Finalmente me dicen: "Te toca ahora, Mo".

Hay un aglomerado de personas en el Monument Park, el museo detrás del muro del jardín central donde los Yankees exhiben los números retirados de sus mejores jugadores, así como el número 42, el cual vistió Jackie Robinson, el primer afroamericano que jugó en el béisbol de las Grandes Ligas.

Debido a su aportación extraordinaria, el béisbol retiró el número de Robinson en el 1997. Pero al momento, habíamos trece jugadores que aún vestíamos el 42. Se nos permitió seguir vistiendo ese número hasta el final de nuestras carreras.

Soy el último jugador activo que aún viste el 42.

Atesoro el poder haber honrado al Sr. Robinson de esta manera.

Ahora, en el Día de Mariano Rivera, el número 42 del Sr. Robinson, pintado en el azul brillante del equipo para el cual jugó, los Dodgers, ha sido reemplazado con una placa de bronce y se le ha dado un lugar prominente de honor en el Monument Park.

En el lugar donde ha estado colgando su placa, al final de una hilera de números ya retirados por los Yankees—el 4 de Lou Gehrig, el 3 de Babe Ruth, el 5 de Joe DiMaggio—hay un nuevo 42, pintado en el azul Yankee contra un fondo de rayas.

Es *mi* número 42 el que los Yankees están retirando en el Día de Mariano Rivera. Debajo del número hay una placa que dice:

MARIANO RIVERA

A "Mo" se le considera el mejor cerrador en la historia del béisbol. Vistió las rayas durante toda su carrera, desde el 1995 al 2013, y se convirtió en el líder de partidos lanzados de la franquicia. Brillando bajo presión, acumuló la mayor cantidad de juegos salvados en la postemporada. Nombrado en trece ocasiones al Juego de Estrellas, se retiró siendo el líder de todos los tiempos en partidos salvados.

Siento que el corazón se me va a salir del pecho. "Guau", digo en voz alta. Me siento tan honrado.

¿Qué hago aquí?, digo para mis adentros. ¿Cómo podría estarle sucediendo esto a un muchacho flaco de una pobre aldea pesquera al sur de Panamá, un muchacho que ni siquiera tenía guante cuando hizo su prueba para los Yankees?

Sigo asombrado.

En el jardín, la banda de rock *Metallica* está tocando su canción "Enter Sandman" [Entra Sandman]. Es la música de entrada que los Yankees tocan siempre que entro a cerrar un partido. Alzo mi puño hacia la banda. No soy fanático de la música *heavy metal*, pero la banda y yo siempre estaremos entrelazados por esta canción.

Camino desde el campo exterior hasta el montículo, donde hay más personas que quieren decir adiós, y más tributos.

Estas despedidas formales se han estado llevando a cabo a lo largo de toda la temporada: la Gira de Despedida de Mariano Rivera. Sin duda, hay equipos, como los Mellizos de Minnesota, contra quienes siempre lancé bien, que se alegrarán al ver que me voy. Los Dodgers de Los Ángeles me dan una caña de pescar. Los Rangers de Texas me dan un sombrero de vaquero y unas botas. Los Yankees también me tienen un regalo especial: es una mecedora.

Por fin me entregan un micrófono. ¿Qué podré decirle yo a este público de cincuenta mil personas que exprese lo que ellos, lo que mi carrera, y lo que el ser un Yankee de Nueva York han significado para mí? Se me olvida por completo la nota que llevaba en el bolsillo de atrás, pero me acuerdo de darle las gracias a mi familia, mis compañeros de equipo, y sobre todo a los fanáticos. Me empiezo a quedar corto de palabras, así que digo las dos palabras más cercanas al corazón de cualquier jugador o fanático del béisbol: "*¡Play ball!*".

Derek Jeter, quien ha sido mi compañero durante dos décadas, desde que jugábamos Doble A en Greensboro, Carolina del Norte, me da un abrazo y un espaldarazo. "Te mantuviste bastante bien", me dice. "Creí que ibas a llorar".

No lloré.

No en ese momento.

Las lágrimas llegarían, eventualmente, pero no serían lágrimas de tristeza. Serían lágrimas de gozo del hijo de un pescador cuyos sueños no tan solo se hicieron realidad, sino que llegaron más grandes de lo que jamás se hubiera atrevido a imaginar.

El hijo de un pescador

Uno no juega con los machetes. Aprendo eso desde niño, décadas antes de haber oído acerca de una recta cortada, mucho menos lanzar una. Aprendo que uno no toma el machete para comenzar a hacer *swing* con él como si fuera un bate de béisbol o un palo de escoba. Tienes que saber cómo usarlo, conocer la técnica correcta, y de ese modo ser eficiente y no complicarse. Si me lo fueras a preguntar, te diría que este es el modo correcto de comportarse en todos los aspectos de la vida.

No te compliques.

Mi abuelo, Manuel Girón, me enseña todo lo que sé sobre usar un machete. Salimos a los cañaverales y me enseña cómo agarrarlo; cómo doblar mis rodillas y mover el filo para que esté alineado con la superficie que quieres cortar; no un golpe al azar, sino algo más preciso. Tan pronto lo domino, corto todo nuestro césped con un machete. El césped no es muy grande que digamos, se parece más en tamaño a un montículo que al jardín, pero aun así corto cada pulgada cuadrada a filo de machete. Me echo una hora, tal vez dos. Nunca me apresuro. Se siente bien cuando termino.

Una mañana, a finales de marzo del 1990, no llevo el machete conmigo cuando salgo al amanecer, respirando como de costumbre el fuerte olor a pescado que proviene de la costa cercana a mi casa. No me hará falta el machete, ni ese día ni el que le sigue.

Tengo veinte años de edad. Acabo de firmar un contrato para jugar béisbol para los Yankees de Nueva York. No estoy seguro de lo que esto significa, pero tengo esperanza: esperanza de que mis días de cortar el césped con el machete, o de trabajar en el barco de pesca de mi padre, han llegado a su fin, aunque sea siquiera por un ratito.

Unas semanas antes, un buscatalentos de los Yankees llamado Herb Raybourn se sentó a la mesa en la cocina de la casa de mis padres. Era una casa de cemento de dos habitaciones a unos pasos de la playa en Puerto Caimito, la aldea de pesca donde he vivido toda mi vida. Mis padres duermen en una alcoba, y los cuatro hijos dormimos en la otra. Tenemos un par de pollos en el patio de atrás. No hay un cable extendido sobre nuestra casa para un teléfono, no tenemos uno, pero sí hay un árbol cuyas ramas cuelgan bien cerca del techo de zinc cuando se cargan de mangos.

Antes de la llegada de Herb, le digo a mi padre que un

gringo viene de camino para ofrecerme una oportunidad para jugar béisbol profesional. Mi padre acepta escuchar lo que el señor Raybourn tenga que decir. Resulta que Herb es panameño y habla español, aunque parezca blanco. Coloca unos papeles sobre la mesa de la cocina.

"Los Yankees de Nueva York quisieran extenderte un contrato y te pueden ofrecer dos mil dólares", dice Herb. "Creemos que eres un joven con talento y un futuro brillante".

Herb añade que los Yankees incluirán un guante y unos ganchos de béisbol en su oferta. Al momento me estoy ganando cincuenta dólares por semana en el barco de pesca de mi padre.

"Como tienes veinte años de edad, no te vamos a enviar a la República Dominicana como hacemos con los adolescentes", afirma Herb. "Te vamos a enviar directo a Tampa para el entrenamiento primaveral".

La manera en que lo dice me hace pensar que el ir a Tampa (me pregunto, ¿en dónde queda Tampa?), en vez de ir a la República Dominicana, podría ser una buena noticia; pero no reacciono, porque no quiero que el señor Raybourn se dé cuenta de lo ingenuo que es su más reciente contratado. Puede que jamás haya oído de Tampa, pero tampoco conozco acerca de la República Dominicana. Los más lejos que he estado de casa es en la frontera con Costa Rica, un viaje de seis horas en automóvil en dirección al oeste.

Esto es lo bien poco que entiendo acerca de cómo

trabaja el béisbol profesional: me creo que si firmo con los Yankees seguiré jugando en Panamá. Me imagino que me mudaré a Ciudad de Panamá, obtendré un uniforme que se vea mejor, junto con un buen guante y un par de zapatos que no tengan un agujero en el dedo gordo del pie, como los que me puse para mi prueba con los Yankees. Podré jugar béisbol, ganarme un poco de dinero, y entonces realizar mi verdadera meta: convertirme en un mecánico. Soy bastante bueno arreglando cosas. Me gusta arreglar las cosas. Si puedo ganar dinero jugando béisbol, tal vez podría ahorrar lo suficiente como para ir a la escuela de mecánicos.

Lo que conozco acerca de las Grandes Ligas es casi nada. Sé que Rod Carew, el mejor jugador de béisbol en la historia de Panamá, jugó allí. Sé que hay dos ligas, la Americana y la Nacional, y que hay una Serie Mundial al final de la temporada. Nada más. Ya estoy en las Grandes Ligas cuando oigo a alguien mencionar el nombre Hank Aaron por primera vez.

"¿Quién es Hank Aaron?", pregunto.

"No puedes estar hablando en serio", dice el hombre.

"Sí, lo estoy. ¿Quién es Hank Aaron?"

"Es el líder de jonrones del béisbol de todos los tiempos, el hombre que pegó setecientos cincuenta y cinco jonrones para rebasar la marca de Babe Ruth", me dice.

"¿Quién es Babe Ruth?", vuelvo a preguntar.

El tipo mueve la cabeza con incredulidad y se va.

Así que Herb tiene que explicármelo todo con lujo

de detalle, a un muchacho tan flaco como un palillo y completamente ingenuo: "No, no te vas a quedar en Panamá", me dice. "Cuando firmas con una organización de Grandes Ligas, te mudas a los Estados Unidos". Me aconseja que invierta un poco del dinero que me sobre en algunas camisas, ropa interior y una maleta para llevarlas. "Tal vez estés un poco nervioso porque no hablas inglés".

Esta es una sutileza enorme. No estoy nervioso. Estoy aterrado. Pero trato de disimularlo. No quiero que Herb se vaya a imaginar que no soy tan buen prospecto a fin de cuentas.

Pasan las semanas. Llega el boleto de avión a Tampa. Ahora esto se está poniendo en serio.

Llegó la hora.

"Vamos, Pili", dice mi madre. Pili es el sobrenombre que me puso mi hermana, Delia, cuando yo era bebé. Nadie sabe por qué. Es el nombre con el cual mi familia me ha llamado durante toda mi vida.

Mi padre enciende nuestra camioneta, llamada "Turbo". Tiene diez años, está mohosa y maltrecha, y en nada se asemeja al ideal de un auto de carreras. Pero para nosotros, es Turbo.

Clara Díaz Chacón, mi novia, está sentada al frente, entre mi padre, Mariano, y mi madre. Tiro mi nueva maleta en el cajón y luego entro, junto a mi primo Alberto. Mi padre pone a Turbo en marcha atrás y salimos de la entrada de la casa hacia Vía Puerto Caimito, la única carretera que entra y sale de nuestra aldea, y la única carretera que está pavimentada.

Pasamos por Chorrera, una ciudad más grande a cinco millas al este, en donde asistí, brevemente, a la secundaria. Luego atravesamos un camino curveado y agrietado, pasando cabras y plantas de plátanos y secciones de selva.

Ya sé a hacia dónde vamos: al Aeropuerto Internacional Tocumén en Ciudad de Panamá, pero tengo mucho más incertidumbre respecto hacia dónde me encamino.

Soy un desertor de la escuela secundaria. Ni siquiera terminé el primer año en la Escuela Secundaria Pedro Pablo Sánchez, un edificio en forma de U con un patio interior donde los perros callejeros duermen en cualquier rincón de sombra que puedan encontrar. El abandonar la escuela es una decisión terrible, pero un día me levanto y me voy, pasando los perros dormidos a la salida, en mis pantalones azules y camisa blanca bien planchaditos. (Yo mismo plancho el uniforme; me gusta que las cosas estén nítidas). No estoy pensando bien las consecuencias de abandonar la escuela, y mis padres no me convencen de lo contrario. Son gente de clase trabajadora que son inteligentes, pero no están convencidos del beneficio de terminar la escuela y de ganarse un grado universitario.

Mi última lección escolar, y la gota que colmó la copa, llega en la clase de matemática de la señora Tejada. Ella nunca trata de disimular lo mal que le caigo, mirándome como si mi presencia en su salón de clases fuese un agravio personal. Jangueo con chicos que no son unos problemáticos, pero a quienes definitivamente les gusta hacer travesuras. Supongo que se trata de culpa por asociación.

Un día, algunos de nosotros estamos bromeando, prestando poca atención al teorema de Pitágoras, pero mucha atención al muchacho que estábamos atormentando. Uno de mis amigos hizo una bola de papel y la lanzó contra la cabeza del muchacho.

"Oye, dejen eso", dice el muchacho.

No soy el lanzador en este caso, pero me río.

"¡Rivera!" La señora Tejada siempre me llama por mi apellido. "¿Por qué lanzaste eso?"

"No lancé nada", digo.

"No me digas que no lo lanzaste. Ven acá", me ordena.

No hice nada malo. No voy a ninguna parte.

"¡Rivera, ven aquí!", repite ella.

Vuelvo a desafiar una orden directa y ahora está verdaderamente molesta. Camina hasta mi pupitre y se para ante mí.

"Vas a salir de este salón de clases ahora mismo", dice ella, mientras me escolta hasta el pasillo, donde me paso el resto de la clase de matemáticas no haciendo matemáticas.

El director me suspende por tres días, pero la sentencia resultó ser mucho más larga que eso. Jamás regreso a la Escuela Secundaria Pedro Pablo Sánchez. Tampoco vuelvo a ver a la señora Tejada hasta que me la encuentro en un mercado luego de haber pasado varios años jugando béisbol profesional.

"¡Hola, Mariano!", me dice. (Noten que ahora nos llamamos por los nombres propios). "Felicidades por tu carrera beisbolística. He estado al tanto de lo bien que te va".

No hubo mala mirada ni voz regañona. Me saluda como al alumno favorito que no ve desde la graduación.

Lo mejor que puedo hacer es darle una sonrisa con las muelas de atrás. La gente no te debe tratar según el éxito que tengas o lo prominente que seas. Durante todo el tiempo que estuve en su salón de clases, me trató de delincuente juvenil. A lo mejor no iba a ser el próximo Albert Einstein, pero tampoco era el maleante que ella pensó que era.

Por favor, no finja que le caigo bien ahora cuando no quería saber de mí cuando era un estudiante, pienso.

"Gracias", le digo de modo seco mientras le paso por el lado de camino al pasillo de las frutas.

Pero la señora Tejada no es la única razón por la cual dejé la escuela. Otro gran problema lo es las peleas, las cuales son un evento frecuente. Las peleas se desatan por dondequiera, en los pasillos, en el patio de recreo, de regreso a casa, y siempre por la misma razón: mis compañeros molestándome por el olor que llevo encima.

Ahí va, el niño pescadiento.

Agárrense las narices, se acercan los peces.

Pensé que estábamos en la escuela, no en el barco de pesca.

Mis atormentadores tenían razón. Huelo a pescado. Muchos de los muchachos de Puerto Caimito huelen así. Vivimos cerca del mar, no tan lejos de una planta procesadora que muele sardinas, o harina de pescado, como la llamamos. Mi padre es el capitán de un barco comercial de pesca, en el cual se pasa sus largas jornadas de trabajo lanzando sus redes y pescando todas las anchoas y sardinas que pueda. El olor a pescado abruma todo en Puerto Caimito. Te puedes duchar por una hora y bañarte en perfume, y si te cae una gota o dos de agua de la procesadora en la ropa, apestarás toda la noche. Pero los peces mantienen la economía local a flote. Los peces suplen los empleos de los padres de los niños que me molestan. Puedo y debería ignorarlos. Pero no lo hago.

Me sacan y caigo en la trampa. Esto no me enorgullece. Realmente es necio de mi parte. Debería dar la otra mejilla como enseña la Biblia. Pero soy joven y testarudo, empeñado en hacer las cosas a mi manera.

Seguimos de camino al aeropuerto. Vamos por la autopista principal. El aire cálido me acaricia el rostro en la parte de atrás de la camioneta, y me pongo cada vez más triste. Pasamos sembrados de mango y de piña, y campos repletos de vacas, y es como si mi niñez me estuviera pasando también. Recuerdo cuando jugaba pelota en la playa con un guante hecho de un cartón de leche, un bate hecho de un palo, y una bola hecha de redes de pesca bien apretadas. Me pregunto si he jugado mi último partido en El Tamarindo, un campo de tierra llamado así por el árbol de tamarindo cerca del plato del *home*. Pienso en lo que hubiera ocurrido si hubiese seguido jugando el fútbol, mi primer amor deportivo, tratando de rebasar a los defensores con la pelota pegada a mi pie (con o sin ganchos), imaginando que soy el Pelé panameño, un sueño que duró hasta que recibí un pelotazo en el ojo en medio de un partido, y perdí la vista provisionalmente. Seguí jugando y a los veinte minutos, subí para un remate de cabeza. Choqué con el otro muchacho y terminé en la sala de urgencias, donde el médico cerró la cortadura y me dijo que el ojo se veía muy mal y que tenía que ser visto por un especialista.

Después de eso terminó mi carrera futbolística.

Ahora estamos tan solo a media hora. Miro hacia la cabina de Turbo, a Clara sentada entre mis padres. Vivimos a tan solo par de casas de distancia en Puerto Caimito; la he conocido desde la guardería. Dejó de hablarme cuando abandoné la escuela, tan decepcionada de que me salí así porque sí. Ella espera más de mi parte. El trato silencioso dura hasta una noche en que

15

un grupo de nosotros estamos en un club de baile una noche, y Clara y yo terminamos bailando. La amistad se convirtió en romance, y al terminar la música, nuestros ojos se encuentran y ella me toma la muñeca. Sé que me ha perdonado, y sé que la razón por la cual ella estaba molesta conmigo era porque se tomaba nuestra relación en serio.

Después de dejar la escuela, paso mucho tiempo en los clubes de baile de Chorrera, cuando no estoy en alta mar en el barco de mi papá. Me encanta bailar; me dicen "Merengue Mariano". El merengue es un baile popular en el Caribe y Centroamérica. No estoy cerrando partidos; tan solo cierro clubes.

Como en muchos clubes, la policía es un visitante frecuente porque las peleas son cosa común. Los muchachos portan picahielos o cuchillos. Una noche estoy con un grupo grande, quince muchachos, tal vez más. Uno de mis amigos se mete en una discusión con un muchacho que anda con su propio grupo grande. No sé como comienza, tal vez con una mirada o algún piropo hacia la chica de alguien, lo de costumbre. Se acalora la cosa. Está a punto de estallar cuando me ubico entre los dos.

"Muchachos, estamos aquí para bailar y divertirnos, no para pelear", les digo. "No hagamos nada necio".

Sacan pecho y se hacen los duros y se hablan malo el uno al otro, pero retroceden. Entonces alguien del otro grupo se abre paso hacia el frente. Lleva un machete.

Su mirada indica que lo quiere usar, y no para cortar el césped. Aparentemente quiere que siga la pelea, específicamente conmigo.

"¿Dónde está el flaco, el pacificador?", grita él, blandiendo el filo largo.

Ya estoy de vuelta entre la gente, pero lo oigo. No tengo arma, pero sí tengo sentido común y mucha velocidad. Echo a correr. El tipo me persigue, pero lo dejo atrás. Nunca me encuentra.

El ser perseguido por el muchacho con el machete me hace pensar. Cuando Clara y yo comenzamos a vernos con más frecuencia, salimos para disfrutar cenas tranquilas, o para recostarnos en la hamaca colgada entre dos árboles al lado de la casa de mis padres. Hablamos a cada rato y por fin me doy cuenta que nada bueno me va a suceder si me paso las noches bailando en los clubes.

Es Clara quien me hace entender que deseo alcanzar más cosas en la vida que ser un pescador de día y "Merengue Mariano" de noche.

Mi padre estaciona a Turbo en el aeropuerto. Alberto y yo nos bajamos del cajón. Todos caminamos hacia el terminal. Lo que está por suceder me pone nervioso.

Estoy dejando mi casa; dejando a Panamá... dejando a Clara.

Desde este momento en adelante soy un jugador

profesional de béisbol, de pies a cabeza mis seis pies de estatura y ciento cincuenta libras de peso. No sé cuánto durará. Ya no hay forma de disimular lo que siento; tengo miedo. Sé que me encanta jugar béisbol, pero no tengo idea de cómo vaya a compararme con los otros jugadores. No soy alguien que se preocupe mucho, pero sí soy realista. ¿Acaso hay alguna otra persona que haya logrado este cambio de estar en un barco de pesca panameño a ser jugador de los Yankees de Nueva York?

"Vine a Puerto Caimito a ser pescador", me dice mi padre. "Comencé desde abajo, limpiando barcos, recogiendo basura, cobrando centavos, pero trabajé duro y subí y finalmente me convertí en capitán. Tú harás lo mismo, Pili. No será fácil, pero trabajarás hasta llegar a la cima".

Le doy a mi madre un abrazo de despedida y estrecho la mano de mi padre.

No voy a ver a Clara por cinco meses. Se siente como si fuesen cinco años.

Le digo a Clara cuánto la extrañaré. Le digo que le escribiré y que regresaré pronto. Trato de no llorar, pero lloro de todos modos.

Ella está llorando también. "Te amo, Pili. Estaré aquí, esperando tu regreso", me dice.

Paso por el mostrador y espero para pasar por seguridad. Oigo a mi madre decir: "Ahí va nuestro muchacho. Me pregunto a donde lo llevará esto". No miro hacia atrás. Si los miro, podría cambiar de parecer.

Suben hacia un pasillo donde pueden ver despegar el avión. Doy la vuelta y camino hacia un pasillo hasta abordar el avión. De pronto despegamos: el primer vuelo de mi vida. Mis lágrimas están casi secas. No miro hacia atrás.

NOTAS DE MO

Escuela del béisbol

Al béisbol se le conoce como el "pasatiempo nacional" de los Estados Unidos, pero los jugadores latinoamericanos se han convertido en parte integral del deporte. Al comienzo de la temporada del 2013, casi una cuarta parte de los jugadores en la matrícula de las Grandes Ligas de Béisbol provenían de América Latina, incluyendo algunos de las estrellas más grandes del deporte: Miguel Cabrera, David Ortiz, José Reyes, Albert Pujols y Robinson Canó.

Los jugadores latinos vienen de lugares como Venezuela, México, Puerto Rico, Cuba y Panamá, pero no importa de qué lugar los encuentre el buscón (otra palabra para escucha o buscatalentos), el primer destino para casi todos los prospectos latinos es la República Dominicana, donde cada equipo de las Grandes Ligas tiene a cargo su propia academia de béisbol, con sus dormitorios, terrenos de juego, facilidades de entrenamiento, casas club y salones de clases. No es sorpresa que el país foráneo con la mayor cantidad de jugadores en las matrículas es la República Dominicana, un país pobre que ocupa la mitad de la isla de La Española en el Caribe. A un pueblo pequeño en Dominicana se le llama "la cuna de los campo corto", porque algunos de los mejores jugadores del cuadro nacieron allí, incluyendo Canó, Alfonso Soriano, Luis Castillo y Juan Samuel.

Aunque el enfoque principal de las academias es refinar el talento beisbolero, hay también programas educativos, incluyendo la instrucción del idioma, para ayudar a los adolescentes hispanoparlantes a prepararse para el éxito, sea en los Estados Unidos o una vez sus carreras hayan terminado.

Entonces, ¿por qué me daría a entender Herb Raybourn que tuve suerte al no parar en Dominicana?

Bueno, contrario a los muchachos estadounidenses, los reglamentos de las Grandes Ligas permiten a los equipos contratar a jugadores latinos antes de que terminen la escuela secundaria, tan jóvenes como de dieciséis años de edad, cuando sus cuerpos y sus destrezas no están aún plenamente desarrollados. En tiempos pasados, eso permitió que muchos equipos contrataran talento de primera a precios de remate. Pocos prospectos estadounidenses firmarían por un bono de tan solo veinte mil dólares. Los buscones han sabido firmar a cuatro muchachos latinos de dieciséis años a ese precio. (¡Yo me gocé con $2,000 en el 1990!)

Como resultado, la competencia es feroz para "graduarse" de estas academias. Menos de la mitad de los prospectos en Dominicana salen de la isla para ir a jugar a las ligas menores en los Estados Unidos. Por eso, como tenía veinte años y se me consideró "demasiado viejo" para la academia de los Yankees, brinqué un paso donde empiezan, y terminan, las carreras de muchos prospectos.

Una niñez en la playa

Desde el aire, puedes ver cuán pequeño y vulnerable es mi país. Es tan solo una franjita curveada de tierra en la punta del sur de Centroamérica, no más ancho que el cordón de un zapato.

Puerto Caimito, donde me crié, está como a veinticinco millas al oeste de nuestro famoso canal, al lado del Pacífico de Panamá. Es una aldea puesta en el mapa por los peces. Si no eres pescador en Puerto Caimito, entonces probablemente reparas los barcos, trabajas en la procesadora, o llevas los peces al mercado. Casi todos allí guardan alguna relación con el pescado y todos lo consumen.

"Comí pescado todos los días y eso es lo que me hizo fuerte", dice mi padre. Mi abuelo alcanzó los noventa y seis años de edad, y mi padre dice que durará más que eso. Yo no apostaría en contra de él. Proviene de una dura estirpe campesina. Es uno de quince hijos, nacido en Darién, cerca de la frontera con Colombia. Luego de dejar la escuela, se pasó trabajando en la finca familiar once horas al día, seis días a la semana. Cultivaron arroz, maíz y plátanos, y lo hicieron sin un tractor u otro equipo motor. Las palas, los picos y los rastrillos, ese era equipo de lujo para campesinos ricos. Mi padre usaba machetes para desyerbar y despejar el campo, y palos puntiagudos para arar la tierra. Todas las semanas llevaban sus productos al mercado, en un viaje que duraba todo el día, a bordo de un barco impulsado por un palo en el agua, parecido a una góndola.

Era una vida dura y para cuando mi padre era un adolescente, ya algunos de sus hermanos se habían mudado a Puerto Caimito porque la pesca se consideraba un oficio más próspero. A los diecisiete años, mi padre se une a ellos. Comenzó con el trabajito que pudiese conseguir. Aún estaba aprendiendo su oficio cuando salió a caminar un día y vio a una chica cantando y lavando los platos afuera de su casa. Esa chica, una de ocho hijos, tenía quince años de edad. Mi padre dice que fue amor a primera vista. Su nombre era Delia Girón, y a los dos años de haberse robado el corazón de mi papá con su canción, dio a luz a una niña.

Me tuvo a los dos años de haber dado a luz, el día 29 de noviembre de 1969.

Crecer en Puerto Caimito es sencillo y maloliente. Durante mis primeros diecisiete años vivimos a la orilla del Golfo de Panamá, en una casita de dos habitaciones en un camino de tierra, muy cerca de la procesadora de harina de pescado. Hay todo un vecindario de casas parecidas en mi aldea, muchas de ellas ocupadas por mis tías, tíos y primos. Cuando mis padres se mudaron allí, no había energía eléctrica ni agua potable. Había una letrina en el patio de atrás de casa y un pozo para el agua a corta distancia. Cuando el sol descendía en el Golfo, iluminaban las alcobas con lámparas de keroseno. Para cuando yo llegué en el 1969, la casa había recibido varias mejoras: luz y agua, pero aún no había baño.

La playa está a unos pasos, pero está regada con caracoles rotos, pedazos de barcos viejos y fragmentos de redes desechadas. No es la playa de la propaganda turística. No hay agua turquesa, ni árboles tropicales ni arena como talco de bebé. Es un lugar de trabajo, un barco batido por las tormentas por aquí, medio pez muerto por allá, los desechos de la gente que se gana la vida en el mar.

Pero es en esta costa donde me convertí en atleta. Durante la marea baja, nos brinda el mejor terreno de juego en Puerto Caimito, amplio y largo. Podrías correr por siempre en esas llanuras. Aquí juego fútbol. Aquí juego béisbol. Mi juego favorito es uno en que obtenemos un pedazo de cartón, le cortamos tres agujeros, y lo atamos entre dos palos en la arena. Entonces retrocedemos como veinte o treinta pies de distancia y comenzamos a lanzar piedras a ver quién puede pasar la mayor cantidad de piedras por los agujeros.

Tengo buena puntería.

No tenemos bate, así que encontramos un pedazo viejo de madera o cortamos la rama de un árbol. No tenemos bola, así que envolvemos una piedra en redes o cinta adhesiva. No tenemos guantes de béisbol, pero puedes crear uno de cartón siempre y cuando sepas cómo doblarlo.

Es así como juego béisbol durante casi toda mi niñez; no me coloco un guante de verdad en la mano hasta que tengo dieciséis años de edad. Mi padre me lo compra, de segunda mano, justo antes de mudarnos de la costa, a un tercio de milla en la misma calle, a otra casa de cemento en una localidad más tranquila.

Ninguna de nuestras casas tuvo teléfono. No tengo mi propia bicicleta, solo tengo un juguete. Se llama Sr. Bocagrande. Le tocas la barriga, se le abre la boca y le colocas un pequeño *chip*. No me siento deprivado, porque no estoy deprivado. Es que así es la vida.

Tengo todo cuanto necesito.

Mi época favorita del año es la Navidad. Como soy el hijo mayor en la familia, mi tarea es conseguir nuestro árbol de Navidad. Lo hago todos los años y sé precisamente a dónde ir. Detrás de nuestra casa hay un manglar, o pantano, que tiene muchos arbolitos que crecen allí. Por supuesto que no vas a encontrar un pino grande en el manglar, así que lo mejor que le sigue es algo de tres o cuatro pies que puedas arrancar de un solo tirón. Me lo traigo a casa, y una vez se seca, envolvemos las ramas en tela para que se vea festivo. Santa Claus nunca llega hasta nuestro rincón de Panamá (por supuesto, no hay chimeneas), pero la Nochebuena sigue siendo mágica, con luces que brillan y canciones navideñas que se escuchan y toda la anticipación del gran día.

Descubro desde un principio que me encanta correr, y me encanta estar en movimiento. Si no estoy jugando béisbol o fútbol, estoy jugando baloncesto. Cuando entra la marea y la playa se achica, nos movemos a El Tamarindo, el cual queda lo suficientemente retirado de la costa como para que podamos jugar sin estar hasta los tobillos en el lodo. Sea lo que juegue, tengo fuerte deseo de ganar. Cuando una victoria en el béisbol está a punto de convertirse en derrota, lanzo la bola en el Golfo de Panamá y declaro empate. No me gana ningún galardón por buena conducta deportiva, pero sí evita una derrota.

También me gusta cazar iguanas. Están dondequiera en Panamá, verdes y con puntas y curtidos, que descansan sobre las ramas y se esconden en la vegetación. Sé exactamente dónde encontrarlas y cómo cazarlas. Todo lo que necesito es una piedra. Las iguanas son muy rápidas y muy resistentes; pueden caer cuarenta o cincuenta pies de un árbol y se escurren como si hubiesen caído de los banquillos. Pero la mayoría de las veces, las iguanas están estacionarias, descansando en las ramas de arriba de los árboles, y eso las convierte en presa fácil. La mayoría de las veces alcanzo atinar al primer intento, la recojo, y me la echo al hombro para traerla a casa para la cena. La llamamos "gallina de palo". No es un plato básico como el arroz de coco o los tamales, y no vas a encontrar restaurantes que vendan *nuggets* de iguana, pero es uno de mis platos favoritos.

Nunca me he detenido a contar cuántos parientes tengo en Puerto Caimito, pero es posible que mis primos sobrepasen las iguanas en número. Siempre hay suficientes en número para un partido. Cuando creces con una familia grande en un pueblo pequeño, es casi imposible hacer algo sin que todos lo sepan.

Esto no es siempre bueno cuando tienes un padre como el mío.

Mi padre es un gran proveedor que se levanta antes del amanecer del lunes y se pasa toda la semana en su barco de pesca, de doce a catorce horas al día lanzando y arrastrando las redes. No recuerdo que se haya tomado un día libre. ¿Vacaciones? ¿Días de licencia por enfermedad?

Tal cosa no existe. Él es un pescador. Los pescadores pescan. Pero es un hombre recio con la disciplina. Como niño, la emoción que más asocio con mi padre es el temor. Es un hombre grande y fuerte. Yo soy un muchacho pequeño y flaco. Él no se ha enterado que pegarle a los hijos con la mano o el cinturón está pasado de moda con otros padres. Cuando sé que lo he hecho mal y el cinturón está por venir, me pongo dos pantalones. A veces me pongo tres. Uno necesita todo el amortiguamiento disponible.

El hermano de mi padre, mi tío Miguel, vive en la casa al lado de la nuestra. Él también es duro con sus hijos. Trabaja en el barco con mi padre. Soy muy apegado a él, así que me decido a preguntarle sin rodeos.

"¿Por qué es que mi padre y tú son tan duros con sus hijos? ¿Quieren que vivamos aterrorizados de ustedes?"

Mi tío lo piensa por unos momentos: "Si crees que somos duros, deberías haber visto cómo era nuestro padre con nosotros", dice. "Esta no es una excusa, pero es lo único que conocemos, porque así nos criaron a nosotros. Nos fuimos del hogar tan pronto pudimos, para alejarnos de eso".

Pienso en mi padre cuando era niño, con miedo a su propio padre, abandonando el hogar cuando aún era un muchacho. Es difícil de imaginar. Pero repetir el patrón doloroso con nosotros no es una solución. Esto es algo que aprenderé de él también.

NOTAS DE MO

Mi país

Panamá no es un país grande ni rico. Hay 3.6 millones de habitantes, mucho menos de la mitad de la población de la Ciudad de Nueva York.

De no ser por el canal, mucha gente jamás habría oído del lugar donde nací. Pero el Canal de Panamá es una zona clave para el comercio y el transporte, y ha hecho que Panamá sea importante para el resto del mundo.

Francia inició trabajos en el Canal en el 1864 y fue finalizado por los Estados Unidos en el 1914. Atraviesa toda la anchura del país. Panamá es estrecho y el canal solo tiene cincuenta millas de distancia. No obstante, esta maravilla de la ingeniería brinda un modo para que los buques viajen desde el Océano Atlántico hasta el Pacífico sin tener que darle la vuelta a Sudamérica, un atajo que ahorra tiempo, cantidades descomunales de combustible, y como ocho mil millas de viaje en alta mar.

Panamá no es tan solo un lugar donde se encuentran dos océanos, sino también es un lugar donde se entrelazan dos continentes: América del Norte y América del Sur. Al oeste, el país colinda con Costa

Rica, en Centroamérica. Al este, el país colinda con Colombia, en América del Sur.

Para tratarse de una nación más pequeña que el estado de Carolina del Sur, tiene mucha importancia estratégica.

Mi primer trabajo

Para cuando tengo dieciocho años de edad, estoy trabajando a tiempo completo en el barco de mi papá, siendo el más joven de nueve tripulantes. El Lisa, como se conoce al barco, es una embarcación enorme de acero con un casco abatido y un lienzo mohoso de abolladuras y pintura. Ha visto mejores días.

No estoy a bordo porque quiera estarlo. Estoy a bordo para ganarme mis cincuenta dólares a la semana para así poder ir a la escuela de mecánicos. Ya he decidido que la vida de pescador no es para mí. No me gusta estar en alta mar, las horas largas, ni la monotonía. No me gustan los riesgos.

"¿Sabías que la pesca es la segunda vocación más peligrosa, después de la tala de árboles?", me pregunta un amigo. "¿Que eso es treinta y seis veces más peligroso que el empleo promedio?"

"No sabía eso", respondí. Pero no me sorprende. A un amigo de nuestra familia, cuando su brazo quedó atrapado entre dos barcos, se le desprendió.

Hay otra razón por la cual no tengo gran interés en ser pescador. Odio estar lejos de Clara. ¿Seis días a la semana en altamar, y un día a la semana con Clara? Quisiera revertir esta fórmula.

Pero por ahora no me queda remedio. Necesito dinero y es así como puedo ganarlo. Estamos en el Golfo de Panamá con las redes en el agua. Llevamos horas en uno de nuestros lugares predilectos para pescar sardinas, llamado La Maestra, pero aún no hemos atrapado nada. Así que regresamos a nuestra isla base. Estamos como a veinte minutos, no lejos del Canal, cuando se enciende el sonar detector de peces.

No estás supuesto a pescar cerca del Canal de Panamá. Hay demasiado tráfico marítimo y los otros barcos no reducen su velocidad. Con el tamaño del barco de mi papá, noventa pies de largo y 120 toneladas de peso, no es fácil salirse del medio si hubiera que hacerlo.

Pero mi padre tiene un refrán que he oído durante toda mi vida:

Las redes no ganan dinero en el barco. Solo ganan dinero en el agua.

Si el sonar está anaranjado, significa que te has topado con muchos peces. Si el sonar está rojo, significa que te sacaste la lotería de peces. El sonar está rojo. Están por donde quiera. Estuvimos todo el día sin atrapar nada, y de pronto nos topamos con la madre de todas las escuelas de sardinas. A pesar de estar cerca del

Canal, mi padre estimó que el tráfico marítimo no sería un problema debido a la hora tardía.

"¡Lancen la red!", grita mi padre.

Lanzamos la red en un círculo enorme, con la idea de rodear a los peces con ella, y luego cerrarla con dos sogas masivas que son tiradas por manijas hidráulicas.

Tenemos una pesca enorme, tal vez ochenta o noventa toneladas de sardinas, con la red a punto de reventar. De hecho, tenemos tantos peces que mi padre llama a otros barcos para encontrarnos y transferir la carga, y luego regresar por más.

Ya son casi las cuatro de la madrugada. No es normal pescar a esta hora, pero no nos detenemos mientras el sonar esté en rojo.

Mi padre vuelve a rodear el lugar y lanzamos la red. Se le hace difícil maniobrar el barco con la fuerte corriente. Hay un hombre atrás y uno al frente labrando las sogas, cordeles inmensos trenzados que llevan el peso y traen la pesca hasta el barco. Las sogas son guiadas por un sistema de poleas, y arriba de las poleas hay solapas que las fijan para que las sogas no se descontrolen cuando las manijas tiran de ellas. Cuando las cuerdas se retractan, lo hacen a una velocidad asombrosa, como los autos de carrera según van pasando en la pista de Daytona.

Trabajamos en completa oscuridad, aún faltan dos horas para el amanecer. Nuestras luces están apagadas porque las luces espantarían a los peces. Estamos a punto de cerrar la red, encender las manijas hidráulicas y traer nuestra pesca al barco. Estoy casi a mitad del barco, como a seis pies de distancia de mi tío Miguel. Es difícil trabajar sin luces, pero estamos tan familiarizados con la tarea que tenemos por delante que no es normalmente un problema, excepto que una de las solapas de la polea no está segura. Durante el día, alguien se habría dado cuenta, pero no de noche.

Las sogas tienen que cerrar la red al unísono, una tras la otra, y cuando noto que una de las sogas está muy adelantada, le digo al tripulante de la segunda soga que la suelte. La suelta, pero como la solapa no está segura, la soga se acelera cuando se enciende la manija, y viene hacia nosotros como una *bazooka* disparada, salida del agua hacia la cubierta. No hay tiempo para salirse del medio. La soga embiste contra el pecho de mi tío, lanzando a un hombre de 240 libras por la cubierta del barco como si fuera una hoja de palma. Con su rostro, mi tío impacta el borde de metal de un arcón. La soga me embiste al milisegundo, y vuelo aún más lejos, pero no le pego a nada afilado.

Perdí un diente y sufrí algunos rasguños y moretones, pero aparte de eso, salí ileso. No tuvo nada que ver con la habilidad atlética. Tuve la dicha de ser lanzado de lado a un lugar relativamente seguro.

Mi tío no es tan afortunado. Está malamente herido. Grita de dolor. Es la cosa más horrorosa que jamás haya visto.

Todos a bordo están gritando. Mi padre, quien está al timón en la cabina de arriba, baja corriendo para ver a su hermano, quien parecía como si hubiese recibido un machetazo en el rostro. Sigo reviviendo la secuencia horrorosa de los sucesos. Una solapa suelta, una soga descontrolada, y segundos después, el tío que tanto quiero, el hombre que me explicó con ternura la razón por la cual mi padre es tan estricto y presto para tomar el cinturón, parece que se muere ante mis ojos.

Mi padre llama a la Guardia Costera, y en cuestión de minutos llega para llevarse a mi tío al hospital. El sol está saliendo. No puedo sacarme las imágenes horribles de la cabeza.

Mi tío luchó por su vida durante un mes. No gana. El funeral y entierro se llevan a cabo en Puerto Caimito. Cientos de personas dicen presente. El sacerdote dice: "Miguel ha ido a morar con el Señor". Es la primera vez que recuerdo haber visto llorar a mi padre.

Unos días después, estamos de vuelta en el agua, porque *las redes solo ganan dinero en el agua*. No podemos cambiar los peligros del trabajo. Esto es lo que hacemos, día tras día, semana tras semana.

Casi un año después de la muerte de mi tío, vamos de camino a la Isla Contadora, cerca de Colombia en el Pacífico. Las redes se llenan enseguida y regresamos para descargar nuestra pesca. No hemos llegado muy lejos cuando deja de funcionar la polea en nuestra bomba de agua. Intentamos la polea de repuesta que llevamos a bordo, pero no funciona adecuadamente.

Esto no es bueno.

La bomba es lo que saca el agua del barco. No vas a permanecer a flote mucho tiempo con una bomba descompuesta.

Llevamos como cien toneladas de sardinas, por lo que el barco se hunde más y ahora se está llenando de agua. Sin la bomba, comenzamos inmediatamente a tener mucha más agua. Estamos como a dos mil pies de Pacheca, una isla cerca de Contadora, cuando comenzamos a hundirnos.

No hay tiempo para deliberar. Mi padre tiene que tomar una decisión inmediata.

"Vamos a traer el barco a Pacheca, hasta la misma arena", dice mi padre. No hay tiempo para ir a ningún otro lado.

Él lo dirige directo a la isla, y cuando estamos a mitad de camino, como a mil pies, misteriosamente la polea vuelve a funcionar. Nadie sabe por qué y nadie lo investiga. El agua comienza a salir del barco y sube su nivel. Se ve el alivio en el rostro de mi padre; él conoce lo riesgoso que es pilotear una nave tan grande hasta la orilla. Pudiéramos chocar contra una piedra o un arrecife de coral, y el casco quedaría rallado como queso en una gratinadora. Habría mucha agua arenosa, la cual taparía y destruiría el motor.

Con la bomba nuevamente funcionando, mi padre dice que vamos de regreso a Taboguilla a descargar los peces. El viento y las olas están creciendo, pero mi padre ha pescado en estas aguas durante años, y tiene instintos acertados acerca de la seguridad. Hasta ahora, esos instintos le han servido bien. Da marcha atrás y sale de Pacheca.

No pasamos más de mil quinientos pies cuando la bomba se vuelve a descomponer.

Son casi las nueve de la noche. El agua comienza a subir nuevamente al barco, pero ahora el viento está más fuerte, y con marejadas de nueve a diez pies, chocando contra el lado del barco. Las condiciones van empeorando por segundo. El barco se está llenando de agua a paso aterrador.

Ahora no hay ninguna decisión que tomar porque solo queda una opción.

"¡Regresamos a Pacheca!", grita mi padre. Maniobra el barco. La orilla es nuestro único puerto en la tormenta.

No va a ser un viaje fácil ni rápido, no con tanta agua a bordo y con el mar tan bravo.

Vayamos a un lugar seguro, lleguemos hasta la orilla, no importa cuán lento podamos ir. Sé que esto es lo que mi padre está pensando.

Entonces el motor se apaga.

No se ahoga ni hace ruido. Simplemente se muere.

El motor está al frente del barco; probablemente se abrumó con tanta agua.

"¿Y ahora qué hacemos?", pregunto.

"Baja y trata de encenderlo a mano", dice mi padre. Parece estar sorprendentemente tranquilo dadas las circunstancias.

Me escurro rápidamente por las escaleras de metal del casco en medio de la humedad y la oscuridad. Tomo una palanca gruesa de metal y comienzo a girar un aparato que bombea aire para generar potencia y encender el motor.

Nada.

Giro un poco más. Ninguna respuesta.

Nuestro barco de noventa pies se hunde rápido. No tenemos tiempo para seguir intentando. Corremos hasta la cubierta principal, donde el agua casi nos llega a la cintura.

"¡Todos al barco salvavidas!", grita mi padre.

El barco salvavidas está hecho de hierro, con casco profundo y con quince pies de largo.

Luchamos contra viento y marea para finalmente colocar el barco salvavidas en el agua. Subimos los nueve al pequeño barco. Se supone que tenga chalecos salvavidas, pero no los tiene. Mi padre enciende el motor y nos separa lentamente de *Lisa*, mientras las olas se encrespan y golpean, sacudiendo al barco salvavidas como un juguete de bañera.

Veo el barco de mi padre, detrás de nosotros,

inclinarse de medio lado y luego caer bocabajo, y con él el sustento de nuestra familia. Desaparece completamente en cuestión de minutos.

Pacheca está como a ochocientos pies, pero es como si estuviera al otro lado del mundo. El barco salvavidas está tan hundido con nosotros que ahora también se empieza a llenar de agua.

Miro hacia las luces de Pacheca. ¿Tendré que nadar para salvar mi vida? ¿Cuántos llegaremos? Una cosa es la marea; otra son los tiburones. Hemos pescado estas aguas en muchas ocasiones. Tiburones cabeza de martillo, tiburones punta negra, tiburones tigre: hay tiburones por doquier. Nuestra mejor esperanza para llegar a la orilla es por la parte de atrás de la isla, donde hay alguna protección contra el viento y el mar debe estar más tranquilo. Aquí es hacia donde nuestro padre nos quiere llevar, pero es una travesía lenta. Subimos y bajamos con las marejadas. Ya se hundió el barco grande. ¿Se hundirá también este?

No puedo dejar de mirar hacia el mar embravecido. Se ve tan furioso. Nos acercamos un poco a la isla, pero aún parece muy lejana. El viento y el agua continúan embistiendo contra nosotros. Nadie dice nada a bordo del barco. Apenas puedo respirar.

No puedo creer que podría morir debido a una bomba de agua defectuosa.

Sabía que no quería nada que ver con ser un pescador y esta es la razón. Pienso en mi tío y en lo que la vida de pescadores le ha costado a nuestra familia. Pienso en mi madre y mis hermanos y en mi hermana. Pero sobre todo, pienso en Clara. Es mi mejor amiga, la persona con quien quiero pasar el resto de mi vida, aunque aún no se lo haya dicho. La idea de que tal vez no la vuelva a ver me resulta insoportable.

Una ola me cubre mientras me agarro del lado del barco. ¿Quiero morir ahogado, o comido por un tiburón? Con diecinueve años de edad, estas son mis opciones.

Mi padre, de alguna manera, mantiene el barco salvavidas a flote y en ruta a la orilla, subiendo y bajando contra la marea. De algún modo, logra progresar. A lo mejor nos lleva a aguas más tranquilas. A lo mejor no nos hundimos.

¿Pasaron cinco minutos? ¿Diez minutos? No sé. Tan solo sé que nos estamos acercando, tal vez a trescientos pies de la orilla. El viento está aquietándose y la marea se está calmando. Estamos tomando un poco de velocidad. Vamos hacia una playa arenosa.

Vamos a llegar a Pacheca.

Mi padre lleva el barco salvavidas hasta la playa. Salgo y grito de alegría.

"¡Tierra! Estamos en tierra. ¡La tierra nunca se ha sentido tan bien!"

Comenzamos a abrazarnos el uno al otro. Hasta abrazo a mi padre, por primera vez según recuerdo, y le agradezco por haber hecho un trabajo tan magistral.

Mi padre había pedido ayuda por anticipado, así que la policía y la Guardia Costera nos estaba esperando. Nos llevan a un hotel, donde nuestros cuerpos temblorosos y agradecidos reciben duchas calientes y ropa seca.

Eventualmente, mi padre obtiene un barco nuevo, pero por el momento se acabó la temporada de pesca. Nos pasamos el tiempo reparando redes. Me alegra estar haciendo cualquier cosa, porque significa que estoy vivo.

Esta casi calamidad trae otro resultado positivo: sin el jornal semanal de seis días a bordo del barco, tengo más tiempo para jugar con mi equipo, Panamá Oeste. De niño jugaba pelota a cada rato, pero en un lugar tan pobre y remoto como Puerto Caimito, hay mayor indicio de que sea un juego improvisado a que sea algo organizado. Soy uno de los jugadores más fuertes de nuestra aldea, a los trece años me invitan a unirme a Panamá Oeste, el equipo que representa la región en la cual vivo, y viajo por el país para jugar contra equipos de las otras provincias. Soy un buen jugador local, pero no es como que me están presentando como el próximo Rod Carew. Cuando cumplo dieciocho años de edad, asciendo a los Vaqueros de Panamá Oeste, en la liga principal adulta de Panamá. Juego donde sea que los Vaqueros quieren que juegue. Un día juego en el jardín derecho, al próximo estoy en el campo corto, y al siguiente estoy en la receptoría. Normalmente bateo primero o segundo. Puedo dar buenos batazos a los jardines y soy veloz.

Sin embargo, mi posición favorita es la de jardinero, porque no hay nada mejor en el béisbol que correr hasta alcanzar un elevado. Estoy en el jardín derecho para un juego importante en las eliminatorias de la liga. Nuestro mejor lanzador está en el montículo, pero hoy nuestros oponentes le cayeron a palos, pegando batazos desde aquí hasta el Canal. Caemos en una gran desventaja. El dirigente sale al montículo, mira a su alrededor por un momento, y me hace señas al jardín derecho.

Pienso: *¿Por qué me estará mirando? La cosa no puede ser conmigo. No soy lanzador.*

Me vuelve a señalar. Hace señas para que venga al montículo. Entonces es conmigo la cosa. No tengo idea de lo que está sucediendo, pero corro hasta el montículo.

El dirigente me dice: "Sé que no eres lanzador, pero estamos en aprietos, y lo único que buscamos es que lances *strikes*. No te preocupes de nada más. Lanza la bola sobre el plato y estarás bien".

"Bueno, lo intentaré, pero realmente no sé lo que estoy haciendo", digo.

Me repite: "Lanza *strikes* y estarás bien".

"Bueno, haré mi mejor esfuerzo", digo.

Siempre he tenido un buen brazo, un brazo suelto, y puedo colocar la bola donde quiera. Pero no soy el lanzador con mayor velocidad, y no he lanzado desde que lancé par de entradas para el equipo de mi provincia cuando tenía catorce años de edad. Se siente muy extraño el tener el pie sobre la goma y el tratar de inventar algún movimiento de improviso.

Salgo en la segunda entrada y termino el partido. No hago nada lindo, no tengo curva y ciertamente no tengo un *windup* complicado. Tomo la bola y la lanzo, probablemente no más de ochenta y cinco millas por hora, pero me les estoy adelantando a todos en el conteo, conectando a las esquinas y lanzando rápido.

Ganamos el partido.

"Gran trabajo", dice el dirigente. "Nos mantuviste en el partido y nos diste oportunidad de regresar. Salvaste el partido para nosotros".

No volví a pensar en el tema. En cuanto a mí se refería, eso era cosa de un día. La próxima vez, regresaré al campo corto o al jardín derecho.

Regreso a reparar redes y a jugar lo más que pueda con Oeste mientras tengo este receso inesperado de la pesca. Me pregunto si será hora de inscribirme en la escuela de mecánica. Aún me estoy preguntando eso mientras Clara y yo regresamos de la playa un domingo en la tarde. Mis compañeros de Panamá Oeste, Emilio Gaes y Claudino Hernández, me están esperando afuera de mi casa. Quieren hablar conmigo y como no tenemos teléfono, este es el único modo de lograrlo.

Les pregunto: "¿Qué hacen aquí?".

"Te arreglamos una prueba", dicen.

"¿Una prueba? ¿De qué están hablando? ¿Con quién?"

"Con los Yankees de Nueva York".

"¿Los Yankees de Nueva York?" *¿De veras esperan que yo me crea eso?*, pienso.

"Sí, quieren verte lanzar", dice Claudino.

"Les contamos lo bien que luciste el otro día y creen que eres digno de evaluar", dice Emilio.

Esto se está poniendo cada vez más absurdo.

"¿Verme lanzar? Pero no soy lanzador", digo. "Si ustedes están bromeando, paren ya".

"No estamos bromeando. Estamos en serio, Mariano. Quieren verte lanzar y la prueba es mañana", dice Claudino.

Miro a mis compañeros de equipo con completa incredulidad. Cuando les pido más detalles, Claudino me cuenta que quedó tan impresionado por el partido que lancé como relevista largo, que llamó a Chico Heron para contárselo. Chico es un dirigente local y buscatalentos a tiempo parcial para los Yankees, uno de esos veteranos del béisbol que siempre están en un terreno u otro. Emilio y Claudino son verdaderamente buenas personas, pero resulta que si los Yankees firman a un jugador que tú le habías recomendado, te pagan una comisión de doscientos dólares.

"¿Entonces, qué piensas?", pregunta Claudino.

Lo que pienso es que esta es una de las cosas más descabelladas que jamás he oído. Pero las redes no ganan dinero cuando están en el barco, y me encanta jugar béisbol.

"Nos vemos mañana", les digo.

Dos autobuses,
nueve lanzamientos

Los Yankees llevan a cabo su prueba en el Estadio Juan Demóstenes Arosemena, un viejo estadio ornamentado que lleva el nombre del presidente panameño que lo mandó a construir en el 1938. Las palabras en latín, *Citius*, *Altius*, *Fortius* (Más Rápido, Más Alto, Más Fuerte), están talladas en piedra al lado de la entrada principal. No me creo que sea ninguno de los tres, pero haré mi mejor esfuerzo.

Me paso la primera mitad del día reparando redes con mi padre, quien a regañadientes me da permiso para tomar la tarde libre, siempre y cuando logre hacer algo antes de irme.

Luego del almuerzo, tomo un bus desde Puerto Caimito a Chorrera. Cuesta cuarenta y cinco centavos. En Chorrera, tomo el bus hasta Ciudad de Panamá, a hora y media de distancia, y a un precio barato de sesenta y cinco centavos por el transporte público. Para cuando llego tengo hambre, así que paro en una bodega y compro seis panes de huevo a cinco centavos cada uno, y un envase de leche de veinticinco centavos. No tendré completo el dólar y diez centavos que necesito para el viaje de regreso a casa, pero los choferes son buenos para ayudarte con el pasaje de regreso.

La caminata desde la parada del bus hasta el estadio es de veinte minutos. Mucho de este tramo es por un barrio llamado Curundú, una parte marginada de la ciudad con casas en malas condiciones y perros hambrientos casi dondequiera que miras. Ves borrachos, desamparados y maleantes de la calle. La criminalidad está rampante. No es un vecindario en el cual quieras pasar mucho tiempo, pero la gente me dice que nadie molesta a los peloteros. Camino rápido.

Si los Yankees tuviesen un código de vestimenta para las pruebas, me hubieran enviado de vuelta a Puerto Caimito. Llego en mis viejos pantalones verdes, una camisa deshilachada, el zapato con el hueco y sin guante. Hay como otros veinte prospectos allí, y cuando llego allí con mi ropa desgastada, me señalan y se ríen.

Me imagino que dicen: *Eh, miren, le están dando una prueba a un vagabundo.*

He jugado en partidos en ese estadio antes. Conozco su ubicación y su tamaño, tiene cupo para veinticinco personas, así que el ambiente me resulta familiar. Lo primero que hago es buscar a Chico Heron, el buscatalentos.

Chico es un hombre pequeño y robusto, quien siempre tiene una gorra de los Yankees sobre su cabello rizo. Lo conozco por años; no puedes ser un jugador en el entorno de Chorrera o Puerto Caimito sin conocerlo. Lo saludo.

"Me alegra que estés aquí, Mariano", dice. "Oí que luciste bien en relevo el otro día. ¿Así que estás lanzando ahora?"

"Bueno. Un poquito", le digo, lo cual no es una completa mentira. "No es como que lanzo todos los días ni nada por el estilo". Ciertamente lancé esa única vez porque el equipo me necesitaba.

"Okay, está bien", dice. "Sal y haz calentamientos, y comenzamos".

Chico me había evaluado una vez anteriormente, como un año atrás. Me estaba evaluando para campo corto cuando jugué algunos partidos para Oeste.

Ejecuté la mayoría de las jugadas y bateé par de imparables, pero Chico no vio en mí lo suficiente como para recomendarme como prospecto. Tenía preocupación de que no sería un bateador lo suficientemente bueno como para alcanzar el éxito en las Grandes Ligas, y como ya me había evaluado antes, no estaba tan entusiasmado cuando lo llamaron Claudino y Emilio.

"Ya vi a Mariano como campo corto", Chico les dijo.

"No lo has visto como lanzador", dice Emilio.

"Créeme. Yo fui su receptor", dice Claudino. "Es un muchacho que puede poner la pelota donde quiera".

Reconozco a varios muchachos en la prueba por haber

jugado contra ellos. Con veinte años, probablemente soy la persona de mayor edad allí. El muchacho a quien realmente quieren evaluar es Luis Parra, un lanzador con una tirada muy recia. Le pido el guante prestado a uno de los muchachos para poder calentar. No me preocupa Luis Parra ni nadie más. No estoy allí para impresionar a nadie. Tan solo quiero jugar pelota. *¿Qué es lo peor que puede pasar, que me envíen a casa?* No estoy pensando que ésta podría ser mi gran oportunidad para escapar de Puerto Caimito y cambiar el rumbo de la vida de mi familia para siempre.

Pasados unos minutos, Chico me llama.

"¿Qué tal si vas al montículo y haces par de lanzamientos?", me sugiere.

Asiento con la cabeza y voy al montículo, cavando un poco delante de la goma. Cuando miro hacia abajo, veo el dedo gordo salido de mi zapato. De frente al plato, lanzo desde una posición *windup* tradicional. Doy un paso atrás con el pie izquierdo, levanto mis manos ligeramente, entonces traigo mi pie izquierdo hacia adelante y me impulso con el pie derecho. Hago el lanzamiento, una recta en la esquina. Recibo la pelota y lanzo de nuevo, otro *strike* que hace sonar el guante del receptor. Estoy lanzando con facilidad y fluidez, sin gruñir ni hacer movimiento exagerado. Puede que sea flaco, pero puedo poner la bola donde quiera.

Hago un total de nueve lanzamientos. Todas son rectas porque ese es el único lanzamiento que domino.

"Está bien, Mariano. Eso es todo lo que necesito", dice Chico.

No estoy seguro de lo que eso significa. ¿Nueve lanzamientos? ¿Se acabó? ¿Es hora de regresar a las redes de pesca?

Pasados algunos minutos, Chico me llama a un lado.

"Me gusta lo que vi de ti en el día de hoy", dice. "Quisiera que regresaras durante el resto de la semana, para que Herb Raybourn, director de buscatalentos de los Yankees para Latinoamérica, te evalúe. Herb es quien tomará la decisión final. ¿Qué te parece eso?"

"Siempre y cuando pueda tomar tiempo libre del trabajo, regresaré", le digo. "Gracias por invitarme hoy".

"Espero verte mañana", dice Chico.

Regreso por el barrio, esquivo a un par de méndigos, me monto en un bus y luego en otro, donde tengo que convencer al chofer para que acepte una tarifa reducida de veinticinco centavos por esa ocasión. Mi padre me otorga el tiempo libre, así que sigo el mismo itinerario durante el resto de la semana. Arreglo redes en la mañana y regreso al estadio en la tarde. Practico con Chico todos los días. Al final de la semana, Herb Raybourn llegará para observarnos a todos mientras jugamos contra el Equipo Nacional de Panamá. Es obvio que Parra es el prospecto más cotizado aquí, y que hay otros muchachos que han lanzado por más tiempo y quienes han recibido más dirección que yo.

Yo estoy al final de la cola. Eso me queda claro.

Y no tengo problema con eso. Tan solo hago lo que me piden. Me dicen que vaya allí y voy allí. Me dicen que vaya allá y voy allá. Nunca se me ocurre que es importante que luzca bien ante Herb Raybourn. Ni siquiera estoy pensando en el futuro. No me lo puedo imaginar.

El último día, tomo los mismos dos autobuses y me detengo para comprar el mismo pan de huevo con leche. Cuando llego al estadio, veo a Herb hablando con Chico. Herb tiene pelo blanco y constitución mediana, y tiene el radar listo. Al igual que Chico, está sorprendido de verme como lanzador porque también me había evaluado como campo corto. Conozco a Herb un poquito. Trabaja para los Piratas de Pittsburgh y había firmado a varios panameños a las Grandes Ligas, entre ellos a Omar Moreno, a Rennie Stennett y a Manny Sanguillén. Pero lo conozco principalmente porque firmó a mi primo Manuel Girón, sobrino de mi madre. Manuel también era lanzador, y muchos pensaron que sería el primer jugador de Puerto Caimito en llegar a las Grandes Ligas. Durante tres años jugó en el sistema de ligas menores de los Piratas, y después lo dejaron ir. Regresó a Puerto Caimito a trabajar—¿dónde más?— en la pesca. Mi primo nunca habló mucho acerca de su carrera beisbolística, y no le pregunté al respecto. Estaba de regreso en casa, lo cual le sucedía a casi todos, y punto.

A media hora del comienzo del partido, Herb me encuentra en el *dugout*.

"Vas a abrir el partido, así que debes ir calentando", me dice.

Quedo frío. "¿Voy a abrir el partido?"

"Sí. Quiero colocarte allí para que le muestres a estos muchachos cómo se lanza", dice Herb con una sonrisa.

Tiene que estar bromeando, pienso.

Suelto mi brazo y salgo al montículo. Herb se acomoda detrás del plato. No sé cuál sea su expectativa, o los números que el radar vaya a indicar, pero tampoco me preocupa. Seré un lanzador inexperto, pero aún así entiendo que esto conlleva más que las millas por hora de tu recta.

El bateador inicial toma su turno e inmediatamente me le adelanto en el conteo. En seguida encuentro mi ritmo, lanzando *strike* tras *strike*, bateador tras bateador. Pongo la bola donde quiero en casi todos los lanzamientos. La zona de *strike* se ve tan grande como el lado de una casa. Aun así, mi enfoque está en no complicarme.

Lancé tres entradas, ponchando a cinco y permitiendo un imparable. No llevo cuenta, pero no puedo haber lanzado más de treinta o treinta y cinco lanzamientos. Casi todas son rectas, con la excepción de par de cambios de velocidad. Cuando me retiro, Chico me estrecha la mano.

"Buen trabajo, Mariano", me dice. "Has terminado por hoy. Vamos a evaluar a algunos de los otros muchachos ahora".

Le doy las gracias y me siento en el *dugout* a ver a Parra y a los demás, deseando salir a jugar un poco más, tal vez a correr por los jardines, no para impresionar a nadie, sino para jugar. Siempre preferí jugar a observar. Luego del partido, Herb me pregunta si podemos hablar por unos minutos.

"Por supuesto", le digo.

"Luciste muy bien en el día de hoy", me dice. "Hiciste lucir como ordinarios a varios bateadores muy buenos".

"Gracias", balbuceo.

"Creo que tienes futuro como lanzador. Quiero hablar contigo y con tus padres respecto a tu firma de un contrato con los Yankees de Nueva York", me dice. "¿Podrías venir aquí mañana para encontrarte conmigo? Luego, iremos a tu casa para que nos reunamos todos a discutir esto".

"Seguro que sí", le digo, mientras me pregunto por qué Herb quiere que nos encontremos en el estadio en lugar de ir a Puerto Caimito. Pero hago lo que me pide. Luego de llegar hasta el estadio, viajamos juntos por las lomas y la franja de selva, por Chorrera y finalmente de regreso a mi aldea. Mi padre está en el barco cuando llegamos, así que tengo que ir a buscarlo. Herb lleva consigo un pequeño maletín. Me pregunto que habrá en el maletín, y lo que significa todo esto, porque aún no lo tengo claro.

Clara está en casa cuando llegamos y eso me trae un gran alivio. Si algo importante está por ocurrirme, quiero que ella esté presente. Herb abre el maletín y coloca un contrato sobre la mesa, y explica lo que está por ocurrir a partir de este momento, mientras Clara y mi familia escuchamos, todos atónitos.

Firmo un contrato con los Yankees con la bendición de mis padres. Recibiré un bono de $2,000 por ser un jugador de béisbol. Es sábado, 17 de febrero de 1990.

Mi pequeña canica está a punto de ponerse mucho más grande.

El nuevo mundo

A Colón se le puede haber hecho más fácil encontrar las Américas. Mi compatriota prospecto Luis Parra es mi compañero de viaje. Tenemos que cambiar de aviones en Miami. Esto significa que tenemos que explorar el aeropuerto de Miami, averiguar dónde hay otra puerta en un aeropuerto enorme y repleto de gente, y llegar allí antes de que el avión despegue. Luis está tan perdido como yo. Nos sentimos como si nos hubiesen tirado en medio de un desfile dentro de un planeta lejano. Hay gente corriendo como si estuvieran locos. Bebés llorando. Suenan anuncios estruendosos. Nunca he visto tanta gente ni tanto caos.

Afortunadamente, hay suficientes hispanohablantes allí como para ayudarnos a llegar a la puerta para el viaje corto a Tampa, luego de pedirles ayuda como a diez de ellos. El vuelo es memorable porque descubro, luego de dos vuelos en mi carrera como viajero frecuente, que me aterra estar despegado de la tierra. Volaré millones de millas durante los próximos veinte años. Ese sentir nunca mejora.

El aeropuerto de Tampa es menos frenético, pero igual de confuso. Todos los rótulos están, por supuesto, en inglés.

¿Bagel? ¿French fries? ¿Home of the Whopper?

¿Qué significan estas cosas?

¿Baggage claim? ¿Lost and found? ¿Ground Transportation?

¿Podría alguien explicarme, por favor?

Luis y yo seguimos caminando. Nuestra meta es encontrar a alguien que lleve puestos una gorra y chamarra de los Yankees. Esto es todo lo que nos dicen: "Busquen a un tipo llamado Chris que lleve puestas cosas de los Yankees. Es un gordito de treinta y tantos años de edad. No se lo pueden perder".

De hecho, podríamos perderlo de vista muy fácilmente. Si alguna otra persona lleva puestos una gorra y chaqueta de los Yankees, estamos perdidos. Con seguridad no dejarían a una primera selección del sorteo de novatos que no hablan inglés a que se las invente en un aeropuerto extraño, pero somos unos "don nadie", un par de muchachos panameños a quienes firmaron por el precio de un carro usado, así que para nosotros no hay trato de realeza.

Encontramos a Chris con sus ropas de Yankee.

Bajamos la escalera hacia un carrusel de maletas.

"Mira", le digo a Luis, señalando a alguien que lleva

56

puesto una chamarra de los Yankees. "Este parece que está esperando a alguien".

Caminamos hacia él.

"¿Chris?", pregunto.

Nos extiende su mano. Nos dice varias oraciones con entusiasmo, de las cuales solo reconozco "Tampa", "Mariano" y "Luis", y nada más. Luis no es de mucha ayuda. Ninguno de nosotros entiende lo que está diciendo. El inglés no es nuestro segundo idioma, no es nuestro idioma, punto. Nuestras miradas en blanco se lo indican.

El viaje corto desde el aeropuerto hasta la sede de los Yankees me vuela la mente. Las carreteras son tan amplias...y tan pavimentadas. Los edificios de oficinas y las tiendas son enormes y relucientes. Todo es maravilloso en tamaño y enfoque, y entonces llegamos al complejo de los Yankees. Mi asombro se acelera como un yate de carrera en el Canal.

Miro a un lado, y veo el terreno de juego más inmaculado en el que jamás haya puesto los ojos. Miro hacia el otro lado, y veo un terreno igual de nítido y verde, y otros dos más allá. ¿Cómo es que puede un terreno de béisbol verse tan perfecto? Supongo que aquí no corta el césped un muchacho con un machete.

Ya no estoy en El Tamarindo.

Hay oficinas impecables y una *clubhouse* espaciosa. Hay jaulas de bateo y salas de entrenamiento, y más bates y bolas y cascos de los que jamás imaginé que existían. Chris, quien trabaja en la *clubhouse* cuando no es chofer de aeropuerto, nos entrega el equipo y los uniformes para practicar. También recibo un guante y unos ganchos. Es como si fuese Navidad en abril. Llegamos al Bay Harbor Inn, un hotel que pertenece a George Steinbrenner, dueño de los Yankees de Nueva York. Es, por mucho, el hotel más bonito en el que jamás me haya quedado. Aquí, Luis y yo tenemos un televisor y nuestro propio baño. Tenemos un surtido de toallas, jabones y champús. También hay "room service".

"¿Qué es el *'room service'*?", me pregunta Luis.

"No sé", respondo. Realmente no tengo ni idea.

Debido a la barrera del idioma, Luis y yo no salimos muy lejos del hotel. Cuando salimos a comer, señalamos a una foto de algo que se ve bien en el menú si no tenemos un mesero que hable español. Los platos de iguana no son parte del menú.

Cuando llegamos hasta el terreno y comenzamos nuestras rutinas de ejercicios, inmediatamente noto el tamaño de mis compañeros, especialmente los lanzadores. Son grandes, y muchos de ellos son fornidos. Nuestro lanzador estrella, un zurdo de la Universidad de Duke llamado Tim Rumer, mide seis pies con tres pulgadas y pesa sobre doscientas libras. Russ Springer, de la Universidad Estatal de Louisiana, mide seis con cuatro y también pesa sobre 200 libras, y hasta un derecho de seis pies de la Universidad de Clemson, Brian Faw, me lleva 30 libras de ventaja. Veo a estos tipos y lanzan tan duro que me pregunto si el radar se reventará. Tim tiene una curva que baja como dos pies antes de cruzar el plato.

Pero mientras más practico con los Yankees de la Costa del Golfo, mayor es mi certeza de que puedo competir con ellos. Cuando corremos y jugamos en el terreno, estoy a la par con todos. Y cuando estoy en el montículo, descubro que a pesar de lo flaco que soy, y a pesar de lo poco impresionante que es mi recta de 86 a 87 millas por hora, hay una cosa que puedo hacer mejor que todos los demás:

Poner la bola exactamente donde quiero.

A la mayoría de los lanzadores en la liga de novatos, los dirigentes les dicen que tan solo tiren *strikes*, aunque sea sobre el mismo centro del plato. Una vez domines eso, puedes expandir la zona de *strike* y refinar tu control. Pero yo he sido bendecido con el don del control. Si quiero lanzar la bola a nivel de las rodillas sobre el centro del plato, lo hago. Si quiero rozar la esquina, lo hago. Todavía cuento con mi repertorio de lanzamientos de rectas con un *slider* flojo y un cambio mediocre. Pasaré años trabajando con mi cambio, sin que jamás mejore. Los bateadores novatos me ven calentar, y seguramente piensan: *Esto va a ser fácil.*

A veces Tim Cooper, nuestra tercera base, me ayuda a calentar en el *bullpen.* Coop, como le llamamos, estudió español en la secundaria. Se convierte en mi maestro de inglés. Lanzo mi recta y mueve su cabeza. Se pregunta:

¿Cómo es que la gente no vuelan estos lanzamientos del parque?

Mi dirigente es Glenn Sherlock, y mi adiestrador de lanzadores es el antiguo nudillero Hoyt Wilhelm. Ambas son buenas personas, aunque entiendo muy poco de lo que me dicen. Me colocan en el *bullpen* a principios de la temporada. Wilhelm hace lo que puede para ayudarme, pero no conozco ninguna de las sutilezas que conlleva ser un lanzador. Estoy rodeado de tipos que llevan más de una década o más de preparación. En cambio, yo estoy aquí porque un domingo en la tarde, los Vaqueros de Panamá Oeste necesitaron a alguien que rescatara a su abridor que estaba teniendo un mal día.

Pero cuando entro al juego, estoy adelante en el conteo, 1 a 2 ó 0 a 2, para cuando el locutor termina de anunciar mi nombre. Y toda la temporada me va así. Lanzo un total de 52 entradas, permitiendo 17 imparables y una carrera limpia. Poncho a 58 y concedo siete bases por bolas. Mi efectividad es de 0.17. Tim Rumer es el lanzador estrella, uno de los mejores en la Liga de la Costa del Golfo, pero tengo una buena racha de éxito con mi recta promedio.

Esto no me sorprende.

Me deja atónito.

A mi alrededor veo a tipos más fuertes que yo, quienes lanzan más duro que yo, y estoy teniendo mejor rendimiento que casi todos ellos. Es casi como un sueño. Poncho a bateador tras bateador, y me pregunto:

¿Cómo rayos es que estoy logrando esto?

El modo en que todo está cayendo es casi incomprensible. Yo debería estar en la República Dominicana con los otros novatos, no en Tampa. Ahora, en las primeras semanas, ven lo crudo que estoy y comienzan a hablar de trasladarme a Dominicana para adiestramiento adicional, pero Herb interviene.

"Estará crudo, pero miren el control que tiene", les dice Herb a sus directores de talento. "Pongámoslo a lanzar en partidos y veamos lo que tenemos".

Estoy obteniendo resultados que van mucho más allá de mis habilidades físicas. No entiendo del todo lo que está sucediendo. Se siente como algo mucho más grande que yo. De noche, antes de recostar mi cabeza en la almohada mullida del Bay Harbor Inn, elevo una oración para que esto siga.

El fenómeno anónimo

La pelota en la liga de novatos es distinta a cualquier otro nivel en el béisbol profesional porque es algo nuevo para todos. Tanto para jugadores internacionales como yo como para estadounidenses que no juegan a nivel universitario, no es tan solo nuestra primera experiencia lejos de casa, sino es la primera vez que jugamos tantos partidos, más de sesenta, en una misma temporada. Hay tanto a lo cual acostumbrarse, y no todos logran acostumbrarse rápido. La primera selección en todo el sorteo de novatos de 1990, Chipper Jones, juega para el equipo de la Costa del Golfo de los Bravos de Atlanta y bateó .229 ese año. El lanzador prospecto estrella de la liga, José Martínez de los Mets, logra un total de tan solo cuatro apariciones en partidos de Grandes Ligas. El relevista estrella, Anthony Bouton, del equipo de la Costa del Golfo de los Rangers de Texas, está completamente fuera del béisbol organizado dentro de dos años. A Tim Rumer nunca lo llaman a jugar en Grandes Ligas.

Soy el vigésimo sexto lanzador según el *ranking* de la Liga de la Costa del Golfo. No soy seleccionado al Equipo de Estrellas. Gano $310 cada dos semanas después de impuestos, y lo ahorro para dárselo a mis padres.

Tim Cooper y yo nos convertimos en buenos amigos. Hasta le permito que me corte el cabello. Hace un buen trabajo y me adiestra en el arte del humor beisbolístico. "Puedo arreglarte el cabello, pero no puedo hacer nada acerca de tu rostro", me dice. Viajamos por la Florida en autobús, a Dunedin, a Clearwater y a Bradenton, y estipulamos una regla: Cooper solo puede hablar en español, y yo solo puedo hablar en inglés. Para aprender un idioma nuevo, algunas personas toman un curso o compran un programa de computadoras como Rosetta Stone. Yo me convierto en el alumno de Tim Cooper, de Chico, California. En el autobús, me enseña palabras y oraciones básicas. Aprendo más cuando vamos de pesca al muelle de madera que queda detrás del Bay Harbor Inn. Compramos algunas cañas de pesca y echamos las líneas al agua. Si los peces no pican en el muelle, entramos al Golfo de México. Mayormente atrapamos peces gatos, los cuales dejamos ir. Donde quiera que vaya, no puedo zafarme de los peces.

Un día, de camino a Sarasota, Coop decide enseñarme cómo hablarle a los periodistas una vez que lleguemos a las Grandes Ligas.

"Muy bien, acabas de ganar la Serie Mundial y Tim McCarver quiere hablar contigo", me dice Coop. "No puedes llamar a un intérprete. Eso mataría el momento. Tienes que hablar en inglés. ¿Estás listo?"

Asiento con la cabeza.

Coop realiza su mejor imitación de Tim McCarver: "Mariano, ¿podrías haber imaginado esto cuando te criabas en Panamá, que estarías lanzando para los Yankees en la Serie Mundial?".

"Verdaderamente no. Esto es asombroso", le digo. "Gracias a Dios, pude lograr esos últimos *outs*".

"Tuviste que enfrentar a tres bateadores recios al final del partido. ¿Cuál fue tu estrategia?"

"Tan solo quería lograr buenos lanzamientos y adelantarme en los conteos", le digo.

"Trabajabas en el barco de pesca de tu padre y ahora eres un campeón mundial. ¿Qué aprendiste en el camino?"

"Soñar en grande", respondo.

Y ahí Coop termina la entrevista. "Muy bueno", dice.

"Gracias, señor McCarver", le digo.

Los Yankees de la Costa del Golfo apenas tienen racha ganadora, pero sigo retirando a los bateadores. Queda un día en la temporada y tengo la efectividad más baja en la Liga, pero solo he lanzado un total de cuarenta y cinco entradas, cinco menos de lo que es requerido para ser elegible al campeonato de efectividad de la Liga.

Sherlock obtiene permiso para que pueda abrir contra los Piratas, y de ese modo conseguir las entradas que necesito, aunque había lanzado dos entradas el día anterior. No había lanzado cinco entradas durante toda la temporada, pero estimo que puedo hacerlo si logro hacer pocos lanzamientos.

Es el 31 de agosto de 1990. Tenemos un partido doble en nuestro parque local, en Tampa, lanzo el primer juego, y llevo cuatro entradas sin permitir una carrera. Tomamos una ventaja de 3 a 0. No he permitido ni un imparable al tomar el montículo para la quinta entrada. Un bateador de los Piratas pega un batazo por tercera. Coop se lanza y agarra la bola, y la lanza a primera para retirar al corredor. Pasados unos minutos, Carl Everett, la primera selección de los Yankees, corre hasta alcanzar una bola en el jardín.

Llegada la séptima entrada, los Piratas aún están sin un imparable. Tuvieron un corredor en base que llegó a primera debido a un error. En las ligas menores, los juegos de doble jornada son acortados a siete entradas, así que cuando alcanzo los primeros dos *outs* en la séptima, me queda solo un *out* para lograr un juego completo sin *hits*.

Solo pienso: *Haz un buen lanzamiento*. No dejo que mi mente pase de ahí. Poncho al último bateador con una recta cantada en la esquina, y al instante se me abalanzan encima mis compañeros.

Podrían haber cincuenta personas en las gradas, pero

este momento—y el compartirlo con mis compañeros de equipo—es uno de los mejores sentimientos que jamás he experimentado sobre el terreno de juego. Es el primer juego sin *hits* que lanzo. Según los términos de mi contrato, el lanzar un juego sin *hits* conlleva un bono de $500 y un reloj de los Yankees, pero ¿aplicarán esos bonos a un partido de siete entradas? Llamo a la oficina de ligas menores de los Yankees y me aseguran que sí.

Después del partido, los Yankees recompensan nuestro gran cierre ordenando alitas de pollo para el *"clubhouse"*.

Coop me dice: "Yo creo que me debes un corte de tu bono por salvar tu *no-hitter*". Piensa que debo compartir algo de mi bono por haber salvado el juego sin *hits* con una recogida en tercera base.

En inglés le digo: "No te entiendo".

Me falta aprender inglés, pero he hecho un gran progreso en cuanto al humor beisbolístico se refiere.

Vuelo a Panamá con una perspectiva completamente distinta a la que tenía hace cinco meses atrás. Ahora soy un lanzador. Un lanzador que quiere competir en el nivel más alto que pueda. Se ha abierto una puerta a un mundo de posibilidades más grande de lo que jamás había imaginado. Ya no soy un aspirante a mecánico. Definitivamente ya no soy un pescador.

Soy un jugador profesional de béisbol.

Ascender el escalón

Fuera de temporada, entreno con Chico Heron en Ciudad de Panamá. Me levanto a las cinco de la madrugada y tomo los mismos dos autobuses que tomé para las pruebas de los Yankees en el Estadio Juan Demóstenes Arosemena. Pago la misma tarifa de $1.10, pero ahora tengo monedas suficientes para pagar sin tener que pedir crédito al chofer. Hago esto cinco días a la semana. Levanto pesas y corro, y llevo a cabo un régimen de ejercicios para mejorar mi condición física. Lanzo para fortalecer mi brazo. He visto a mi competencia ahora, y sé lo difícil que es para salir de la liga de los novatos. Teníamos a treinta y tres jugadores en nuestro equipo en la Liga de la Costa del Golfo. Tan solo siete llegarían a las Grandes Ligas, y tan solo cinco de ellos llegarían a tener una carrera sustancial: Shane Spencer, Carl Everett, Ricky Ledee, Russ Springer, y yo.

Si no llego a las Grandes Ligas, no será porque alguien trabajó más duro que yo.

Subo al béisbol de Nivel A en el 1991, lanzando para los Hornets de Greensboro en la Liga del Atlántico Sur, dividiendo mi tiempo entre abridor y relevista. Me da igual. Tomaré el montículo si me lo piden. El mayor reto para mí está fuera del terreno de juego. Mi aprendizaje del inglés tuvo un buen comienzo gracias a Coop, pero no hay muchos hispanohablantes en Carolina del Norte, a diferencia de la Florida. Es sumamente aislante. Tanto en tiendas como en restaurantes, mi inhabilidad para expresarme es un muro de ladrillos contra el cual me reviento vez tras vez.

Un día le pido direcciones a alguien en inglés. "Perdón, mi inglés no es bueno, puede decirme cómo…" Tartamudeo y balbuceo, y no logro decir nada. Yo pensé que había superado eso, pero mi inglés está empeorando. En otra ocasión, le hago una pregunta al dependiente de una tienda respecto a su mercancía y se me quedó mirando sin entenderme. Regreso a mi apartamento y mi sentimiento de derrota es más grande que el que hubiera experimentado en el terreno durante la temporada. Me siento muy mal y comienzo a llorar. Voy al baño a lavarme la cara, entonces apago la luz, y trato de dormir.

Sigo llorando.

Al día siguiente, busco a Coop. "Necesito trabajar con el inglés, Coop", le digo. "No me va bien. Necesito hablarlo cuando ganemos la Serie Mundial, ¿verdad?"

Coop sonríe. "Aún nos quedan muchos viajes por

tomar durante esta temporada", dice. "Estarás dando discursos para cuando terminemos".

No doy muchos discursos, pero tampoco permito muchas carreras. Sinceramente les digo que mi codo no se siente nada de bien durante la temporada. Pero no quiero que nadie se entere. No hay razón por la cual perjudicar mi carrera por un dolor que puedo manejar. Sigo lanzando. Gracias a los viajes más largos que conllevan el jugar en la Liga del Atlántico Sur, Coop y yo tenemos viajes en autobús de seis y ocho horas para hablarnos en inglés y en español. Esas horas extras hacen toda la diferencia. Al fin me siento cómodo de hablar inglés. Ya no me siento perdido. Tim Cooper es tremendo compañero de equipo. Corta cabello, da lecciones de idiomas y salva juegos sin *hits*. Él y yo aprendemos muchísimo durante esos viajes largos, y no tan solo de idiomas.

"Si alguna vez llegamos a la cima, hagamos un compromiso de nunca menospreciar a nadie", dice Coop. "No vamos a comportarnos como si fuéramos mejores que cualquiera ni menospreciar a los demás, porque eso no es lo que hacen los verdaderos jugadores de Grandes Ligas".

"Es cierto", digo. "No menospreciaremos a nadie. Permaneceremos humildes. Recordaremos de dónde venimos".

"Lo importante es el modo en que tratas a las personas. Eso es lo que verdaderamente importa, ¿verdad?", dice Coop.

"Amén, Coop", respondo.

Mi fe en lo que es importante me ayuda a apreciar el momento. Los jugadores de ligas menores siempre se quejan de las largas horas que se la pasan oliendo humo, pero no lo veo de la misma manera. Sin esos viajes de autobús, no aprendo inglés ni fortalezco los valores bajo los cuales quiero vivir.

Termino la temporada con una efectividad de 2.75 y más de un ponche por entrada, aunque mi récord es pésimo (4 triunfos y 9 derrotas). Sigo siendo un Don Nadie en el universo de prospectos, pero ¿saben cuánta atención le presto a *Baseball America* y a sus *rankings*?

Ninguna.

Cuando me dan la bola, la tomo y lanzo. Retiro al bateador la mayoría de las veces.

Lo mejor es no complicarse.

El fenómeno famoso

Pasada la temporada, me caso con Clara, la mujer de mis sueños. Nuestra recepción de bodas se llevó a cabo en el Fisherman's Hall en Puerto Caimito. ¿Qué esperaban, un hotel de lujo? No. Sigo siendo el hijo de un pescador que viene de una aldea de pescadores.

Pero todo el trabajo adicional que los Yankees me dieron ha rendido frutos: soy un mejor lanzador y mi inglés también ha mejorado.

Sigue habiendo un solo problema. El dolor en mi codo persiste. A pesar de mis esfuerzos por ignorarlo y orar para que desaparezca, el dolor empeora. Nuestro entrenador, Greg Spratt, me pone hielo en el codo durante todo este tiempo. Me aseguro de calentar bien, pero el dolor nunca se va, y me quedo esperando que lo que sea que esté mal se sane antes del comienzo de la próxima temporada.

Después de la boda, Clara y yo comenzamos nuestra vida juntos en un pequeño dormitorio en casa de su madre en Puerto Caimito, un espacio mucho más pequeño que un *dugout* de Pequeñas Ligas, apenas con espacio para una cama doble. Nuestro armario consiste de dos clavos y un palo de escoba. La morada es humilde, aún para Puerto Caimito, pero mi plan es ahorrar hasta el último centavo para que podamos construir nuestro hogar. Con todo y eso, vivimos en casa de la mamá de Clara durante cuatro años, aún después que había subido a las Grandes Ligas.

Vuelvo a pasar el invierno entrenando con Chico, tomando regularmente el autobús de las cinco de la mañana, y mientras hago el entrenamiento, me siento tan agradecido por la bondad y lealtad de este caballero. Su recompensa es verme progresar. Me arregla sesiones de ejercicios, me ayuda con la mecánica, me enseña a ser un profesional; no hay límite a sus contribuciones. Lo que me haga falta, Chico lo provee. Nunca te olvides de gente así.

En la primavera del 1992, me promueven a la Clase A alta, a los Yankees de Fort Lauderdale en la Liga del Estado de la Florida. No será Yankee Stadium, pero si sigues subiendo niveles, eso significa que aún te están considerando.

Uno de mis compañeros de equipo en Fort Lauderdale es Brien Taylor. Taylor fue la primera selección en el sorteo de novatos de 1991, la recompensa de los Yankees por haber terminado con su peor marca en casi setenta y cinco años, un récord de 67 triunfos y 95 derrotas, la peor marca, por mucho, en la Liga Americana.

A Brien lo firmaron con un bono de $1.55 millones de dólares. Él es "el futuro de la franquicia". Cuando Brien calienta, el ambiente que rodea al *bullpen* se parece al de un centro comercial dos días antes de la Navidad, el público clamando por ver al brazo zurdo más famoso en todo el béisbol. Por donde quiera que vamos, Brien es abrumado por los fanáticos y solicitantes de autógrafos. Su camisa número 19 fue hurtada de nuestra *clubhouse*, un delito que jamás fue resuelto. Todos se dejaron llevar por la fiebre de Brien Taylor, aun Mark Newman, el director de ligas menores de los Yankees, quien compara el dominio de Brien en el montículo con el de Mozart. Aparte de la diferencia de $1548 millones en nuestros bonos, lo que nos separa a Brien y a mí es...todo. Él es un zurdo afroamericano de Carolina del Norte. Yo soy un derecho latino del sur de Panamá. Él es un prodigio. Yo soy un proyecto. Él se crió en las costas del Atlántico. Yo me crié en las costas del Pacífico. La telerevista noticiosa *60 Minutes* quiere hablar con él para hacerle un artículo de perfil. Creo que a *60 Minutes* se les perdió mi número de teléfono. Él tiene un Mustang nuevo con un sistema de sonido especial. Yo no sé conducir un automóvil.

Aún así, conectamos con facilidad. Me pareció ser un muchacho humilde del campo, un buen compañero de equipo, alguien que quiere ser uno de los muchachos, aunque tiene su diferencia obvia. Vi cuán diferente era cuando por fin lo veo lanzando en el *bullpen*, maravillándome de su movimiento como de seda. Lanza la bola a 97, 98 millas por hora. También tiene una curva durísima.

Lo veo y pienso: *Guau. Esto es asombroso, el talento que tiene este muchacho. Jamás he visto a nadie lanzar una bola así.*

Brien es el prospecto de mayor cotización en todo el béisbol, y en su primera temporada, recién terminada la secundaria, poncha a 187 bateadores en tan solo 161.1 entradas. Su efectividad es de 2.57. Te lo imaginas en el montículo en el Yankee Stadium, volando a los bateadores.

Entonces, una semana antes de la Navidad del 1993, estoy en casa en Panamá cuando veo un informe noticioso que dice que Brien estuvo en algún tipo de pelea. No parece ser gran cosa, pero entonces llegan todos los datos, algo respecto a una reyerta en un parque de viviendas móviles donde él vive, y que se lastimó el hombro.

Su hombro izquierdo.

Pienso: *Por favor, que alguien me diga que esto no es verdad.*

Brien termina con una cirugía, y se rehabilita durante todo el 1994. Los Yankees lo traen de vuelta a la Liga de la Costa del Golfo en el1995, pero han desaparecido su fluidez y su dominio fácil. No tiene idea de a dónde va la pelota. Al año, está mucho peor, concediendo un promedio de casi tres bases por bolas por entrada.

No vuelvo a ver a Brien.

La situación es triste por demás. Pienso en todas las

peleas en las cuales me metí cuando era muchacho y en cómo una lesión en mi hombro me hubiese privado de un futuro que no sabía que tenía. Cuando oro, incluyo a Brien, y doy gracias a Dios por protegerme de hacer alguna necedad bajo rabia sin aún entender lo que estaba en juego.

En el 1992, los Yankees deciden que soy abridor. Tengo un buen comienzo de temporada en Fort Lauderdale. Puedo lidiar con el dolor en el codo, y si bien no comparo con nuestros mejores lanzadores, Brien y Domingo Jean, soy un buen número tres en la rotación. Poncho a doce en un triunfo a principios de temporada, seguido por una blanqueada completa del Miracle de Fort Myers. A mediados de mayo, soy nombrado como el lanzador de la semana de la Liga del Estado de la Florida. Mi precisión está mejor que nunca; en toda la temporada permito cinco bases por bolas, y mi efectividad apenas está por encima del 2.00, pero surgen señales alarmantes.

Una de ellas es que mi velocidad se desploma luego de hacer cincuenta o sesenta lanzamientos. La otra señal es que cuando lanzo un *slider* se agrava el dolor en mi codo. La cosa empeora a tal grado que los Yankees me colocan en la lista de incapacitados a finales de julio.

Mantengo mi actitud optimista porque eso es lo que sé hacer. Estoy en mi tercer año de béisbol profesional. No hay razón para entrar en el pánico. Tomo dos semanas de reposo, sin lanzar, y regreso a finales de agosto contra los Azulejos de Dunedin. Los Azulejos tienen al toletero más peligroso de la Liga, un puertorriqueño de veinte años de edad llamado Carlos Delgado. Carlos va rumbo a una temporada de treinta jonrones y cien carreras impulsadas, con promedio al bate de .324, en el corazón de una alineación que además incluye a Shawn Green, a Derek Bell, y al jardinero canadiense Rob Butler, quien termina bateando .358, el mejor promedio en la Liga.

Es un viernes en la noche en Fort Lauderdale, y estoy listo para enfrentar el resto de esta alineación súper montada. Estoy lanzando bien, y estoy en la cuarta entrada cuando los Azulejos colocan a un corredor en primera base. Lo veo que se adelanta mucho. Hago un lanzamiento a primera para obligarlo a regresar, pero al hacerlo, siento algo raro en mi codo, es difícil de describir, pero no es normal.

Definitivamente no es normal.

Recibo el lanzamiento de vuelta y me tomo un momento. Mi codo está latiendo. Vuelvo a dirigir mi atención al plato y hago un lanzamiento, y ahora siento que algo se me revienta duro en el codo, como si algo cedió o se reventó.

O se rasgó.

Vuelvo a recibir la pelota de parte del receptor, y vuelvo a pausar. Miro alrededor del parque, fanáticos por aquí y por allá, tal vez un par de cientos de personas en total. Todos están esperando el próximo lanzamiento, y se me ocurre que nadie en el parque sabe que no soy el mismo lanzador que era hace dos lanzamientos atrás. ¿Cómo podrían saberlo?

Me veo igual, pero no lo estoy.

Termino la entrada con el codo latiendo del dolor. Sé que no saldré para enfrentar a Carlos Delgado, ni a nadie más.

"No puedo lanzar", le digo al dirigente. "El dolor está fuerte".

El entrenador me envuelve el codo en hielo, y me paso el resto del partido sentado en el banco. Es una sensación extraña estar allá afuera compitiendo con todo lo que uno tiene para dar un segundo, y al otro ser un espectador. Esto no está nada bien.

¿Me hará falta cirugía? ¿Cuánto tiempo estaré fuera de acción? Mi cabeza está llena de preguntas, pero trato de no desesperarme. Por supuesto que estoy preocupado por mi futuro. Pero cuando las redes de pescar estaban desgastadas o rotas, las reparábamos. Cuando el motor del barco se descomponía, buscábamos llegar hasta la orilla. Enfrento las situaciones de la vida como el mecánico. Si tienes un problema, averiguas exactamente lo que es y lo arreglas. Eso es precisamente lo que voy a hacer con mi codo.

Después de una noche sin dormir—el codo está realmente inflamado y sensible—soy sometido a una serie de pruebas, incluyendo una prueba de imagen de resonancia magnética (IRM) en Miami. La prueba no muestra daño a mi ligamento colateral cubital. El ligamento es un tejido grueso en forma triangular, y es el principal tejido estabilizador en el codo. Me hacen pruebas adicionales, y finalmente me envían a ver al Dr. Frank Jobe, el mismo médico que operaría a Brien Taylor. Él es el rey de los que arreglan los codos, el inventor de la cirugía Tommy John, un término que se ha convertido en parte del vocabulario del béisbol tan integral como *grand slam* o doble matanza. A los codos no les gusta lanzar miles y miles de bolas, muchas de ellas sobre 90 millas por hora. Ahí el ligamento anuncia que se cansa de la situación, mediante desgaste o ruptura. Entonces tiene que ser compuesto mediante la cirugía, que fue nombrada por el lanzador de los Dodgers y quien fue el primero en pasar por ella, la cual reconstruye el ligamento al tejerlo con un ligamento saludable de otra parte de tu cuerpo, normalmente el antebrazo.

En Los Angeles, el Dr. Jobe brinda el diagnóstico: tengo mucho desgaste, y tengo cosas flotando en mi codo. Se requiere cirugía para limpiar el área, la cual incluye la remoción de mi hueso de la risa, pero no hace falta una reconstrucción completa.

Asimilo las palabras del Dr. Jobe, pero hay una voz más fuerte hablando en mi cabeza: *Esta lesión no me va a definir. No me va a detener. Tendré la cirugía que necesito y luego haré lo que sea para regresar.*

Dr. Jobe hace mi cirugía en agosto del 1992, y advierte

que podría haber algunos escollos en el camino hacia la plena recuperación. "No te desalientes si no progresas todos los días. El codo se toma tiempo para sanar plenamente. Sé paciente", dice.

Estoy fuera hasta la primavera del 1993, paso un corto tiempo en la Liga de la Costa del Golfo, y entonces me uno al cuerpo de lanzadores de Greensboro. No tengo la misma precisión que tenía antes, pero tengo una tasa de efectividad de poco más de dos. Todo está cayendo en orden, tal como me lo dijo el Dr. Jobe.

En Greensboro existe el bono adicional de ganar un nuevo amigo, uno que se convertirá en un hermano para mí en los años por venir. Es nuestro campo corto, tal vez el único tipo en el equipo que es más flaco que yo. Fue la primera selección de los Yankees al año siguiente de haber seleccionado a Brien Taylor. Él es Derek Jeter, de Kalamazoo, en el estado de Michigan. Lo había conocido anteriormente en el campamento de ligas menores, pero ésta es la primera vez que somos compañeros de equipo, y es tremendo espectáculo, porque este muchacho está a un año de haberse graduado de la secundaria, y es todo extremidades. Uno nunca sabe lo que él hará. Lo veo batear una bola de adentro hacia afuera hacia el jardín central derecho y terminar con un triple. Lo veo pegar dobletes por la línea y conectar imparables en situaciones claves, y jugar al campo corto como un potro en ganchos, corriendo tras roletas y elevados, y hacer tiros brincados desde el hoyo.

También lo veo lanzar la bola casi hasta Winston-Salem, como si se estuviese acostumbrando a su cuerpo de seis pies, tres pulgadas. Derek comete cincuenta y seis errores esa semana. Años después, oímos hablar de cómo los Yankees estaban preocupados a tal grado que consideraron moverlo al jardín central. Si alguien me hubiese pedido mi opinión, le habría dicho que no se preocupara. Uno ya podía ver que Derek iba a ser un gran jugador. Lo podías ver en lo duro que trabajaba, y en la pasión con la cual jugaba.

Derek Jeter iba a estar de lo más bien.

Luego de la temporada, hay drama médico adicional para los Rivera cuando Clara contrae la varicela. Normalmente, nadie se preocupa mucho por la varicela, pero Clara está embarazada con nuestro primer hijo. La varicela podría ser fatal para un niño aún no nacido.

Oro. Clara ora. Y esta odisea médica también tiene un final feliz. El 4 de octubre de 1993 le damos la bienvenida a nuestro primer hijo, Mariano, Jr., quien llegó al mundo en Panamá. El padre estaba más o menos, pero tanto madre e hijo salieron de lo más bien.

Encontré mi fe

Mi caminar con el Señor no comienza hasta que tengo dieciocho años de edad, trabajando en el barco de pesca con mi primo Vidal Ovalle. Vidal y yo nos vemos en días alternos. Corremos juntos tras las iguanas y trabajamos juntos. Cuando noté un cambio sorprendente en él, le pregunto al respecto.

"Conocí al Señor", me dice. Comparte conmigo lo que conoce sobre la Biblia. Puedo sentir su pasión, su paz y su felicidad. Lo he conocido durante toda su vida, y es como si ahora fuese una persona distinta. No es algo falso. En altamar, Vidal me habla de lo que significa creer en Jesucristo.

Escucho y leo la Biblia, pero tomo pasos espirituales de bebé, aún sin el deseo de comprometerme. Pasan los años. Tengo éxito inimaginable como lanzador en las líneas menores, pero la vida en los Estados Unidos, lejos de Clara y de mi familia, es solitaria. Me aferro al Señor que he venido a conocer con la ayuda de Vidal, y a través del tiempo invertido en una pequeña iglesia de cemento en Puerto Caimito, no muy lejos del muelle en donde mi papá guarda su barco. Es allí que aprendo a orar, a darle gracias al Señor por sus bendiciones, y a pedirle perdón por mis errores.

Cuando estoy listo, por fin, a anunciar que soy cristiano y que Jesucristo es mi Salvador, se siente como una carga que se levanta de sobre mis hombros. No estoy solo. El Señor guiará mis pasos solamente si se lo permito. Estoy de pie frente a esta iglesia pequeña en mi aldea pequeña y me doy cuenta que el Señor me está dando la oportunidad de ser otra persona, y de tener gozo. No puedo decirle que no a eso.

La llamada

El viaje en autobús de Rochester, Nueva York, a Pawtucket,
Rhode island, es de siete horas. Parece durar más cuando
lo tomas luego de haber recibido una barrida de cuatro
partidos de parte de los Red Wings, la filial de los Mellizos de Minnesota. Llegamos a Pawtucket tarde en la
noche, un grupo cansado de Clippers de Columbus me-
tiéndose en un motel. Es mayo del 1995, y estoy teniendo
un fuerte comienzo de temporada con la filial de triple
A de los Yankees, ponchando a once bateadores en cinco
entradas y dos tercios en mi último partido.

Finalmente ganamos un partido, el que abre la serie
contra los PawSox. Tim Rumer logra el triunfo, y Derek
Jeter, quien al momento batea .363, pegó el doblete que
nos dio la ventaja.

El segundo partido es suspendido por lluvia. No me
quiero pasar todo el día en un motel, así que hago lo
que hacen los jugadores de ligas menores cuando viajan:
ir a chismosear al centro comercial. La mayoría de los

centros comerciales se ven casi idénticos, un Gap por aquí, un Foot Locker allá, una plaza de comidas en el medio, pero me doy cuenta que en Rhode Island *todos* lucen atuendo de los Medias Rojas.

Esa tarde, estoy de vuelta en la habitación cuando suena el teléfono. Es mi dirigente, Bill Evers, quien me dice: "Tengo buenas y malas noticias para ti. ¿Cuáles quieres oír primero?".

Respondo: "Las malas".

"Muy bien. La mala noticia es que ya no serás un lanzador para los Clippers de Columbus".

¡Ay, no! Pasé el 1994 moviéndome de la liga A a la Doble A, y finalmente a los Clippers. No quiero dar marcha atrás. "¿Cuál es la buena noticia?", pregunto.

"La buena noticia es que ahora eres un lanzador para los Yankees de Nueva York", dice Bill.

"¿Perdón?"

"Más vale que empaques. Vas para Nueva York".

Oí sus palabras por primera vez. Aún no las asimilo. Pregunto: "¿Estás hablando en serio?".

"Los Yankees quieren que llegues allí tan pronto como puedas", dice. "Tienes que contactar al secretario de viajes para hacer los arreglos".

"Muy bien, muchísimas gracias", le digo.

Me dice: "No me des la gracias. Te ganaste esto".

Cuelgo el teléfono. Por mucho tiempo me he imaginado cómo se sentiría el recibir "la llamada" para ir a jugar a las Grandes Ligas. Ahora sé.

Me paro en la cama y comienzo a saltar y saltar y saltar, cual frijol saltarín panameño. Mi pobre vecino de abajo. Pero no lo tendrá que soportar por mucho tiempo.

Voy para las Grandes Ligas.

¡Las Grandes Ligas!

Cuando por fin paro de brincar, me pongo de rodillas y le doy gracias a Dios. Entonces llamo a Clara y a mis padres para compartir las nuevas, ni apenas recuerdo lo que les dije, y les digo que le digan a todos en Puerto Caimito que Pili es un Yankee de Nueva York.

Tomo un vuelo corto a Nueva York y tomo un taxi hasta el Yankee Stadium. Estamos jugando una serie de fin semana contra los Orioles de Baltimore. Al llegar a la entrada de jugadores, el guardia me detiene.

"¿Puedo ayudarle?", me dice.

"Soy Mariano Rivera. Me acaban de llamar de Columbus", le digo.

"Muy bien, te estábamos esperando", me dice.

¿Esperándome? Imagínense eso, pienso.

Es mi primera visita a un estadio de béisbol de Grandes Ligas. Por supuesto que he visto partidos de Grandes Ligas en la televisión, pero no es lo mismo. Le echo un vistazo al terreno de juego antes de bajar a la *clubhouse*. Aún a la distancia se ve demasiado grande y hermoso como para ser real. Merodeo un pasillo hasta que encuentro la *clubhouse*. Cuando entro, veo una placa que dice "Rivera" sobre un casillero, y adentro un uniforme con el número 42. En el entrenamiento primaveral vestí el 58, así que me parece que esto lo oficializa: Esto es verdaderamente una promoción.

Me paso todo el fin de semana en un estado de incredulidad, una versión caricaturesca del típico novato de Grandes Ligas. Me divierto como nunca en la práctica de bateo, rastreando elevados en el jardín más famoso en todo el béisbol. Quisiera quedarme allí toda la noche, pero hay un partido por jugar. Los Orioles le anotan cuatro a John Wetteland para ganar el primer partido, pero ganamos el próximo partido, y entonces logramos una blanqueada completa de Sterling Hitchcock con solo cuatro imparables permitidos para ganar la serie, antes de volar hacia el sur de California para enfrentar a los Angelinos de Anaheim. Es el comienzo de una gira de nueve partidos en tres ciudades. El primer partido es el martes en la noche.

El abridor de los Yankees soy yo.

Estoy sustituyendo a Jimmy Key, quien ha pasado a la lista de los incapacitados.

Estoy más entusiasmado que nervioso cuando llego al parque. He tenido nueve días de descanso desde mi partido previo en Rochester, así que eso debe ayudar a mi hombro, el cual no se ha sentido bien en lo que va de principio de temporada. No hay problema, es tan solo una molestia. Nuestro coach de lanzadores, Mel Stottlemyre, revisa conmigo los bateadores de los Angelinos, y me da un breve resumen del mejor modo para atacarles. Mel es noble y sabio, la clase de hombre cuya mera presencia te hace sentir mejor. Me dio la información suficiente que pudiera digerir.

Me tomo mi tiempo en ponerme mi uniforme, pantalón gris de visitante con su respectiva camisa, alisando las arrugas. Estoy tan orgulloso de lucir este atuendo y quiero asegurarme que me quede nítido, como solía quedarme mi uniforme escolar. Voy camino al *bullpen* y miro hacia las tres gradas del estadio de los Angelinos, el Gran A. El tamaño y alcance de todo es asombroso. No estoy tan ansioso o maravillado, sino que estoy increíblemente vivo. Todo está realzado: los olores, los sonidos, los colores. Estoy a minutos de hacer mi primer lanzamiento en las Grandes Ligas.

Estoy tan listo.

El lanzador opositor es Chuck Finley, un zurdo que tira duro. Hay poca fanaticada presente un martes en la noche, y mientras el bateador inicial, Tony Phillips, se acomoda en la caja de bateadores, me enfoco en el guante del receptor Mike Stanley. Es como si nada más estuviese ocurriendo en el parque, en todo el mundo. Lo único que necesito hacer es darle al guante. Así de abarcador es mi enfoque.

Respiro.

Me digo a mí mismo: *Haz el mejor lanzamiento que puedas.*

No lo compliques.

Comienzo mi movimiento sin *windup*, meciéndome hacia atrás un poco, manos por la cintura, antes de impulsarme de la goma con el pie derecho. Lanzo una recta que corre hacia abajo y afuera para una bola cantada, pero regreso con dos rectas afuera para *strikes* y poncho a Phillips con otra recta. Jim Edmonds, el jardinero central, toma una recta cantada para el segundo *out*. Ya voy por dos terceras partes de mi primera entrada en las Grandes Ligas.

Entonces Tim Salmon pega un sencillo al campo corto, y Chili Davis, el cuarto bate, pega un lanzamiento 1 a 0 para un doblete. Estoy en mi primer aprieto.

El próximo al bate es J. T. Snow, un zurdo. Me adelanto en el conteo 0 y 2, y lo reto con una recta alta que eleva al jardín central, la cual se convierte en fácil jugada para Bernie Williams.

Se acabó la entrada. ¡Qué alivio!

Lanzo una segunda entrada sin carreras y comienzo la tercera con dos *outs*, antes de que Salmon pegara un doblete al jardín central derecho. Lanzo cautelosamente a Davis, recordando su primer turno al bate, y termino embasándolo. Snow pega una roleta floja para un *hit* de campo. Ahora las bases están llenas y Greg Myers está al bate. Me le adelanto en el conteo 1 y 2, pero pega un elevado al jardín izquierdo y anotan dos carreras. Salgo de la entrada sin que nadie más anote, pero recuerdo que el base por bolas a Davis es lo que me complicó la vida y nos puso en esa desventaja de dos carreras.

En la cuarta entrada los problemas empiezan mucho antes, con sencillos consecutivos, lo cual trae a Edmonds. Lo he ponchado dos veces, pero dio trabajo en su segundo turno y estaba bien pendiente a mi recta de cuatro costuras. Caigo en desventaja 2 y 1, entonces le hago un lanzamiento sobre el plato, el cual él vuela al jardín central derecho. Ahora estamos perdiendo 5 a 0, en una noche cuando Finley está haciendo a nuestros bateadores quedar como si estuviesen bateando con sorbetos. Mi debut pasa a la historia después de otro base por bolas, con una línea horrenda (tres entradas y un tercio, ocho *hits*, cinco carreras, tres bases por bolas y cinco ponches) y un decepcionante regreso al *dugout*. Perdemos 10 a 0; Finley poncha a quince.

Si algo positivo puedo sacar de esto, es que sé que puedo retirar a estos bateadores. Podría sonar extraño luego de que me hayan caído a palos, pero con un par de lanzamientos en mejor ubicación todo sale diferente. Estoy listo para rendir una mejor actuación la próxima vez.

Estoy de regreso a los cinco días, esta vez contra los Atléticos de Oakland. Paul O'Neill pega un doble, Bernie Williams pega un jonrón, y anotamos cuatro carreras en las primeras dos entradas. Protejo nuestra ventaja, permitiendo una sola carrera hasta la sexta entrada. Bob Wickman me rescata de algunos problemas menores, y cuando Wetteland poncha a todos en la novena entrada, los Yankees tienen su décimotercera victoria de la temporada, y yo tengo el primer triunfo de Grandes Ligas de mi vida. El receptor Jim Leyritz estrecha la mano de Wetteland después que Stan Javier se poncha para cerrar el partido, y entonces el dirigente Buck Showalter estrecha su mano, y entro en fila para hacer lo mismo. Estoy tan contento de aportar a un triunfo que se me olvida pedir la pelota del partido.

Abro dos partidos más, contra los Atléticos y los Marineros. Ninguno es memorable. Permito un monstruoso jonrón con las bases llenas en el primer partido y un jonrón de tres carreras en el segundo. Los Yankees caen al último lugar. Después del partido, Buck Showalter me llama a su oficina.

Tan solo tengo tres semanas de servicio en las Grandes Ligas, pero sé que no es bueno que te llamen a la oficina del dirigente, especialmente cuando tienes una tasa de efectividad de 10.20.

"Te vamos a enviar de vuelta a Columbus", dice Buck. "Mostraste algunas cosas buenas y no debes desanimarte. Sigue trabajando y estarás de regreso".

Derek Jeter, a quien llamaron a las dos semanas de mi ascenso, va de camino a la oficina mientras salgo. Él está bateando .234 en trece partidos, en sustitución de un jugador lesionado. A Derek le dan la misma noticia: de regreso a las menores. Es el día 11 de junio de 1995. Los dos no conocemos otra cosa que no sea la promoción. El retroceso no es lo que tenemos en mente. Sé que el hombro aún no anda bien, pero como quiera…

¿Cómo no dolerse cuando tu equipo te dice que no eres lo suficientemente bueno?

Derek y yo compartimos un viaje de taxi silencioso mientras cruzamos el Puente George Washington, y luego una cena silenciosa en un Bennigan's en Fort Lee, Nueva Jersey, al cruzar la calle de nuestro hotel. No será la Última Cena, pero tampoco estamos de festejo.

Tan consciente como estoy que puedo competir a nivel de Grandes Ligas, también tengo el pleno conocimiento de que no hay garantías de una segunda oportunidad.

"Siento que es mi culpa que te hayan enviado de regreso a las menores", le digo a Derek. "Si hubiese lanzado mejor hoy, tal vez esto no nos habría sucedido, a ninguno de nosotros".

"No es culpa tuya", dice Derek. "Lo que me sucedió no tiene nada que ver con el modo en que lanzaste. Tenemos que seguir trabajando duro. Si hacemos eso y jugamos como mejor podamos, estaremos de regreso".

"Tienes razón. Así es como tenemos que pensar", le digo.

Al día siguiente tomamos un vuelo a Charlotte, donde nos unimos a los Clippers. Mi hombro aún se siente adolorido, así que me colocan en la lista de lesionados por par de semanas a ver si el reposo me ayuda.

Mi primer partido de regreso a la Triple A llega con una noche lluviosa en el Cooper Stadium de Columbus. Estoy lanzando el segundo partido de una doble jornada contra Rochester. Aún durante el calentamiento puedo ver que el hombro se siente mucho mejor de lo que se ha sentido durante todo el año. Estoy casi libre de dolor, lanzando libremente.

El descanso fue de gran ayuda.

Domino a los Red Wings en la primera entrada. De regreso al banco, se me sienta al lado mi receptor, Jorge Posada. Me pregunta: "¿Qué comiste hoy?".

"¿Por qué?"

"Porque nunca te he visto tirar tan duro. La pelota sale volando de tu mano".

Respondo: "El descanso ayudó. Me siento bien".

Termino lanzando un juego sin *hits* de cinco entradas, acortado por la lluvia. Permito una base por bolas, y Jorge lo fusila en el intento de robo de segunda, así que enfrento al mínimo de quince bateadores.

Jorge le dice a algunos de nuestros compañeros de equipo: "Este tipo va a regresar a las Grandes Ligas y jamás volverá atrás".

Después Jorge me cuenta que mi velocidad rondaba las 96 millas por hora, en ocasiones llegaba hasta 97 o 98. Es un incremento enorme que asombra a las personas dentro de la organización de los Yankees. Pasados los años, me entero que George Michael, el gerente general de los Yankees, recibió boletines esa noche respecto a lo duro que estaba lanzando.

Michael quería saber: "¿El radar estaba funcionando correctamente? ¿Sabemos si esto es fidedigno?".

Verificó con un buscatalentos, quien se lo confirmó; su radar también marcó 96 millas por hora. Aparentemente Michael estaba en medio de conversaciones con los Tigres para adquirir a David Wells. Los Tigres estaban interesados en mí.

Dejé de ser parte de esa transacción tan pronto Michael verificó la veracidad de los números del radar.

La noche después de mi juego sin *hits* abreviado, Jorge y yo y algunos de los otros Clippers salimos a cenar a nuestro lugar acostumbrado, Applebee's. Pido filete miñón, una papa asada con todo y vegetales.

"¿Tienes idea de cómo puedes ir de lanzar ochenta y ocho millas por hora a noventa y seis?", me pregunta Jorge.

Mi hombro estará saludable, pero hay una sola respuesta que abarca mi verdadero sentir respecto a esto. Le digo a Jorge: "Es un don de Dios".

Jamás vuelvo a lanzar para los Clippers.

La casa que Ruth levantó

Hace poco tiempo atrás pregunté: "¿Quién es Babe Ruth?". Ahora estoy aquí, jugando en su casa. Los cronistas deportivos de aquel tiempo llamaron al Yankee Stadium original "La casa que Ruth levantó", porque fue la popularidad enorme de Ruth la que creó la necesidad de que se construyese un nuevo hogar para su equipo.

Antes de que Yankee Stadium abriera en el Bronx en el 1923, los Yankees compartieron el Polo Grounds, ubicado en Manhattan, con los Gigantes, uno de los dos equipos de la ciudad en la Liga Nacional.

Pero en el 1920, los Yankees adquirieron a Ruth de los Medias Rojas, donde había creado fama como bateador, pese a que subió a las Grandes Ligas como lanzador. En el 1919, Ruth batió la marca de la Liga Americana al pegar veintinueve jonrones, casi duplicando la marca anterior de dieciséis, establecida en el 1902 por Socks Seybold de los Atléticos de Filadelfia.

En su primera temporada con los Yankees, Ruth pegó *cincuenta* y *cuatro* jonrones, y tanto su gran *swing* como su personalidad enorme trajeron 1.3 millones de fanáticos de los Yankees al Polo Grounds, rebasando la asistencia local de los Gigantes. De pronto el dueño de los Gigantes decidió que no estaba seguro si quería seguir compartiendo su estadio con un equipo de la Liga Americana, y sugirió que los Yankees buscasen otro lugar para jugar sus partidos locales.

Los dueños de los Yankees compraron diez acres (4.68 hectáreas) de terreno en una antigua maderera cerca del Río Harlem, y allí construyeron el primer estadio con tres gradas en el país. Hasta entonces, los parques de pelota tenían capacidad para casi treinta mil fanáticos; el Yankee Stadium podía acomodar a casi sesenta mil.

La apertura del estadio coincidió con el comienzo de la tradición ganadora de los Yankees. Nunca antes habían ganado el banderín de la Liga ni la Serie Mundial, pero una vez Ruth llegó al equipo, ganaron siete campeonatos de la Liga Americana y cuatro Series Mundiales.

Apropiadamente, el primer jonrón en Yankee Stadium llegó en medio de un triunfo sobre los Medias Rojas en el partido inaugural, un batazo de tres carreras que lo pegó, ya saben quién: el Bambino.

De regreso a las Mayores

La siguiente vez que el dirigente de los Clippers me llama para decirme que voy a regresar a los Yankees, no salto en la cama. Sencillamente me monto en un avión rumbo a Chicago. Abriré al día siguiente contra los Medias Blancas. Siento paz desde el momento en que entro al Comiskey Park. Sencillamente quiero salir a jugar el juego que amo. Ya estoy aprendiendo que cuando te dices a ti mismo, "tengo que hacer esto" o "tengo que mostrar lo que valgo ahora", solo logras complicarte.

No puedo decir que estoy lanzando tanto más duro de lo que lanzaba durante mi promoción anterior, pero al ver cómo los bateadores hacen *swing*, puedo notar que no están esperando la velocidad que les estoy lanzando. Fácilmente navego las primeras cuatro entradas, con un solo imparable y cinco ponches. Paul O'Neill pega un jonrón para darme una ventaja de 1 a 0, y un elevado de sacrificio añade otra carrera para extender la ventaja de 2 a 0.

He permitido tan solo dos imparables luego de seis entradas. Poncho a todos en la séptima entrada.

Con ventaja de tres carreras a cero en la octava entrada, logro retirar al primer bateador con una roleta al cuadro, al próximo con un elevado, y poncho al tercero. Es mi undécimo ponche de la noche. Cuando llego al *dugout*, Buck Showalter me da un espaldarazo.

"Excelente trabajo, Mariano, estuviste tremendo", me dice. "Le voy a entregar la bola a Wetteland en la novena entrada".

"Gracias", le digo. Después me contaron que los bateadores de los Medias Blancas se quejaron porque los informes de sus evaluadores de talento estaban equivocados. Los informes decían que lanzaba en los medianos a altos ochenta, no en los medios 90.

Bueno, esos informes estuvieron obsoletos por unas semanas.

Termino la temporada con el equipo de Grandes Ligas, y logramos clasificar en el comodín de la Liga Americana, al ganar once de nuestros últimos doce partidos. Nos toca enfrentar a los Marineros de Seattle en la Serie de División. Es un momento gozoso para ser un Yankee. Esta no es tan solo la primera serie de postemporada de los Yankees en catorce años, sino la primera postemporada para el gran Don Mattingly, y todos están súper alegres por él. Apenas he conocido a Donnie por algunos meses, pero lo suficiente como para admirar su humildad y ética de trabajo. Es un hombre que hace todo del modo correcto.

Es un hombre digno de imitar.

David Cone nos lleva al triunfo en el primer partido en Yankee Stadium. El segundo partido está más cerrado, empatado a cuatro luego de nueve entradas. Justo antes del comienzo de la duodécima entrada, entra una llamada al *bullpen*.

"Preparen a Rivera".

Me suelto y me siento bien. Me gusta cómo la bola sale de mi mano.

Ken Griffey, Jr. pega un jonrón para darles ventaja de 5 a 4 a los Marineros. Buck me envía a llamar cuando Wetteland embasa al próximo bateador. Corro desde el *bullpen* para encarar la mayor prueba de mi carrera como lanzador. Seré el hijo de un pescador de Puerto Caimito, pero me encanta el reto, y que tanto dependa de cada lanzamiento. No puedo esperar.

Tal vez venga por haber trabajado en el barco. Si no atrapamos peces, no ganamos dinero. Tenemos que producir.

La postemporada se siente igual para mí.

Poncho a Jay Buhner, el ex Yankee, para dar fin a la amenaza.

En la parte baja de la duodécima, nos queda el último *out* cuando Rubén Sierra empata el partido con un doblete al jardín izquierdo, y ahora me toca a mí preservar el empate. Tengo una fácil décimotercera entrada y poncho a todos en la décimocuarta. Logro retirar a Griffey con un elevado, retirando así a ocho bateadores consecutivos antes de permitir sencillos a Edgar Martínez y a Buhner en la décimoquinta. Poncho a Doug Strange, pero caigo en desventaja de 3 y 0 ante Tino Martínez con dos en base. Lanzo una recta y pega un elevado al jardín central.

Salimos del peligro.

Mi primera participación en la postemporada consiste en tres y un tercio entradas de relevo sin conceder carreras.

Minutos después, con un *out* y uno en base en la baja de la décimoquinta, el Yankee Jim Leyritz pega un jonrón de dos carreras a las gradas del jardín central derecho, y al ver la bola elevarse y oír el estruendo que sube desde mi sitial en el banco, pienso una sola cosa:

Este es el sonido más duro que jamás he oído en mi vida.

Se siente como si el Yankee Stadium se estuviese levantando del River Avenue. Tenemos ventaja en la serie de dos partidos a cero, y me acreditan el triunfo. Es difícil siquiera entender dónde estoy, o lo que estoy haciendo.

La serie se traslada a Seattle, y los Marineros ganan los siguientes dos partidos. En la octava entrada, el partido se empata con una base por bolas concedido por David Cone al cabo de 147 lanzamientos maravillosos. Buck me entrega la bola. Las bases están llenas y Mike Blowers está al bate.

Hace cuatro meses, era un Clipper de Columbus que

había fracasado en su primer intento de jugar en las Grandes Ligas. Ahora el desenlace de toda una serie de postemporada depende de cada lanzamiento que hago. La presión es inmensa, pero no hay tiempo de pensar cuán lejos o cuán rápido llegué. Tengo un bateador al cual retirar. Tengo que enfocarme en el guante de Mike Stanley.

Poncho a Mike Blowers con tres lanzamientos.

Acabamos perdiendo en la undécima entrada cuando Edgar Martínez impulsa la carrera ganadora con un doblete. Es un final brutal, un final que nunca vi venir. Las entrañas se me enfrían mientras veo a los Marineros celebrar al mismo frente de nosotros. Estaba seguro de que ganaríamos la serie, de que nosotros seríamos los que bailaríamos. Pero con el ardor de la derrota viene una resolución que casi raya en el desafío:

Aprenderemos de esto. Regresaremos. Prevaleceremos.

Y es imposible que yo no sienta ánimo con lo sucedido en el 1995. Después de todo, comienzo la temporada con un historial inestable de lesiones, todo un lanzador de Triple A. Termino con cinco y un tercio entradas sin permitir carreras y con ocho ponches en competencia postemporada para los Yankees de Nueva York, en las Grandes Ligas, jugando un partido que aprendí a jugar en la playa.

Clase mundial

Tengo un nuevo hogar para mis lanzamientos en el 1996, y paso allí las próximas 1096 apariciones de mi carrera. Se llama el *bullpen*. Supongo que si me pones contra la pared y me obligas a responder, te diría que prefiero ser abridor, pero daré lo mejor de mí en lo que el equipo necesite.

Es una temporada de gran transición para los Yankees. Tenemos un nuevo dirigente, Joe Torre; un nuevo as, Andy Pettite; un nuevo campo corto, Derek Jeter; un nuevo jugador de primera base, el ex Marinero Tino Martínez; y un nuevo receptor: un hombre sólido e inteligente llamado Joe Girardi. Uno nunca sabe cómo va a encajar esto, y presumo que George Steinbrenner tampoco está tan seguro que digamos: los Yankees están en conversaciones con los Marineros para canjearme por su campo corto, Félix Fermín. Aparentemente Steinbrenner no tiene la certeza de que Derek esté listo y quiere a Fermín como póliza de seguro. No tengo idea de que las conversaciones se están llevando a cabo y no quiero saber. Algunos jugadores prefieren estar al tanto de hasta el último rumor de canje. Yo no. Los rumores son una distracción, y desde mi perspectiva como lanzador, las distracciones son el enemigo.

Y si no me va a ayudar a lograr *outs*, ¿por qué prestarle atención? Mi enfoque principal está en causar una fuerte primera impresión en el nuevo dirigente. Jamás he oído de Joe Torre, no conozco nada acerca de su carrera como jugador o su premio de Jugador Más Valioso. Buck Showalter, mi dirigente anterior, me apoyaba fuertemente. Cuando los Yankees deciden dejar ir a Buck y traen a Mr. T, aún le digo así, me motivo en ganar un lugar en el *bullpen*. Hay muchos relevistas en el campamento. Aunque me fue bien en la postemporada anterior, no me tomo nada por sentado.

En mi primera aparición de la temporada regular, dejo a los Rangers de Texas en blanco por dos entradas. Es casi vergonzoso, pero mi repertorio aún consiste básicamente en un solo lanzamiento: la recta de cuatro costuras. Los años invertidos tratando de desarrollar un *slider* y un cambio no han dado ningún fruto, pero parece no importar. Tengo velocidad fácil con movimiento tardío, y normalmente puedo colocar la bola exactamente donde quiera.

Han transcurrido seis semanas en la temporada del 1996, y tengo una efectividad de 0.83. En un momento dado, lanzo quince entradas consecutivas sin permitir un *hit*. Durante una racha de mitad de temporada en la cual ganamos ocho de nueve partidos, poncho a tres Medias Rojas con doce lanzamientos, y mantengo la ventaja para Wetteland. De pronto, se levanta un clamor de que se me incluya en el cuerpo de lanzadores de Estrellas de Mike Hargrove. Hargrove me pasa por alto, y si eso indigna a la fanaticada de los Yankees, pues a mí no. Sencillamente ese no es mi estilo.

Lo único que quiero es llegar a casa a Panamá durante el receso del Juego de Estrellas para ver a Clara, quien está embarazada con nuestro segundo hijo, Jafet.

Termino la temporada con efectividad de 2.09 y 130 ponches en 107 entradas; hasta clasifico en tercer lugar en la votación para el premio Cy Young al Mejor Lanzador de la Liga. Ganamos la División del Este de la Liga Americana y nos toca enfrentar a los Rangers en la Serie Divisional. Los Rangers ganan el primer partido en Yankee Stadium, así que el segundo partido se vuelve crucial si queremos evitar ir a Texas con necesidad de barrerles.

Andy lanza hasta la séptima y me dan la bola. Estamos abajo 4 carreras a 2. Enfrento a un total de ocho Rangers y los retiro a todos, incluyendo al Jugador Más Valioso de la Liga ese año, Juan González. Ya lleva dos jonrones con cuatro impulsadas en lo que va de partido, y tres jonrones para la serie. González está en una de esas zonas en las cuales entran los bateadores: donde la bola parece del grande de un melón, y no *piensan*, sino *saben* que pueden batearle a lo que sea. Los lanzadores entran en zonas también, y yo estoy en una. González me pegó un jonrón el año pasado, así que sé cuán peligroso puede ser. Contrario a la mayoría de los toleteros, él casi siempre logra hacer contacto cuando me enfrenta; solo lo ponché una vez en veinticuatro turnos al bate. Es un excelente bateador de rectas bajas, así que mantengo la bola arriba y afuera. Eso funciona: logro retirarlo con una roleta al cuadro para abrir la octava entrada.

Acabamos empatando el partido en la octava entrada con el sencillo de Cecil Fielder, y ganándolo en la duodécima luego que Derek pega un *hit* para abrir y anota con un tiro errado. La serie queda empatada 1 a 1.

Durante toda la temporada hemos sido un equipo resistente, nunca nos rendimos, y lo volvemos a demostrar en el tercer partido, en Texas, cuando estamos abajo por una carrera en la novena entrada y anotamos dos veces para ganar el partido.

Un partido después, lanzo dos entradas limpias sin conceder carreras mientras llevamos una ventaja de 5 a 4 en la novena entrada. Bernie Williams pega su segundo jonrón del juego, y Wetteland poncha a Dean Palmer para cerrar la serie.

Pasamos a la serie de Campeonato de la Liga Americana contra los Orioles de Baltimore, e inmediatamente caemos en una desventaja de dos carreras. Aún estamos perdiendo en la octava cuando Derek pega un elevado a lo profundo del jardín derecho. El jardinero de los Orioles, Tony Tarasco, va hasta el muro y se prepara para hacer la atrapada. La bola cae adentro del guante estirado de…Jeffrey Maier. ¿Nunca han oído hablar de él? En ese entonces tenía doce años de edad, un muchacho de séptimo grado de Old Tappan en Nueva Jersey. Chicos, siempre traigan sus guantes al partido. No, no fue un jonrón legítimo, y por supuesto que los Orioles tienen todo el derecho de alegar, pero esos eran los días antes de que los árbitros pudiesen revisar los jonrones por video.

El juego sigue empatado cuando consigo una roleta para salir de aprietos en la décima, y un ponche para terminar la undécima. A los tres minutos, Bernie sella el triunfo con un jonrón que apenas rebasa el palo de *foul* del jardín izquierdo. El estadio estalla en pandemonio. En los jardines, los fanáticos cantan el nombre de Jeffrey Maier y las letras *MVP* (Jugador Más Valioso por sus siglas en inglés).

Los Orioles ganan el segundo partido para empatar la serie a uno, y entonces nos trasladamos a Camden Yards, en donde Jimmy Key lanza una joya en el tercer partido. El cuarto partido, nuestro *bullpen*—David Weathers, Graeme Lloyd, este servidor, y John Wetteland—lanza seis entradas en blanco luego de que sacan a Kenny Rogers a palos. Tomamos ventaja de 3 a 1 en la serie. Andy liquida a los Orioles en el quinto partido, al permitir solo tres imparables a lo largo de ocho entradas, y tanto Jim Leyritz como Cecil Fielder y Darryl Strawberry jonronean contra Scott Erickson en una tercera entrada de seis carreras, la cual nos envía a la Serie Mundial contra los Bravos de Atlanta.

Pensarías que el estar en mi primera Serie Mundial traería todo un nuevo nivel de presión, pero nuestra temporada nos fue de tal grado que esperábamos estar en la Serie. Hubiese sido devastador que nos quedáramos cortos, así que la presión fue mayor en las eliminatorias.

Nunca hubieras sabido eso al ver el inicio de la serie, en la cual los Bravos hicieron el papel de tractor y los Yankees el de escombros. Perdemos dos juegos en casa por anotación combinada de 16 a 1, debido principalmente a que Andrew Jones, un joven de diecinueve años de Curazao, una isla cerca de la costa de Venezuela, dispara dos jonrones en el primer partido, y el cuerpo de abridores de Atlanta, uno de los mejores de la historia, es tan bueno como todos dicen. John Smoltz nos maniató en el primer partido, y Greg Maddux en el segundo. Me maravillo de ver a estos tipos, especialmente a Maddux. Hace ochenta y dos lanzamientos en ocho entradas, llegando a un conteo de tres bolas en tan solo dos bateadores. En la cuarta entrada, retira el corazón de la alineación con tan solo seis lanzamientos. Hace lo que hacen los grandes artistas en cada línea de trabajo.

Lo hace lucir fácil.

La serie se traslada a Atlanta, y ganamos el tercer partido con el esfuerzo de David Cone, pero estamos en aprietos en las postrimerías del cuarto partido, abajo seis carreras a tres, y a cinco *outs* de caer en desventaja de tres partidos a uno, y teniendo que enfrentar a Smoltz y a Glavine en los próximos dos partidos. Me suelto en el *bullpen* a comienzos de la octava entrada, mientras Charlie Hayes se enfrenta a Mark Wohlers, uno de los cerradores más dominantes del partido. Hayes pega un medio toque que rueda por la línea de tercera base y de algún modo permanece en juego. Entonces Darryl Strawberry pega una línea y tenemos a dos corredores en base sin *outs*. Aún estoy calentando cuando Mariano Duncan pega una roleta al campo corto que debería ser una doble matanza, pero Rafael Belliard se la come y solo sacan a un corredor.

Esto trae a Jim Leyritz al bate, quien había pegado aquel tremendo jonrón contra los Marineros el pasado octubre, y jonroneó en el juego eliminatorio contra los Orioles. Leyritz nunca había enfrentado a Wohlers.

"¿Qué tiene Wohlers?", le pregunta Leyritz a Chris Chambliss, el adiestrador de bateo.

"Tiene una recta de cien millas por hora", responde Chambliss.

Leyritz entra a la caja de bateo, usando uno de

los bates de Strawberry. Ve una, pero la saca de *foul*, entonces toma un *slider* para una bola. Con el conteo 1 y 1, Wohlers sirve otro *slider* que se queda arriba y sobre el plato, y Leyritz la vuela por el jardín izquierdo. Andrew Jones se trepa al muro, pero la bola está más allá de su alcance. El juego está empatado, y mientras Leyritz celebra batiendo el puño al aire mientras corre las bases, sé que me toca a mí asegurar el empate.

Lanzo la octava en blanco, y logro un *out* en la novena. Graeme Lloyd me releva, y logra que Fred McGriff roletee para una doble matanza. Ganamos en la décima y la Serie está empatada dos a dos.

En el quinto partido, tanto Andy Pettitte como John Smoltz lanzan brillantemente, pero ganamos 1 a 0 y regresamos a Yankee Stadium con ventaja en la Serie de tres partidos a dos. Finalmente le conectamos a Maddux con tres carreras en la tercera entrada, y aún tenemos ventaja de tres a uno cuando entro en la séptima entrada. Domino dos entradas, retirando a seis en línea después de embasar a Terry Pendleton para abrir la séptima, antes de darle la bola a Wetteland. Permite tres sencillos y una carrera y los Bravos tienen la carrera del empate en segunda base cuando su segunda base, Maek Lemke, batea un elevado en territorio detrás de la tercera base, donde Charlie Hayes la atrapa.

La Serie Mundial es nuestra.

Desde el escalón de arriba del *dugout* corro hacia el montículo, llegando casi antes de que Charlie aterrice de su brinco. Es el primer campeonato de los Yankees en dieciocho años, y mi primera Serie Mundial, punto. El triunfo se siente mucho más dulce al saber que tres muchachos de los Clippers de Columbus—Derek, Andy, y yo—desempeñamos papeles tan importantes en este triunfo. Estar en medio de esa celebración, luego de tener que regresar para vencer a un equipo tan bueno como los Bravos, es un sentir indescriptible.

NOTAS DE MO

¡Gracias, Jeff!

Los cronistas deportivos estaban de acuerdo en dos cosas con respecto al primer partido contra los Orioles. Primero, se debió haber declarado interferencia de parte del fanático. El árbitro Rich García admitió equivocarse con su decisión, y los Yankees instalaron una valla sobre el muro del jardín derecho para evitar que los fanáticos trataran de llegar al terreno. Segundo, el joven Jeffrey Maier tiene muy buenos instintos como jardinero.

Jeff salió de su silla al sonar el bate y corrió al punto exacto donde pensó que estaría la bola. "El pelotero en mí tomó control", según le dijo a los cronistas. Se trajo su guante negro marca Mizuno consigo, porque "eso es lo que todo muchacho quiere hacer en un juego de pelota: atrapar una bola".

Jeff se volvió famoso de modo instantáneo; estuvo en *Good Morning America* al día siguiente y el periódico *New York Daily News* le dio a la familia de Jeff entradas al segundo partido detrás del *dugout* de los Yankees.

Y Jeff llegó también a ser un muy buen jugador de béisbol. Jugó para su equipo de secundaria y fijó la marca de imparables de todos los tiempos en la Universidad Wesleyana de Connecticut. Tuvo varias pruebas con algunos equipos de Grandes Ligas, pero nunca caló en las Mayores.

Una decepción que perdura es la ausencia del suvenir que es suyo por derecho. Luego de atrapar la bola de Jeter, otro fanático "me arrancó el guante de la mano", dijo. Perdió la bola en ese mismo instante.

La recta cortada

Después de la temporada, los Yankees deciden que estoy listo para ser su cerrador y dejan a Wetteland, quien es agente libre, ir a firmar con los Rangers. En público insisto que no siento presión, pero la verdad es que, finalmente, *sí* siento presión. Quiero probar que los Yankees hicieron lo que era correcto; no quiero ser tan bueno como John Wetteland. Quiero ser el mejor.

Abrimos la temporada del 2007 ganando tan solo cinco de nuestros primeros quince partidos. Pierdo tres de mis primeras seis oportunidades para salvar partidos. En mis primeras nueve entradas, permito nueve imparables y catorce entradas.

El error más reciente viene contra los Angelinos, y el que conecta contra mí, de todos los jugadores, es Jim Leyritz. Canjeado a las dos semanas de su jonrón contra los Bravos, Leyritz dispara un doble por la línea del jardín izquierdo que impulsa dos carreras. Luego del partido, Mr. T me llama a su oficina. Allí está también

Mel Stottlemyre, el adiestrador de los lanzadores. Tengo la certeza de que no van a discutir sus planes para la cena. No he estado haciendo el trabajo. Si esto persiste, tendrán que hacer un cambio.

"No estoy seguro de lo que anda mal", les digo. "Me siento bien, pero no estoy obteniendo los resultados".

Mr. T me dice: "Mo, ¿sabes lo que tienes que hacer? Tienes que ser Mariano Rivera. Ni más ni menos. Nos parece que estás tratando de ser perfecto".

"Te has desviado de lo que te ha hecho tan exitoso", dice Mel. "Al tratar de hacer demasiado, estás perdiendo algo de agresividad y afectando tu precisión".

"Eres nuestro cerrador. Eres el hombre, y queremos que seas el hombre, y eso no va a cambiar, ¿está bien?", dice Mr. T.

Siento un alivio inmediato. Miro a ambos a los ojos, primero a Mr. T y luego a Mel. "Gracias", les digo. "Significa tanto saber que aún tienen confianza en mí".

En el deporte, el afanarse demasiado para llegar al éxito es la manera más segura de fracasar. Joe y Mel tienen toda la razón. Aún tengo el mismo brazo, los mismos lanzamientos, pero el esforzarme a ser mejor o más rápido de lo que era me está haciendo daño. A veces tienes que dejar que tu cuerpo haga lo que hace naturalmente.

Al salir de la oficina de Mr. T, siento que me fueron levantados diez mil toneladas de peso de encima. Me prometo a mí mismo recordar lo que me dijo. Y me invento mi propio sistema para recordar: no voy a pensar en cuál entrada estoy. Si es la séptima o la octava entrada, al igual que el año pasado, o la novena, como es este año, aún tengo una bola, el bateador tiene un bate, y mi único trabajo es retirarlo, un lanzamiento a la vez.

El resultado de la reunión es inmediato. Dejo de tratar de ser Wetteland y logro doce cierres en línea. Las inseguridades quedan atrás cuando vamos rumbo al Tiger Stadium para una serie a finales de junio.

¿Quién se imagina lo que tendría por delante?

Estoy calentando antes del partido con Ramiro Mendoza, compañero y compatriota. Al soltarme, comienzo a tirar más duro. Atrapo el lanzamiento de Ramiro, y se lo devuelvo ahora que estoy calentando.

Mi tiro lo toma por sorpresa. Tiene que mover el guante en el último segundo para atraparlo.

"Oye, deja de bromear", dice Ramiro.

"¿De qué hablas?", pregunto.

"Estoy hablando del lanzamiento que acabas de hacer. Por poco me pega".

"Yo solo tiré una bola normal", le digo.

"Bueno, no me pareció normal".

Seguimos calentando. Le vuelvo a tirar la bola y ocurre lo mismo. Se mueve como un pie a la derecha cuando le llega, y por poco no la atrapa.

"De eso es lo que estoy hablando", dice. "Deja de hacer eso".

"Te prometo que no estoy haciendo nada", respondo.

Hago otros lanzamientos a Ramiro, y todos y cada uno de ellos tiene ese mismo movimiento extraño.

"Mejor búscate a otro que caliente contigo", me dice por fin. "No quiero lastimarme".

Lo dijo en serio. Se acabó nuestro calentamiento.

No tengo idea de lo que acaba de suceder, ni por qué la bola se mueve de esta manera. No tengo conocimiento de que esté haciendo nada diferente. Me dirijo al *bullpen*, que queda en el terreno de juego del viejo Tiger Stadium, y lanzo a nuestro receptor del *bullpen*, Mike Borzello. Mi lanzamiento, lo que creo que es mi recta de cuatro costuras, está haciendo lo mismo que hizo con Ramiro.

"¡Oye! ¿De dónde vino eso?", pregunta Borzi.

Está seguro de que algo anda mal con la pelota, que tiene un rasguño que la hace moverse de esa forma. Tira la bola a un lado y obtiene una nueva.

Sucede lo mismo. Borzi levanta las manos. "¿Qué está pasando? ¿Qué estás haciendo?", pregunta.

"No sé. Tan solo estoy lanzando mi recta regular de cuatro costuras", le digo, mostrando el modo en que sostengo la pelota.

Mel Stottlemyre se une a la conversación y me ve lanzar. Evalúa mi agarre, el ángulo de mi brazo; todo. No puedo tirar esta pelota en línea recta.

Por varias semanas, trabajamos con mi agarre y con el punto de lanzamiento, pero la pelota sigue moviéndose tarde, corriéndole adentro a los zurdos y afuera a los derechos. Mientras trabajamos, sigo lanzando, y mientras más tiro este nuevo lanzamiento, mejor precisión tengo con él. Lo estoy lanzando para *strikes*.

Entiendo que es absurdo intentar lanzar la pelota en línea recta. ¿Qué lanzador quiere menos movimiento en la pelota?

Así nace mi recta cortada, el cutter. Es como caída del cielo, como si estuviese en el barco de mi padre y un millón de peces acabasen de nadar hacia nuestras redes, con el radar vuelto un rojo profundo. No pedí este lanzamiento ni oré por él. De pronto está aquí, una arma devastadora. Estoy lanzando la pelota entre las costuras con un mínimo de presión adicional y mi recta tiene ahora un tremendo movimiento. ¿Cómo es que esto sucede? No lo sé.

Pero cambia toda mi carrera.

Para mediados de temporada, tengo 27 salvados y una tasa de efectividad de 1.96. Mr. T me nombra al equipo de las Estrellas. El partido se lleva a cabo en el Jacobs Field en Cleveland. Entro en la novena con ventaja de 3 a 1, gracias a un jonrón de dos carreras de Santos Alomar, Jr. de los Indios, y un jonrón de Edgar Martínez.

Me alegra tener a Edgar en mi equipo en lugar de enfrentarlo. Este tipo me ve la pelota. Tiene promedio de carrera de .312 contra todos los lanzadores, pero contra mí es de .579. Poncho a Charles Johnson para comenzar la novena, luego retiro a Mark Grace con una roleta, y a Moisés Alou con una línea, entrando y saliendo, mi salvado favorito.

Tenemos una de las mejores marcas del béisbol luego del receso del Juego de Estrellas, pero aún terminamos a dos juegos de los Orioles. Al clasificar como el comodín, nos enfrentamos a Cleveland en la Serie Divisional. La Serie abre en el Bronx, y ni siquiera se ha despejado el tránsito en las cercanías al Yankee Stadium, pero los Indios ya le han anotado cinco carreras a David Cone. Un base por bolas, un embasado por pelotazo, un lanzamiento salvaje, tres sencillos, y el jonrón de tres carreras de Santos Alomar, Jr. forman tremendo lío. Pero al igual que en la jornada de campeonato del año pasado, nos negamos a rendirnos.

Ramiro Mendoza lanza tres entradas y media extraordinarias en relevo de David Cone, y comenzamos el contraataque. Tino Martínez pega un jonrón y anotamos otra carrera para sacar a Orel Hershiser del partido. En la sexta, Tim Raines, Derek y Paul O'Neill pegan jonrones consecutivos para darnos ventaja de 8 a 6. Jeff

Nelson los aguanta hasta la octava entrada, y entonces retiro a cuatro bateadores, cerrando el partido con un ponche a Matt Williams.

Tino, quien tuvo tremenda temporada regular, sigue el paso en el segundo partido, pegando un doble que impulsa dos carreras de las tres que anotamos en la primera entrada. Con Andy en la loma, pienso que mantendremos esa ventaja, pero los Indios anotan cinco veces con dos *outs* en la cuarta entrada, y en la próxima entrada Williams le pega un jonrón de dos carreras a Andy, para llevarlos rumbo a un triunfo de 7 carreras a 5.

En estas series cerradas de cinco juegos, el tercer partido siempre es crucial, y no nos podía ir mejor mientras la serie pasa a Cleveland, gracias a un jonrón con las bases llenas de Paul O'Neill y una actuación brillante de David Wells. Ganamos 6 a 1, y a un solo triunfo de regresar a la Serie de Campeonato de la Liga Americana, obtenemos una apertura sólida de Dwight Gooden y entramos a la octava con ventaja de 2 a 1. Mike Stanton poncha a David Justice, y entonces Mr. T me entrega la pelota para ir por los últimos cinco *outs*. Retiro a Matt Williams con un elevado. Alomar es el próximo bateador.

Caigo en desventaja, dos bolas sin *strikes*, y no quiero embasar la carrera del empate, así que no le voy a conceder base por bolas de ninguna manera. Pero tampoco le voy a tirar algo por el mismo medio para conseguir un *strike*. Joe Girardi se posiciona para un lanzamiento afuera. Estoy buscando tocar la esquina del plato con un lanzamiento bajito. Lanzo la recta cortada. La pelota se queda sobre el plato a la altura del hombro. Fallo malamente. El lanzamiento es la tercera bola.

Me sorprende cuando Alomar le hace *swing*.

Quedo atónito cuando la vuela hasta la primera fila de las gradas en el jardín derecho.

Se empató el partido. Estalla la fanaticada de Cleveland. Los Indios ganan en la baja del noveno y toman el quinto partido para dar fin a nuestro reinado de campeones mundiales mucho antes de lo que cualquiera de nosotros imaginó.

NOTAS DE MO

Aprendí de los errores

El jonrón a Sandy Alomar, Jr. fue el mayor fracaso de mi carrera inicial. Sé que mis adiestradores están preocupados por la manera en que vaya a manejarlo. Un pequeño error en una situación grande puede metérsele en la mente de un atleta y hacerle un gran daño. Mark Wohlers jamás fue el mismo luego del jonrón de Jim Leyritz en la Serie Mundial del 1996. Otros relevistas han reaccionado de igual manera luego de fracasar en situaciones de salvados claves.

Pero casi al minuto de que el jonrón de Alomar rebasa el guante de Paul O'Neill, sé que esto no me desanimará, sino que me ayudará a mejorar.

Aprendo de ese lanzamiento. Si ves el video detenidamente, verás que no termino correctamente, y mi punto de lanzamiento está demasiado alto. No sé si Santos volvería a pegar otro jonrón si le fuese a hacer cien lanzamientos en ese mismo punto, pero el tema es que tengo que terminar de hacer el lanzamiento del modo correcto, y tengo que permanecer enfocado y completamente consistente con la mecánica como para no perderme la ubicación por mucho.

De todos los talentos que un atleta puede poseer,

tal vez el mayor de ellos sea la habilidad para enfocarse. No soy distraído ni me desanimo con facilidad. No puedo darle para atrás al jonrón de Santos Alomar. Tampoco puedo cambiar el desenlace de la Serie Divisional. Pero sí sé que no me gusta sentir lo que experimenté cuando dejé el montículo esa noche en Jacobs Field. Y voy a hacer lo posible para asegurarme de que no se repita.

Sombras del 1927

Comienzo la temporada del 1998 con un salvado perdido y un viaje a la lista de los lesionados, gracias a un esquince muscular. Perdemos cuatro de los primeros cinco partidos, pero no nos va mal durante el resto de la temporada.

Los Yankees del 1927, por mucho considerados uno de los mejores equipos de la historia, ganaron 110 partidos con una alineación de bateo llamada "La fila de asesinos", que incluyó a Babe Ruth (ahora sé quién es) que pegó sesenta jonrones.

Los Yankees del 1998 ganamos 114 partidos, anotando la mayor cantidad de carreras en la Liga mientras permitimos la menor cantidad de carreras limpias. La tasa de efectividad de 3.82 del cuerpo monticular supera el promedio de la Liga por casi una carrera. Termino la temporada con treinta y seis salvados, tasa de efectividad de 1.91, y un total de treinta y seis ponches, el menor número para una temporada completa en mi carrera. Esto es a propósito. A Mel Stottlemyre le preocupa que los ponches eleven mi conteo de lanzamientos, y que me agote para la postemporada. Por ejemplo, en el 1997 hice 1,212 lanzamientos cuando ponchaba a un bateador por entrada. Al año, obtengo mejores resultados con trescientos lanzamientos menos.

¿Habría pegado Sandy Alomar, Jr. ese jonrón si mi brazo hubiese estado más fresco? ¿Hubiese tenido más mordida mi recta cortada?

Mel sugiere: "¿Por qué no minimizar el desgaste en tu brazo?"

"Me parece bien", respondo.

Al agudizarse la recta cortada, estoy quebrando más bates, pero logrando menos ponches. Cuando estaba aprendiendo a lanzar, subía la escalera: una recta a nivel de muslo, una a nivel de cintura y una a nivel de pecho. Los bateadores le tiraban a la pelota alta sin conectar. Pero los bateadores se ajustan. Cuando se dan cuenta de que no pueden tocar una recta de 97 millas por hora en la zona, la evitan. Tienes que encontrar otro modo de vencerles. Y para mí, ese modo es la recta cortada.

Cerramos la temporada regular con veintidós partidos de ventaja sobre quienes terminan en segundo lugar, los Medias Rojas.

Ese año está lleno de números locos en cuanto al béisbol se refiere, especialmente cuando se trata de los jonrones. Mark McGwire y Sammy Sosa van en pos de la historia del béisbol mientras intentan batir la marca de sesenta y un jonrones en una temporada, por Roger Maris de los Yankees en el 1961. (Maris batió la marca anterior de, ahí va ese nombre otra vez, Babe Ruth). McGwire terminará con setenta, Sosa con sesenta y seis, y un grupo de jugadores terminará detrás de ellos. No pienso nada al respecto en el momento, pero soy totalmente ingenuo cuando de esteroides se trata. No estoy diciendo que todos los que estuvieron entre los líderes jonroneros los usaron, aunque muchos de ellos lo admitieron después. Simplemente digo que pudiera haber pisado un paquete de jeringuillas sin saber lo que estaba sucediendo. Jamás he tomado esteroides ni he visto a nadie tomarlos.

Los Yankees pasan unos asombrosos 152 días en primer lugar, pero eso significa que hay que atender lo propio todos los días. En la medida en que me acerco a los treinta años de edad, entiendo, más que nunca, que la preparación adecuada lo es todo.

Soy alguien a quien le gusta el orden y siento comodidad en la rutina, especialmente en los días que hay partidos. Luego de atrapar elevados durante la práctica de bateo, agarro un bocado de comida, normalmente pollo o pasta. De vez en cuando, ordenamos de Popeye's. (No puedo mentirles respecto a esto. Hay muchachos de entrega allá afuera que han traído pollo frito al Yankee

Stadium y les han dicho a los guardias de seguridad: "Traigo una orden para Rivera…").

Ya nutrido, me sumerjo en el *jacuzzi* antes de que comience la primera entrada. Me sumerjo para que mi cuerpo se relaje y se suelte. Luego de quince minutos, me seco, me estiro, y de ser necesario, pido al terapeuta que brinde un masaje a cualquier tensión muscular que sienta. Me visto de un modo muy metódico, entonces voy a la sala del entrenador, típicamente en la cuarta entrada, donde Gene Monahan me estira los brazos y las piernas un poco más. Mientras tanto, presto mucha atención al partido en la televisión estudiando los turnos al bate de los opositores para discernir alguna tendencia o posible debilidad.

Aparte de estar en el montículo, este tiempo con Gene podría ser mi parte favorita del día. Gene y yo hablamos de nuestras familias y de lo que pasa en el mundo. Esto trae un sentido de cierre a mi preparación. Siento un surgir de mi adrenalina para cuando dejo su mesa de entrenamiento. Voy rumbo al *bullpen* en la sexta o séptima entrada, listo para competir. Un domingo a principios de agosto en el estadio, lanzo una entrada en blanco contra los Reales para mi trigésimo salvado, y bajo mi efectividad a 1.25. Esto lleva nuestra foja a 84 ganados y 29 perdidos, y para cuando termina nuestra racha de nueve triunfos al hilo, tenemos foja de 89 y 29.

Dado nuestro dominio durante la temporada regular, somos grandes favoritos para ganar la Serie Mundial, lo cual es un estatus que trae sus propias presiones. Los Rangers son nuestros contrincantes en la primera ronda, pero sus toleteros no pueden contra nuestros lanzadores. Anotan una carrera en tres partidos y barremos la serie. Lanzo en los tres partidos, obteniendo dos salvados y permitiendo un imparable. De ahí vamos a la revancha contra los Indios.

Luego de tomar el primer partido tras el esfuerzo de David Wells, los Indios ganan dos al hilo, y ahora enfrentamos el partido más importante de toda la temporada. Si perdemos, caemos en desventaja de tres partidos a uno. Orlando Hernández, a quien llamamos El Duque, es brillante en su primer partido de la postemporada, lanzando siete entradas en blanco con tres imparables permitidos en un triunfo 4 a 0 para empatar la serie a dos. Pero para evitar un juego eliminatorio en Jacobs Field, tenemos que ganar el quinto partido también.

Por segunda vez en la serie, Wells es magistral, ponchando a once y lanzando hasta la octava. Entro con un *out* y una ventaja de 5 a 3, con las carreras del empate en base. Aquí estoy de vuelta en una octava entrada en Jacobs Field, al año después de Alomar.

Al bate está el jardinero izquierdo de los Indios, Mark Whitten, quien jugó del lado nuestro el año anterior. Es el turno al bate más importante del partido, si no de toda la serie. El conteo va 2 y 2, y lanzo una cortada que le corre hacia adentro. Whitten pega una roletita a segunda para una doble matanza que da fin a la entrada.

A la entrada siguiente, obtengo tres *outs* rápidos para ponernos a un partido de la Serie Mundial.

David Cone, ganador de veinte partidos, inicia el sexto partido, y Scott Brosius pega un jonrón de tres carreras. Comienza a sentirse un ambiente festivo en Yankee Stadium, pero entonces Jim Thome pega un jonrón con las bases llenas, y los Indios acortan la desventaja a una carrera. Mendoza, el compañero que se negó a calentar conmigo, nos da tres entradas de relevo brillante, y Derek pega un triple que impulsa dos carreras, lo cual nos brinda un espacio importante.

Entro en la novena cuando tenemos ventaja de 8 a 5 carreras. Después de nueve lanzamientos, agarro la roleta de Omar Vizquel, se la paso a Tino, y estamos de regreso a la Serie Mundial. Los muchachos me amotinan, y siento un gozo increíble. No era como que tenía consciente que debía compensar por el jonrón de Alomar. Creo que el compromiso pleno con el presente, sin preocupaciones por el pasado, es el mejor atributo que puede tener un cerrador. ¿Te has preguntado alguna vez por qué la carrera de los cerradores es tan corta, y por qué hay tipos que son tan dominantes por un año o dos y luego desaparecen? Es porque requiere gran concentración y creer en sí mismo, para no dejar que los altos y bajos trastornen tu cabeza. A los doce meses de

Alomar, lanzo cuatro de los cinco partidos contra los Indios, y no permito un imparable. Poncho a cinco. Mi efectividad es de 0.00.

Estoy listo para los Padres de San Diego, para la Serie Mundial, y también para un interesante drama familiar. Mi primo Rubén Rivera es un Padre. Rubén es menor que yo por cuatro años, un jardinero central con poder al bate, y con el tipo de físico y talento que hace desmayar a los buscatalentos. Pero Rubén es uno de esos jóvenes quienes se ensimisman demasiado con la fama que trae el ser un jugador dotado de las Grandes Ligas. Quiere ser estrella ayer, y se frustra cuando no ocurre conforme a su agenda. Rubén termina moviéndose diez veces durante su carrera de Grandes Ligas. Siempre quise que encontrara una situación estable en las Grandes Ligas para que pudiera relajarse y dejar que sus dones brillen, pero nunca se le dio eso hasta que llegó a México, donde se convirtió en uno de los mejores toleteros de la Liga.

Por supuesto que quiero lo mejor para Rubén; después que le ganemos cuatro partidos a su equipo.

David Wells vuelve a tomar la pelota, pero en esta ocasión es superado por el as de los Padres, Kevin Brown, quien lleva una ventaja de 5 a 2 a la séptima baja. Cuando Brown permite un imparable y una base por bolas para comenzar la octava entrada, el dirigente de los Padres, Bruce Bochy, envía a llamar al relevista Donne Wall, quien inmediatamente concede un jonrón de tres carreras a Chuck Knoblauch. Antes de que termine la entrada, Tino pega un jonrón con las bases llenas y hemos anotado siete carreras. Así nos ha ido durante todo el año. La producción viene de todas partes. Tenemos un noveno bateador, Scott Brosius, con 19 jonrones y 98 carreras impulsadas. Tenemos a Jorge Posada, un receptor ambidiestro en su primera temporada plena, que pegó 17 jonrones y 63 impulsadas, que también está abajo en la alineación. Vengo en la octava y logro un salvado de cuatro *outs*.

Los problemas de los Padres empeoran cuando anotamos siete veces más en las primeras tres entradas del segundo partido. Con nuestro novato cubano, El Duque, en el montículo, este déficit es sumamente difícil de superar, y estamos a mitad de camino luego de un triunfo de 9 a 3.

En este punto, nuestra confianza es tan imbatible que aún cuando el ex Yankee Sterling Hithcock nos domina en el tercer partido, mientras trae una ventaja de 3-0 en la séptima, me siento en un banco del *bullpen* y pienso:

Los tenemos justo donde queremos.

Durante toda la temporada, compañeros diferentes han dicho presente en los grandes partidos. Así que no me sorprende cuando Brosius pega un jonrón para iniciar la séptima entrada, o cuando Shane Spencer le sigue con un doblete para sacar a Hitchcock del partido. A la entrada siguiente, Brosius entra contra Trevor Hoffman, uno de los mejores cerradores en el deporte, y envía otra pelota sobre la cerca, en esta ocasión con dos en base.

Ahora estamos ganando 5 a 3, y luego de algunos momentos escabrosos, sello un triunfo de 5 a 4 al ponchar a Andy Sheets con la carrera del empate en tercera base. A un triunfo de la barrida, Andy desluce a Brown, dejando el partido en la séptima con un *out* y dos en base. Jeff Nelson llega y poncha a Vaughn, y entonces Mr. T envía por mí. Corro desde el *bullpen*, y no pienso en los motines ni los trofeos ni nada por el estilo. Estoy pensando:

Consigue un out.

Ken Caminiti pega un sencillo para llenar las bases, y quién viene sino Jim Leyritz. Parece que me está siguiendo. Leyritz le vuela la recta a cualquiera si no está bien ubicada. Lanzo una recta cortada, un poco arriba y hacia afuera. Leyritz le hace *swing*, pero no era el contacto que busca y Bernie hace un atrapado de canasta en el jardín central cerca del cuadro.

Mi primo comienza la novena entrada y pega un sencillo por el medio del cuadro en su único turno al bate que tiene en mi contra, pero no dura mucho en primera. Carlos Hernández, el receptor, batea para una doble matanza, y ahora enfrento a Mark Sweeney, un bateador emergente zurdo. Le lanzo dos rectas, y entonces le vengo con una recta cortada afuera que le roletea a Brosius, quien se la tira a Tino, y ahora la pila es lo *único* en lo cual puedo pensar. Joe Girardi llega primero y me abraza mientras levanto mis brazos directamente hacia arriba, dando gracias al Señor. Pronto me rodean el Jugador Más Valioso de la Serie Mundial, Scott Brosius, y todos los demás. Mi postemporada termina con seis salvados y 13.1 entradas en blanco. Es la primera vez en mi vida que he conseguido el último *out* de una temporada. Podría acostumbrarme a este sentir.

NOTAS DE MO

Dile que no a las drogas que mejoran el rendimiento

Jamás he tomado esteroides. Sé que hay quienes dudan esto. Oí los susurros luego del incremento dramático en la velocidad de mi recta en el 1995. Comprendo la suspicacia luego de que tantos atletas estrella, desde Lance Armstrong hasta Mark McGwire, finalmente confesaron haber tomado drogas tras años de haberlo negado todo.

Pero en cuanto a mí, la verdad es que nunca he hecho trampa, y jamás lo haría.

Entiendo que hay jugadores desesperados por seguir jugando, quienes sienten que las drogas son el único modo de conseguir la ventaja extra que necesitan. Pero ¿a qué costo? El usar drogas que mejoran el rendimiento es dañino a nuestro deporte. Destruye el honor del juego. ¿Quién quiere estar en el libro de las marcas históricas si hay que marcar lo que lograste con un asterisco?

Pero más allá de ser muestra de un terrible espíritu deportivo, el uso de las drogas es algo terrible para tu cuerpo. Los esteroides pueden causar acné, calvicie, daños al hígado y mayor agresividad, la cual llamamos la ira de esteroides. Chicos, la persona que te sugiere que te metas eso al cuerpo, tal vez no sepa que los esteroides pueden hacer que tus senos se agranden y los testículos se reduzcan. Las personas que dejan de usar esteroides podrían padecer depresión. Hay algunos casos de suicidios causados por la retirada de las drogas de esteroides del sistema.

Entonces, ¿por qué arriesgar la vida para pegar cinco jonrones más o añadir cinco millas por hora más a su recta?

Entra Sandman

Mi peor salida como cerrador llega una noche cálida del viernes en julio del 1999, en Yankee Stadium. Los Bravos de Atlanta están de visitantes y es un partido extraño desde el principio. En el montículo se enfrentan Greg Maddux y El Duque. ¿Quién diría que Maddux permitiría nueve imparables y cinco carreras, que El Duque permitiría ocho imparables y seis carreras, y que ambos estarían fuera del partido antes de que el juego estuviese a mitad?

Derek, en medio de la mejor temporada de su vida, pega su decimoquinto jonrón y pega tres *hits*, elevando su promedio a .377. Ramiro Mendoza está sensacional en relevo y nos lleva a la novena entrada con más de tres entradas en blanco. Tenemos ventaja de 7 a 6 en la novena cuando entro desde el *bullpen*, acompañado con los acordes de guitarra de "Enter Sandman" [Entra Sandman] del grupo Metallica, la nueva canción de entrada que los Yankees seleccionaron para mí.

Termino mis calentamientos y estoy en la parte de atrás del montículo, cabeza inclinada, pelota en mi mano derecha. Estoy a punto de elevar mi oración de costumbre, pidiendo al Señor que nos guarden a mí y a mis compañeros de equipo, y me dé la fuerza que necesito para hacer mi trabajo. A pesar de que he convertido veinte de las pasadas veintiuna oportunidades para salvados esta temporada, he caído en un tramo difícil, perdiendo dos salvados en mis últimas cuatro oportunidades. También he concedido cuatro imparables en esos partidos, incluyendo dos jonrones.

No sé por qué me llega este sentir cuando estoy parado en el montículo frente a cincuenta mil personas, pero es en ese preciso momento que percibo lo que está mal. Me he dejado llevar por mi propio sentido de importancia. Me siento completamente avergonzado al llegar a este entendimiento. Me siento completamente sacudido hasta la médula.

Es hora de lanzar.

Vaya, pienso, *verdaderamente no sé cómo todo esto va a salir.*

Retiro a Bret Boone con elevado al jardín derecho, y por un momento pienso que tal vez pueda calmarme después de todo.

El sentir no dura mucho.

Otorgo base por bolas a Chipper Jones, entonces permito un sencillo a Brian Jordan. Entro en desventaja en el conteo ante Ryan Klesko, y Mel sale para tranquilizarme. Asiento con la cabeza. Actúo como si todo estuviese bien.

No lo está.

Klesko pega un sencillo. Eso echa a perder el salvado. Dos bateadores después, Andrew Jones dispara un jonrón sobre el jardín central izquierdo. Eso echa a perder el partido.

No le digo nada a mis compañeros acerca de mi revelación en el montículo. Es un momento personal y espiritual entre Dios y yo. Pero he aprendido una lección importante. Soy un ser humano y los seres humanos tendemos a perder el camino de vez en cuando. Renuevo mi compromiso de conocer mi lugar en este mundo, y de no volverme orgulloso.

Permito una carrera limpia durante el resto de la temporada, terminando la temporada con rachas de treinta y dos terceras partes de entradas en blanco, y de veintidós salvados.

Ganamos dieciséis partidos menos que el año anterior, pero nuestra foja sigue siendo la mejor en la Liga Americana, ubicándonos en la Serie Divisional contra los Rangers por tercera vez en cuatro años. Sin duda que los Rangers son un buen equipo, pero seamos sinceros, tienden a marchitarse cual flor de Texas cuando nos ven. (Solo puedo decir eso ahora que me he retirado. De lo contrario, me estaría buscando problemas con una declaración como esa). Barremos la serie contra ellos, y por segundo año al hilo, nos anotan tan solo una carrera en los tres partidos. Obtengo el salvado en el segundo partido, y lanzo otras dos entradas en blanco para cerrar la serie y llevarnos a la Serie de Campeonato de la Liga Americana contra los Medias Rojas, el enfrentamiento que todos parecen querer.

Desde que llegó de Cuba, Orlando "El Duque" Hernández sigue dándose a respetar como un lanzador de juegos importantes. Lanza ocho entradas sólidas en el primer partido, dejándolo con empate a 3 carreras. Entro en la novena y obtuve seis *outs* para llevarnos hasta la baja de la décima, cuando Bernie pegó una bola sobre la cerca a par de minutos pasados de la medianoche.

Es una manera emocionante de comenzar y no aflojamos la presión. Chuck Knoblauch pega un doble impulsador y Paul O'Neill impulsa con un sencillo en las postrimerías del segundo partido, entonces Ramiro obtiene dos inmensos *outs* con las bases llenas en la octava. Entonces, con la carrera del empate en tercera base, logro el tercer *out* de la novena entrada para el salvado y el triunfo.

Vamos a Boston con ventaja de dos partidos a cero. Los Medias Rojas acortan la desventaja con un triunfo de 13 a 1 en la cual Pedro Martínez es brillante y Roger Clemens, quien una vez fuera el as de Boston pero ahora se ha convertido en el Enemigo Público Número Uno, tiene la peor postemporada de su vida, pero la mala racha termina allí. Andy domina en el tercer partido. Ricky Ledee pega un jonrón con las bases llenas en la novena entrada y ganamos 6 a 2, y luego bailamos en el terreno de Boston luego de que El Duque nos lleve a un triunfo de 6 a 1 en el decisivo quinto partido.

Eso nos coloca ante los Bravos en otra Serie Mundial, y a que no se lo imaginan, el primer partido enfrenta a El Duque contra Greg Maddux. Me maravillo en el contraste entre estos dos lanzadores, y cómo se encomiendan a su faena. Por un lado tenemos a El Duque, con la parada izquierda en alto y sus giros y los diferentes ángulos que parece inventarse de manera improvisada, mientras que lanza todo tipo de cosas imbatibles. Y por el otro está Maddux, tan consistente como un metrónomo, dominando la pelota con una mecánica perfecta. Contrario a su enfrentamiento en la temporada regular, ambos están en su mejor forma, y estamos empatados a 1 en la octava entrada. El empate dura hasta que Paul O'Neill viene al bate en esa entrada.

Esta Serie Mundial no es particularmente dramática; otra barrida de cuatro partidos. La gente recuerda la manera en que le rompí tres bates a Ryan Klesko en un mismo turno al bate y cómo Chipper Jones se reía en el *dugout*.

Para el equipo es especial porque no ha sido un año fácil para muchos de nosotros en cuanto a lo personal. Mr. T tomó una licencia a principios de temporada para recibir tratamiento por cáncer. Tanto Scott Brosius como Luis Sojo pierden a sus padres. El padre de Paul O'Neill falleció en las horas de la madrugada antes del cuarto partido. Lo veo antes del partido, y sé que está sufriendo pero tampoco era el momento para consolarlo. Eso llegará cinco horas después, luego de romper los bates de Ryan Klesko y lograr que Keith Lockhart pegue un elevado para finalizar la barrida.

Paulie es el último en llegar cuando los muchachos convergen sobre mí en el montículo, al ser impactado simultáneamente por el gozo y el dolor. Abraza a Mr. T y comienza a llorar. Deja el terreno de juego en lágrimas y camina hacia el *dugout*. Encuentro a Paulie en medio del caos de la *clubhouse*.

"Lamento muchísimo lo de tu padre", le digo. "No sé la razón por la cual el Señor quiso que regresase a casa hoy, pero tengo la certeza de que está bien orgulloso de ti".

"Gracias, Mo", dice. "Te garantizo que nos estaba viendo, y está más alegre que cualquiera de que lo logramos".

Ese año enfrento a cuarenta y tres bateadores en series de postemporada, y ninguno anota. La última carrera que permití fue hace tres meses y cuarenta entradas atrás, tras un doblete de John Flaherty, el receptor de Tampa Bay. Terminé la temporada con más salvados (45) que imparables permitidos (43). Soy nombrado el Jugador Más Valioso de la Serie Mundial, y mi familia en Puerto Caimito me dice que soy la comidilla de Panamá.

Nos dedican otro desfile en la Ciudad de Nueva York. Es fácil ver cómo el ser un atleta exitoso te lleva a sentir que eres algo especial. Viajas por ese valle entre los rascacielos, con millones de trazos de confeti cayendo y casi la misma cantidad de fanáticos gritando, y la expresión de celebración es algo que te hace sentir humilde. Mi recuerdo más duradero de la celebración del 1999 llega en la ceremonia frente al Ayuntamiento. Mr. T tiene el micrófono y emplaza a Jorge Posada a que lo acompañe.

"Diles lo que decimos al final de nuestras reuniones, Jorgie", dice Mr. T.

"¡A moler!" grita Jorgie.

NOTAS DE MO

Mi música de rock metálico de entrada

Los acordes iniciales de guitarra de la canción "Enter Sandman" del grupo Metallica suenan por las bocinas del Yankee Stadium, y para cuando entra el compás de la batería apenas unos segundos después, todos saben lo que está a punto de suceder.

Llegó la hora de que haga mi recorrido desde el *bullpen* hasta el montículo.

Esto se lo puedo agradecer a Trevor Hoffman. Desde que enfrentamos a los Padres de San Diego en la Serie Mundial del 1998 y la gerencia de los Yankees notó la reacción de la fanaticada ante la canción de entrada de Trevor, "Hell's Bells" por AC/DC, decidieron que yo también necesitaba música dramática de introducción.

Por un tiempo intentan con "Welcome to the Jungle" de Guns N' Roses, y luego con "Paradise City" por la misma banda, pero la reacción de la fanaticada no es lo que esperaban. Entonces un día Mike Luzzi, trabajador de operaciones, decide que lo que necesito es algo "cool" e intimidante. Trae su propio disco compacto al Yankee Stadium y monta "Enter Sandman" por Metallica.

A los fanáticos les encanta. Se acabó la búsqueda. Si me hubiesen preguntado, tal vez hubiese sugerido "Firmes y Adelante". Pero no me lo consultan y no hace falta. Si le gusta a los fanáticos, hagámoslo.

Regresa la Serie del Metro

Su compromiso feroz con "moler" todos los días le gana a Jorgie la receptoría regular cuando Joe Girardi se une a los Cubs de Chicago en el 2000. Seleccionado como segunda base, Jorgie pasa años refinando sus movimientos de los pies, el bloqueo de lanzamientos, su mecánica de lanzamiento, y ahora le brindó su resultado. Rinde una temporada de Todos Estrellas, pegando veintiocho jonrones con ochenta y seis carreras impulsadas y el mayor porcentaje de estar en base del equipo. Se poncha más que nadie también, pero no le molestó mucho con eso porque da el máximo todos los días.

Jorgie es emocional y de fuerte voluntad, pero es alguien a quien de seguro quieres en tu equipo. Estamos en St. Petersburg en julio del 2000 para enfrentar a los Rays, y estamos en picada, habiendo perdido siete de los pasados nueve partidos. El Duque está lanzando bien, pero está discutiendo con los bateadores de los

Rays. Jorge calma a El Duque, lo cual es cómico porque normalmente es Jorge quien revuelca al Duque para motivarlo. En otras palabras, el ambiente está un poco tenso en el Tropicana Field.

En la baja de la séptima, se poncha Bobby Smith de los Rays, y mientras Jorgie se levanta para atrapar el elevadito, Smith choca ligeramente con él. Jorgie se ofende y empuja la bola en el costado de Smith y se armó la bronca, cayendo ambos al suelo. Ambos son expulsados (y luego suspendidos), y aunque nunca le pregunto a Jorgie por qué se metió con Smith, reconozco que él sabe motivar a las tropas. Es tan importante salir de la mala racha, que Mr. T me ha llamado a cerrar el partido aunque tenemos una ventaja de cinco carreras. Ganamos siete de los próximos ocho partidos y regresamos al primer lugar por el resto de la temporada.

Cuando atraviesas temporadas tan largas, los altibajos son inevitables, tanto para el equipo como para los jugadores individuales. En el 2000 me compadezco con Chuck Knoblauch más que nadie, quien fue parte integral de los campeonatos del 1998 y 1999. Ha sido uno de los mejores primeros bates del béisbol por más de una década. También ganó un Guante de Oro como Mejor Segunda Base Defensivo de la Liga, y por eso es tan difícil verlo luchar con los lapsos nerviosos, el término que se usa en el béisbol para las personas que, de pronto y sin explicación, pierden la habilidad de ejecutar una destreza básica. Podría ser un lanzador que pierde su zona del *strike* y nunca la recupera, un receptor que no puede tirar la pelota de vuelta al lanzador, o en el caso de Chuck, un segunda base que no puede hacer un tiro de veinticinco pies al primera base que le queda ahí al lado. Chuck está bien cuando tiene que zambullirse a hacer una atrapada y levantarse rápido a tirar. Los lapsos vienen cuando tiene tiempo para pensar. Nunca he estado en un equipo con un jugador que ha tenido lapsos hasta ahora, y verlo es horrendo. Chuck sigue hacia adelante, y mejora para el fin de la temporada, pero los problemas entonces van mucho más allá de los lapsos. Cuando Roger derrota a los Azulejos y obtengo mi trigésimo cuarto salvado el día 13 de septiembre, estamos a veinte partidos sobre los .500, y es entonces que nos hundimos más rápido que el ancla viejo y oxidado de mi padre.

Perdemos quince de nuestros últimos dieciocho partidos. En nuestros últimos siete partidos, la desventaja combinada de carreras es de 68 a 15. Eso es difícil de lograr para un equipo de expansión, cuánto más para un campeón mundial.

Cojeamos hacia la Serie Divisional contra los Atléticos de Oakland, y cuando Roger permite cuatro carreras en la sexta entrada para perder el primer partido, estamos contra la pared de un modo que no habíamos vivido desde el 1997. ¿Podría ser que los Mets, quienes van rumbo al banderín de la Liga Nacional, serán el equipo que reciba el desfile de confeti este otoño?

Muy pocos dirigentes tienen mejores instintos que Mr. T, así que cuando cambia la alineación para el segundo partido, no lo considero una movida de pánico, sino la de un dirigente hábil basada en sus instintos. Knoblauch, quien está de bateador designado debido al problema de los lapsos, se sienta; Glenallen Hill lo sustituye. Paulie, luchando con problemas en la cadera, baja en la alineación, y Jorge sube al segundo turno detrás de Derek. Hill y Luis Sojo tienen batazos cruciales, y Jorgie logra embasarse tres veces. Andy lanza brillantemente, blanqueándolos a lo largo de siete y dos tercios de entradas, entonces Mr. T envía por mí. Obtengo cuatro roletas al campo para sellar un triunfo de 4 a 0, empatar la serie, y recordarnos lo que se siente ganar.

De regreso al Yankee Stadium, El Duque vence a Tim Hudson en un duelo de lanzadores, y yo logro los últimos seis *outs* sin permitir imparables. El triunfo de 4 a 2 nos coloca a una victoria de la Serie de Campeonato de la Liga Americana, pero Roger vuelve a ser apabullado y los Atléticos nos dan una paliza de 11 a 1. Así que vamos de regreso a Oakland, donde anotamos seis carreras en la primera entrada y devolvemos cinco de ellas antes de lograr, finalmente, el salvado con marcador de 7 a 5 para enfrentarnos a Piniella y sus Marineros en la Serie de Campeonato de la Liga Americana. Nadie dijo que sería fácil, ¿verdad?

La Serie de Campeonato de la Liga Americana contra los Marineros nos produce una de las mejores presentaciones por un lanzador que jamás haya visto, servida por Roger Clemens en el cuarto partido, quien permitió una carrera limpia y ponchó a quince. La faena heroica de Clemens nos da una ventaja de tres partidos a uno. En el sexto partido David Justice, Jugador Más Valioso de la Serie, pega un jonrón masivo para impulsar una séptima entrada se seis carreras que nos da una ventaja de 9 a 4. La anotación es de 9 a 5 cuando vengo a cerrar en la octava, y permito dos carreras más para cerrar el margen a 9 a 7. En la novena, logro dos *outs* en cinco lanzamientos antes de que Alex Rodríguez se embase con sencillo al cuadro. Esto no es bueno.

Porque el próximo bateador es el verdugo de Mo, Edgar Martínez.

Lanzo el primer *strike* y le ataco nuevamente, tratando de quedarme adentro para que no pueda pegar la bola hacia el jardín contrario, algo que hace muy bien. La recta cortada tiene movimiento duro y tardío. Edgar le tira, pero conecta débilmente, una roletita al campo corto. Derek la toma y se la lanza a Tino.

¿Qué les parece?

Logré retirar a Edgar Martínez.

Jorge corre a abrazarme al instante, y Derek corre y embiste contra mí.

"Edgar Martínez no puede tocarte", dice Derek.

El público canta: "Queremos a los Mets". Recibirán a los Mets, al igual que nosotros: la primera Serie del Metro desde el 1956.

La intensidad de la rivalidad entre los Yankees, los Mets y su fanaticada sigue siendo una novedad para mí. No es como que la mitad de los pescadores en nuestro barco lucían camisas de los Mets y la otra mitad gorras de los Yankees. No nos pasamos los días debatiendo quién es mejor entre Keith Hernández o Don Mattingly.

Pero no pasa mucho tiempo sin que determine que esta va a ser una Serie Mundial distinta a las otras tres. Nada cambia en cuanto a la meta: ganar cuatro partidos. No voy a enredarme en toda la histeria y locura tipo Super Bowl. Pero el estar en una serie que no requiere vuelos (algo bueno) y despertar todos los días al lado de mi familia (algo mejor), cubierta además por como diez mil cronistas, bueno, no es lo mismo. El foco se siente más grande y más brillante.

A pesar de nuestro rendimiento pésimo al cierre de la temporada, estamos de vuelta a nuestras costumbres beisboleras exitosas. Todo el crédito por ello pertenece a Mr. T y su cuerpo de asistentes. Han creado una cultura profunda de creencia en nosotros mismos, sin arrogancia. Hay una línea tan fina que no se ve, pero la caminamos. ¿Saben cuántas veces he salido al montículo pensando: *Este tipo no tiene la más mínima oportunidad, porque soy Mariano Rivera?*

Nunca.

El hombre con el bate en mano es un profesional, llámese Mike Piazza o Bubba Trammell o Benny Agbayano. Él quiere un imparable tanto como yo quiero un *out*. Respeto a todo competidor, desde Edgar Martínez hasta el que nunca ha conectado limpiamente contra mí.

La Serie comienza en Yankee Stadium, y los Mets envían al montículo a quien respeto: Al Leiter. Ya es campeón mundial, habiendo lanzado seis entradas duras para los Marlins en el séptimo partido de la Serie Mundial del 1997. Leiter y Andy pintan ceros durante cinco entradas, entonces Tino Pérez, un jardinero veloz energético cuyo bate ha sido una parte esencial del empuje de los Mets a final de temporada, pega un sencillo que cruza el centro del cuadro.

Aún estoy en la *clubhouse* cuando Todd Zeile pega una línea al jardín izquierdo con dos *outs*. Parece que la pelota va a salir del parque, pero le pega a la parte de arriba del muro, y cae en la pista de aviso. David Justice, nuestro jardinero izquierdo, la toma y la lanza a Derek, quien recibe el tiro, gira y dispara a Jorge, quien bloquea el plato para evitar que Pérez anote.

Es un lanzamiento perfecto de parte de Derek, tanto más porque lo hizo fuera de equilibrio. Es una jugada terrible para Pérez, quien estaba tan seguro de que la bola se iba que estaba corriendo a media velocidad mientras rondaba la segunda base. Si hubiese corrido aunque fuese a tres cuartas partes de su velocidad normal, hubiese anotado con facilidad.

En la parte baja de la entrada, Justice pega un doble de dos carreras y nos quedan nueve *outs* por lograr, pero los Mets vuelven, tomando ventaja de 3 a 2 con un sencillo impulsador de dos carreras del emergente Trammell y, con Jeff Nelson de relevo, una roleta muy bien ubicada por la línea de la tercera base de Edgardo Alfonzo.

Ahora en el *bullpen*, espero que suene el teléfono.

Suena al momento. Responde Tony Cloninger, el adiestrador del *bullpen*.

"Mo", dice Tony.

No hay nada más que decir. Caliento con una pelota de tres libras, remolinando mi brazo mientras me doblo desde la cintura. Entonces sigo mi rutina normal de Borzi:

tres lanzamientos fáciles mientras está parado detrás del plato, entonces seis lanzamientos al lado del guante, otros seis al otro lado, entonces vuelvo al lado del guante. Con quince a dieciocho lanzamientos, estoy suelto.

Entro en la parte alta de la novena entrada. Jay Payton abre la entrada con un *out* por elevado. Rozo a Todd Pratt con un lanzamiento, le sirvo un doble a Kurt Abbott, y me busco un lío. Entra Pérez. Necesito un ponche o una roleta directamente a alguien, con el cuadro adentro. Con el conteo en 1 y 2, disparo una cortada dura y adentro, y Pérez la roletea a segunda para el segundo *out*. Retiro a Alfonzo, un *out* difícil, con ponche abanicado.

Ahora nos llegó la última oportunidad de empatar o ganar el partido contra el cerrador de los Mets, Armando Benítez. Jorge lucha contra siete lanzamientos antes de batear un elevado largo para un *out*. Paulie entra y trata de cambiar la historia reciente. Tiene treinta y siete años de edad, una cadera afectada y está en medio de una mala racha, pero si existe alguien que va a batallar hasta el fin, es Paulie. Benítez le saca ventaja rápida de 1 y 2. Un hombre masivo con una recta intimidante, Benítez sigue lanzando rectas en las noventa y altas millas por hora, y Paulie las sigue bateando de *foul*. Con dos *strikes*, Benítez lanza dos bolas malas para llevar el conteo a 3 y 2. Ahora la presión la tienen ambos. Paulie daña un *strike*, y otro, y el público comienza a rugir. Benítez se está exasperando.

En el décimo lanzamiento del turno al bate, Benítez falla afuera y Paulie se toma su base por bolas a mucha honra. Es un turno al bate tan bueno como jamás haya visto. El Yankee Stadium se está estremeciendo. Luis Polonia entra como emergente por Brosius, y pega un sencillo al jardín derecho, y José Vizcaíno pega un sencillo al jardín izquierdo que no da oportunidad a Paulie para anotar. Knoblauch pega un elevado de sacrificio para impulsar a O'Neill y empatar el partido a tres.

Poncho a Piazza y Zeile y logro que Robin Ventura pegue un elevado para cerrar la décima entrada, y entonces Mike Stanton lanza dos entradas fuertes y el primer partido se mueve a la parte baja de la duodécima. Son casi la una de la madrugada. Hemos jugado béisbol por casi cuatro horas y media.

Pienso: *Este es precisamente el tipo de partido que tenemos que buscar cómo moler para ganar.*

Soy selectivo con mis momentos para ser vocal en el *dugout*. Normalmente lo hago en los partidos más importantes. Partidos como este.

"Ahora es el momento", digo, mientras cruzo el *dugout* de un lado al otro. "Ganemos esto ahora mismo".

Con un *out*, Tino pega un sencillo y Jorge le conecta un doble al relevista de los Mets, Turk Wendell. Los Mets embasan a Paulie para llenar las bases y buscar un *out* forzado en el plato. Luis Sojo pega un elevadito al cuadro, y ahora le toca a Vizcaíno. Ya tiene dos *hits*, otro de los instintos de Mr. T que le funciona a la perfección. Al primer lanzamiento, Vizcaíno conecta y envía un lineazo al jardín izquierdo. Aquí entra Tino, y allá va Vizcaíno, brincando por primera base. Es la 1:04 de la madrugada del domingo. Abarrotamos el terreno y abrumamos a Viz. Este es un partido que ganamos con una base por bolas de diez lanzamientos, un tiro de relevo, y tres *hits* conectados por un jornalero dominicano jugando con su séptimo equipo.

Encaja bien aquí. Sabe ganar.

Diecinueve horas después del batazo ganador de Viz, estoy en un *jacuzzi* en la sala de entrenamiento. No hay televisor allí, pero sé que el receptor de los Mets, Mike Piazza, es el tercero al bate contra Roger. Si crees a los medios, este es el enfrentamiento de pesos completos más anticipado desde Muhammad Ali contra Joe Frazier. No me creo toda la propaganda, pero sí estoy curioso por ver lo que sucede.

Cuando enfrentamos a los Mets a principios de junio, Piazza pegó un jonrón con las bases llenas contra Clemens.

Cuando enfrentamos a los Mets a principios de julio, Clemens golpeó a Piazza en la cabeza con una recta.

No podría saber cuáles eran las intenciones de Clemens; nunca lo platiqué con él. Los lanzadores tenemos el derecho a mover el bateador de encima del plato con un lanzamiento adentro. Pero nunca haces algo que ponga en peligro la vida o carrera de alguien. ¿Nuestros buenos lanzamientos al estilo del campo? Para mí es, más bien, cobardía al estilo del campo. El hombre con el bate en la mano es el hijo de alguien. A lo mejor es el esposo de alguien y el padre de alguien. No puedes pasar eso por alto. Yo compito tan duro como cualquiera, pero se debe hacer dentro de lo justo y el buen deporte. Lanzamientos a la cabeza no son buen deporte.

Para cuando llego hasta un televisor ya me he perdido todo el drama, así que veo la repetición de inmediato: Clemens tiene dos *strikes* contra Piazza y le lanza una recta adentro. Piazza le tira, quebrando el bate, y el barril del bate rebota hacia el montículo. Sin saber que la bola cayó *foul*, Piazza corre hacia primera. Clemens recoge el barril del bate y lo lanza duro de medio brazo, mientras Piazza corre hacia primera. El bate vuela al ras del suelo y brinca apenas a un pie o dos de Piazza.

"¿Cuál es tu problema?" dice Piazza, dando un paso hacia el montículo. De inmediato, el árbitro toma un paso entre Clemens y Piazza. Los bancos se vacían en seguida, pero se restaura la calma antes de que la situación deteriore más de la cuenta. No entiendo por qué Roger haría algo así, pero me asombra que alguien pueda estar tan tenso como para perder la tabla así. Roger es un competidor muy intenso.

Piazza pega una roleta con el próximo lanzamiento para una entrada 1-2-3.

Mike Hampton, el abridor de los Mets, está descontrolado a principios del partido, permitiendo que anotemos dos carreras en la primera. Brosius abre la segunda con un jonrón y hemos añadido tres carreras más cuando me topo con George Steinbrenner en la *clubhouse*. Tengo treinta años de edad, pero aún me dice "Chico".

Yo le llamo "Mr. George".

"Chico, quieres un *hot dog*? Te consigo un *hot dog*".

"No, gracias, Mr. George. Estoy bien".

"Oye, Chico, ¿vamos a ganar esta Serie? ¿Qué piensas?"

"Creo que vamos a ganar y estoy tan seguro de ello que le haré una apuesta, Mr. George. Si tengo la razón y ganamos, usted nos llevará a mí, mi esposa, y mis hijos a Panamá en su jet privado. Si no tengo la razón, lo llevaré a cenar al restaurante de su preferencia".

"Vale, Chico", dice Mr. George.

Mr. George desaparece y voy de camino al *bullpen*. Roger lanza ocho entradas en blanco y pasa la bola a Jeff Nelson en la novena con ventaja de seis a cero. El juego parece estar seguro, hasta que ya no lo es. Piazza pega un jonrón de dos carreras. Robin Ventura pega un sencillo. Con un *out*, reemplazo a Nelson, pero el sustituto clave es Clay Bellinger, a quien colocaron en el jardín izquierdo por su defensa. Me salva el pellejo con una gran atrapada en la cerca de un elevado de Todd Zeile. Agbayani pega un sencillo, y entonces retiro a Lenny Harris con una roleta al cuadro. Tengo dos *outs* y dos en base cuando Payton, el jardinero central de los Mets, dispara una recta cortada a las gradas del jardín derecho.

De pronto el marcador está seis a cinco. El pánico en el estadio es palpable. Kurt Abbott es el próximo al bate. Me conectó un doble en el primer partido. Aquí es cuando pienso:

Este juego tiene que terminar ahora.

Me gustan las entradas 1-2-3 precisas, y esta se ha vuelto un fiasco. Me le adelanto en el conteo a Abbott 0-2, y disparo la próxima cortada en el lugar preciso, alta en la mitad interior del plato. Abbott se le queda mirando y el árbitro le canta el tercer *strike*. Abbott tira un breve berrinche mientras Jorge viene a estrecharme la mano. Cincuenta y seis mil fanáticos vuelven a respirar.

Enfrento 309 bateadores adicionales durante el resto de mi carrera de postemporada.

Jay Payton es el último en conectar un jonrón contra mí.

Luego de un "día de viaje", para darnos tiempo suficiente a viajar las nueve millas y media desde Yankee Stadium a Shea Stadium, me sorprende la cantidad de fanáticos de los Yankees que han llegado hasta el territorio enemigo, pero eso no impide que los Mets vapuleen al Duque en el tercer partido y ganen 4 a 2 tras el esfuerzo de Rick Reed.

No estamos obteniendo mucha producción de nuestros primeros bates—cero *hits* en doce turnos al bate durante los tres partidos—así que Mr. T mueve a Derek al primer turno para *outs* el cuarto partido. Bobby Jones es el abridor para los Mets, y Derek envía su primer lanzamiento del partido sobre el muro del jardín izquierdo central del Shea Stadium. Es una carrera que se siente como diez, por el modo en que nos motiva a nosotros y deja fríos a los locales. Jones permite otro par de carreras antes de estabilizarse. Mientras tanto, Piazza pega otro jonrón de dos carreras para acercar a los Mets a una carrera. Cuando regresa en la quinta con dos y ninguno en base, Mr. T quiere un brazo fresco, y llama a David Cone del *bullpen*. David tiene treinta y siete años, un as consignado al olvido, quien sufrió la peor temporada de su carrera ilustre, una lucha que duró todo el año y terminó con una foja de 4-14 y efectividad de 6.91. No ha hecho aún un lanzamiento en esta Serie Mundial.

Es otro instinto de Mr. T, el que Cone pueda encontrar la manera de retirar a Piazza. David se le adelanta 1-2, y ataca a Piazza con un *slider* agudo. Piazza lo eleva para el tercer *out*.

Ambos *bullpens* lanzan a la perfección y ahora me tocan la octava y la novena. Paulie hace un bonito atrapado de una línea en picada de Alfonzo para abrir la octava, y entonces retiro a Piazza con roleta antes de que Zeile pegue un sencillo. Salgo del lío al retirar a Ventura con elevadito, y consigo dos *outs* rápidos en la novena también.

El próximo al bate es Matt Franco, quien me dio *hit*

para dejarnos en el terreno el año pasado. Con el primer lanzamiento, un *strike*, Jorge y yo podemos determinar que Franco está esperando la cortada en las manos, retrocediendo del plato para tener más espacio para hacerle contacto.

Jorge capta mi atención y señala a sus ojos, como para decir:

¿Viste eso?

Lo vi. Asiento con la cabeza. Coloco una recta en la esquina de afuera y Franco nunca se movió. Segundo *strike*. Sé que está esperando la cortada adentro. Jorge lo sabe también. Disparo otra recta sobre la esquina de afuera. Franco jamás se vuelve a mover.

Se acabó el partido.

En cuatro partidos, anotamos quince carreras, y los Mets tienen catorce. Cada juego gira sobre una o dos jugadas, uno o dos lanzamientos. Me gusta cómo nos ha ido con estos giros, y es hora de finiquitar la cosa en el quinto partido, Leiter contra Andy, una revancha del primer partido.

Bernie, quien había estado en una mala racha de cero *hits* en 16 turnos en la Serie, dispara un jonrón para abrir la segunda entrada, y en la parte baja de la misma entrada los Mets responden con dos carreras. Derek toma dos rectas adentro de Leiter y entonces dispara su segundo jonrón en dos partidos. El marcador está dos a dos, y tanto Andy como Leiter están dejando sus brazos zurdos en el terreno de juego, dando el todo por el todo.

Mike Stanton sale para una octava entrada 1-2-3, y Leiter salió para la novena y obtuvo dos ponches rápidos.

Leiter se acerca a los ciento cuarenta lanzamientos. Jorge, quien tiene el mejor ojo en el equipo, sigue combatiendo contra los lanzamientos, batallando como lo hizo Paulie en la novena entrada del primer partido. Jorge toma su base por bolas luego de un drama de nueve lanzamientos. Scott Brosius pega un sencillo al jardín izquierdo. Luis Sojo le tira al primer lanzamiento y pega un sencillo por el centro del cuadro. Jorgie está corriendo en el primer rebote para poder anotar de segunda. Payton trata de fusilarlo en el plato, pero la bola le pega a Jorgie y rueda hasta el *dugout*, permitiendo que Scott anote también. Ahora estamos arriba 4 a 2, a tres *outs*. Mientras caliento, me concentro en que mi primer lanzamiento sea el mejor que pueda hacer.

El bateador emergente es Darryl Hamilton. Se poncha con tres lanzamientos.

Próximo al bate está Agbayani, el jardinero izquierdo. Lo embaso con cuatro lanzamientos. Cosa mala conceder base por bolas a la carrera del empate, pero lo hecho, hecho está. Giro mi enfoque hacia Alonzo, me adelanto 1 y 2 en el conteo, y disparo una cortada afuera. La eleva al jardín derecho y Paulie la atrapa.

Queda en manos de Mike Piazza, uno de los toleteros más peligrosos en todo el béisbol. Derek y Sojo me visitan al montículo. Derek es quien habla.

"Hay que tener cuidado aquí. Sabes de lo que es capaz. Mueve la pelota y atácalo", dice Derek.

Me pega en la pierna con el guante y regresa al campo corto. Soplo mi mano derecha. No estoy complicando esto. Voy a hacer el mejor lanzamiento que pueda.

No voy a complicarme.

Piazza tiene tremendo poderío al jardín contrario. Mi primer lanzamiento es una cortada adentro. El primer *strike*. Jorge se posiciona adentro una vez más, y pide que la bola quede más alta. Lanzo una cortada que no quedó tan adentro como hubiese querido, unas pulgadas sobre el plato. Piazza conecta bien con ella, un elevado al jardín central. Me volteo y observo el lenguaje corporal de Bernie mientras retrocede, en completo control. A unos pasos de la pista de aviso, Bernie hace la atrapada, y precisamente a la medianoche del 27 de octubre del 2000, Bernie se inclina sobre una rodilla y baja su cabeza en oración. Ahora mis dos brazos están en el aire y salto arriba y abajo hasta que Tino llega para un abrazo, el equipo completo abarrota el terreno, y la tensión de la competencia reñida se evapora más rápido que un charco bajo el sol panameño.

Al día siguiente de nuestro triunfo, recibo una llamada de la asistente de Mr. George.

"Buenos días", dice ella. "El Sr. Steinbrenner me pidió que lo llamara. ¿Está listo para hacer los arreglos para su viaje a Panamá?"

NOTAS DE MO

Un sinónimo de Guerra Civil

Hay unas pocas otras ciudades estadounidenses con sistemas de metro, pero solo Nueva York puede hacer alarde de ser sede de una Serie del Metro, un enfrentamiento entre equipos de la misma ciudad y cuyos fanáticos pueden compartir transporte público para viajar y regresar de los partidos.

El Metro de la Ciudad de Nueva York estrenó en el 1904, conectando a Manhattan con tres de los cuatro "boros exteriores", Queens, Brooklyn y el Bronx, el cual es la sede de los Yankees desde el 1923. (Para llegar al quinto boro, puedes viajar de gratis en el Staten Island Ferry, pero allí solo hay béisbol de ligas menores.)

En ese entonces, Nueva York tenía tres equipos de Grandes Ligas: Los Yankees, los Gigantes de Nueva York, y los Dodgers de Brooklyn, quienes jugaban en Ebbets Fields. (El nombre "Dodgers", cuya traducción en español es "esquivadores", surgió debido a que sus fanáticos esquivaban las casetas de peaje, primero en el *trolley*, y luego el metro, para evitar tener que pagar la tarifa de cinco centavos).

Los Yankees perdieron las primeras dos Series del

Metro contra los Gigantes, en el 1921 y el 1922, y le devolvieron el favor a sus ex cohabitantes de estadio en el 1923, 1936 y 1937.

Pero la rivalidad que transformó la Serie del Metro en lo que un cronista del béisbol tildó como "sinónimo de guerra civil" fue entre los Yankees y los Dodgers, quienes se enfrentaron *siete veces* entre el 1941 y el 1956. Los Yankees ganaron seis de los siete enfrentamientos. Los Dodgers ganaron un solo Campeonato Mundial en Brooklyn, en el 1955.

El concepto de Serie del Metro casi desaparece en el 1958, cuando tanto los Dodgers como los Gigantes mudaron sus equipos a California. Los fanáticos de Nueva York se quedaron solos con los Yankees hasta el establecimiento de los Metropolitans ("Mets") de Nueva York, un equipo de expansión que jugó su primer partido en el 1962. Con la introducción de partidos interligas, los fanáticos pueden ahora disfrutar al menos dos Series del Metro al año, durante la temporada regular.

Un nuevo motivo para ganar

Es la baja de la octava en Baltimore y Cal Ripken, el "Hombre de hierro" del béisbol, está al bate. La temporada del 2001 lleva un mes en transcurso. Es una noche calurosa, mi clima favorito para lanzar. Los Orioles de Cal están en desventaja por marcador de 7 a 5, pero estoy adelantado en el conteo. Miro hacia el corredor en segunda, y lanzo una recta cortada rápida. Cal, quien está en la última temporada de una carrera legendaria, piensa que podría pegarle, o al menos rozar su camisa número 8. Se inclina hacia atrás para salirse del medio cuando el lanzamiento gira hacia la izquierda, cortando hacia adentro con agudeza.

El árbitro del plato levanta la mano para cantar el tercer *strike*. Cal camina hacia el banco, meneando la cabeza. Me bajo del montículo de Camden Yards, sabiendo que esta es una de esas noches en que mi recta cortada se mueve cómo la pelota plástica perforada "Wiffle Ball".

Después Derek le dice a un cronista: "No tienes oportunidad alguna cuando se mueve así".

Nos pasamos la mayoría de la temporada dominando al Este de la Liga Americana, y cuando le barremos tres partidos a los Medias Rojas a principios de septiembre, quedan rezagados a trece partidos del primer lugar. La serie está pautada para concluir un lunes en la noche, y Roger Clemens está buscando extender su foja a 20-1 contra su antiguo equipo. Un aguacero inhabilita el terreno de juego y el partido queda suspendido por lluvia.

Era el 10 de septiembre.

La lluvia se ha ido en la mañana, dejando atrás un toque del fresco del otoño y un cielo espectacularmente azul. Es un día de clases, así que me levanto temprano con los chicos. Me estoy lavando los dientes cuando mi suegra, quien se está quedando con nosotros, nos llama. Se oye alarmada.

"¡Clara! ¡Pili! ¡Vengan rápido! ¡Vean lo que está mostrando el televisor!"

Corro a la cocina y veo y oigo un informe extraño acerca de un avión que voló hasta estrellarse contra una de las Torres Gemelas. Aún no son las 9 de la mañana. Una de las torres está ardiendo en llamas, y sale humo de arriba. ¿Cómo puede haber ocurrido esto? Me preocupo por los trabajadores adentro del edificio. ¿Podrán salir?

Entonces el segundo avión embiste contra la otra torre. Ahora todo se ve más claro.

Esto es un ataque terrorista.

Siguen más informes trágicos respecto al avión que impacta al Pentágono y el Vuelo 93 que se estrelló en el campo en Pennsylvania. Las imágenes son muy horrendas para comprender, más aún el mal tras estos ataques. Oro por las víctimas y por sus familias. Oro por todos nosotros, por el país. La ciudad se duele y nos dolemos junto a ella. Todos los partidos de pelota son cancelados por una semana.

Resumimos la temporada el 18 de septiembre en Comiskey Park, ganando 11 a 3, regresando para nuestro primer partido en Nueva York desde los ataques. Roger visita una estación de bomberos de Nueva York en la tarde antes de su jornada. Es una noche poderosa de tributo a las víctimas y a los servicios de emergencias. Parece más un servicio de iglesia que un partido de béisbol. Tampa nos derrota 4 a 0, pero con la derrota de los Medias Rojas aseguramos el título de la División del Este de la Liga Americana por quinta vez en seis años. Nuestra celebración es muy sutil. Somos los Yankees de Nueva York. Nuestra ciudad está muy dolida y nosotros también lo estamos. Este no es el momento para festejar.

Aunque ganamos noventa y cinco partidos en el 2001, no somos siquiera el mejor equipo en la Liga. Con foja de 116-46, los Marineros de Seattle son mucho mejores de lo que eran en el 1998, una hazaña tan ridícula que los Atléticos de Oakland ganan 102 partidos y terminan a 14 partidos del puntero.

Podríamos ser los tricampeones incumbentes, pero solo somos el tercer mejor equipo en nuestra Liga. Enfrentamos a Oakland en la Serie Divisional. Mark Mulder rebasa a Roger en el primer partido, en Yankee Stadium, y los Atléticos pegan tres jonrones para ganar 5 a 3. Tim Hudson nos domina en el segundo partido y los Atléticos toman ventaja de 2 a cero en la serie. Ahora volamos hacia el oeste, y nuestra temporada depende del brazo derecho de Mike Mussina. Los Atléticos han ganado diecisiete partidos al hilo en casa. Barry Zito, un zurdo de veintidós años, aspira a que sean dieciocho. El partido está empate a cero al fin de cuatro entradas. Con un *out* en la quinta, Jorge pega un jonrón para darnos una ventaja de 1 a 0. Mussina retira a los Atléticos en orden en la sexta. En la séptima, retira a Jermaine Dye y a Eric Chávez para dos *outs* rápidos, antes de que Jeremy Giambi pegue un sencillo y Terrence Long conecta fuertemente, enviando un lanzamiento con conteo de 2 y 2 por la línea de primera, rebasando a Tino que se zambulló a atraparla, y hacia la esquina del jardín derecho. Shane Spencer la recupera y hace el lanzamiento, pero no llega a ninguno de los relevos. Todo esto ocurre ante mis ojos porque el *bullpen* visitante está apiñado a lo largo de la línea de primera base. Giambi rebasa la tercera base y anota con facilidad para empatar el partido. El tiro de Spencer pica hacia el plato, rodando por la línea de primera base y camino a tierra de nadie.

Entonces es que veo a Derek cruzando el cuadro y corriendo hacia la línea de primera base.

Pienso: *¿Hacia dónde va? Esta jugada no tiene nada que ver con él.*

Está corriendo a toda máquina, hacia la bola.

Ahora entiendo lo que está haciendo.

Está casi en la línea, como a quince o veinte pies del plato. Agarra la pelota rodante. La lanza hacia Jorge.

Giambi corre erguido hacia el plato. Gran error.

Jorge recibe la pelota y aplica el toque a Giambi un instante antes de que toque el plato.

Giambi queda fusilado. Nuestra ventaja de 1 a cero queda intacta. Derek levanta el puño. Mussina levanta el puño. Siento deseos de salir corriendo del *bullpen* y levantar el puño. La mitad del *dugout* sale corriendo hacia el terreno, un estallido espontáneo de emoción para un jugador que nunca deja de fajarse.

Es la mejor jugada instintiva que jamás he visto.

Faltando seis *outs*, entro en la octava y logro tres de ellos. Entonces me toca enfrentar el corazón de la alineación en la novena, comenzando con Jason Giambi, actual

Jugador Más Valioso de la Liga Americana y hermano mayor, y bien grande, de Jeremy. Giambi pega una roleta a segunda para el primer *out*, pero permito un doble a Jermaine Dye antes de ponchar a Eric Chávez. Con dos *outs*, ¿quién viene al bate sino Giambi el Menor, el corredor que no se desliza? Con seguridad busca la redención, pero logro retirarlo con una roleta y seguimos con vida.

En el cuarto partido, obtenemos lanzamiento y bateo fabuloso de El Duque y de Bernie, quien pega tres imparables con cinco impulsadas, y tras un triunfo de 9 a 2, volamos tres mil millas de regreso a Nueva York para jugar el quinto partido al día siguiente. Pero antes de que se haga el primer lanzamiento, me impacta lo diferente que se siente la ciudad comparado con cómo se sentía antes del 11 de septiembre. De alguna manera todo se siente más vívido, más urgente. Es difícil de describir.

El Yankee Stadium siempre late con energía, pero ahora parece tener mucho más significado, como si nuestra misión no fuese ganar una Serie Mundial más, sino hacerlo para la ciudad.

Ni Roger ni Mark Mulder dominan, pero logramos una ventaja de 5 a 3 al cabo de seis entradas. Luego que Ramiro lanza una séptimo de 1-2-3, me toca sacar los últimos seis *outs*.

Jason Giambi conecta un sencillo para abrir la octava, pero retiro a Chávez con roleta al campo, lo cual trae a Terrence Long, quien pega un elevadito hacia las gradas detrás de la tercera base. Aquí viene Derek de nuevo, corriendo detrás de la base y recostándose sobre la valla para hacer una atrapada fenomenal mientras cae de cabeza en las gradas. De algún modo logra aguantar la pelota para el segundo *out*, y retiro a Ron Gant con una roletita para cerrar la octava entrada.

En la novena, tengo dos *outs* cuando el bateador emergente Eric Byrnes me lleva hasta un conteo de 2 y 2. Jorge se posiciona para un lanzamiento adentro. Lanzo la recta y Byrnes se poncha abanicando, y yo brinco y hago un giro de 360 grados, impulsado no por la emoción del momento, sino de todo el pasado mes. No recuerdo jamás haber girado así, ni lo volveré a hacer. Jorge sale corriendo y me envuelve con un brazo. Mr. T escolta al alcalde de Nueva York al terreno, Rudolph Giuliani, quien ha hecho tanto para ayudar la ciudad después de los ataques. Es una noche súper cargada de emoción. Regresamos para ganar tres al hilo contra un gran equipo, adoptando el espíritu resistente de la ciudad.

Ahora, a enfrentar los poderosos Marineros.

Los primeros dos partidos son en Seattle. Sabemos cuán buenos son los Marineros y respetamos lo que han logrado esta temporada, pero confiamos en que podemos vencerlos.

Andy es nuestro lanzador del primer partido y responde a otra encomienda de gran partido con otro gran esfuerzo, permitiendo una sola carrera y ponchando a siete. El sencillo de Knoblauch impulsa a Jorge en la segunda, y entonces Jorge revienta un lanzamiento del abridor Aaron Sele contra el muro del jardín derecho en la cuarta, corriendo a toda máquina y retando a Ichiro Suzuki a fusilarlo en la segunda base. El tiro de Ichiro es certero, pero Jorge se desliza debajo del toque. Paulie pega un jonrón de dos carreras para darle a Andy una ventaja de 3 carreras a 1 al final de ocho entradas.

En la novena, Alfonso Soriano conecta contra el relevista José Paniagua y se queda en el plato admirando su batazo. La bola le pega al muro y Sori no pasa de primera. Mr. T está furioso. Sori es un joven toletero con mucho talento, pero admirar los jonrones en lugar de correr no es cómo se hacen las cosas. Como para compensar por el lapso anterior, se roba la segunda base y luego anota en sencillo de David Justice, llevando la ventaja a cuatro carreras a una.

Vengo para la novena y con un *out*, Ichiro, quien maneja el bate como si fuera una varita mágica, pega un doble por la línea del jardín izquierdo. No es tan solo el campeón de bateo de la Liga con promedio de .350 y 242 imparables, sino que va rumbo a ser el Jugador Más Valioso de la Liga Americana. Estoy a un *out* del salvado cuando Stan Javier pega una roletita al montículo. Logro el *out*, pero me viro el tobillo, que ya me estaba molestando. El próximo bateador es Bret Boone y me determino a retirarlo porque ¿a que no saben quién es el próximo al bate?

Edgar Martínez. El verdugo de Mo. Con promedio de por vida en mi contra que supera los .500, las posibilidades están a su favor esta vez.

Pero el primer lanzamiento que le tiro a Boone está descontrolado, lo cual permite a Ichiro ir a tercera base. Mi tercer lanzamiento también se descontrola e Ichiro anota.

No vuelvo a hacer un lanzamiento descontrolado en la postemporada, pero de nada me sirve eso ahora. Boone logra base por bolas. Es obvio que mi mecánica está mal. He embasado a solo cuatro bateadores desde el receso de los Todos Estrellas, y ahora me toca enfrentar a Edgar como posible carrera de empate.

Lanzo el primer *strike*, y luego lanzo una recta cortada afuera. Edgar pega una roleta a primera. Tino la recibe y me la lanza mientras cubro la primera base para el tercer *out*.

Ganamos el primer partido.

¡Uf!

Mussina, quien fue tan sensacional en el partido de la jugada instintiva de Derek en Oakland, no está tan agudo en el segundo partido, pero obtiene una ventaja temprana de 3 carreras a 0 gracias a un doble impulsador de dos carreras de Brosius. Lamentablemente, los bateadores de los Marineros hacen lo que normalmente hacen los nuestros: poner a Moose a trabajar.

En la baja de la segunda, Javier logra base por bolas luego de trabajar un turno al bate de nueve lanzamientos; Dan Wilson pega siete *fouls* corridos antes de pegar un sencillo. Moose sale del lío, pero Javier pega un jonrón de dos carreras en la cuarta entrada y ahora la ventaja es de una sola carrera. Moose se faja por seis entradas, manteniendo así el juego cerrado. No hay nada mejor que ver a alguien competir tan duro y lograr buenos resultados en un día en el cual no tiene lo mejor a la mano.

Ramiro toma la batuta en la séptima, y con uno en base y dos *outs*, Mr. T toma la valiente decisión de embasar a Ichiro. Uno jamás está supuesto a conceder base por bolas a lo que podría ser la carrera ganadora. Pero Ichiro es demasiado peligroso como para preocuparse por lo que diga el libro. Mark McLemore pega una roletita a segunda, así que Mr. T queda, una vez más, como un genio estratégico.

Entro con un *out* en la octava y mi buen amigo Edgar en primera. (Al menos le conectó el sencillo a Ramiro, pero ese es poco consuelo). Lo elimino mediante *out* forzado cuando Olerud pega una roleta.

Cameron se poncha para cerrar la octava y David Bell lo hace para cerrar el partido.

Estamos arriba dos a cero y volvemos hacia el Este, a mitad de camino para la Serie Mundial.

El Duque no está bien y al *bullpen* lo vapulean en el tercer partido. Los Marineros ganan 14 a 3. El equipo visitante ha ganado todos los partidos hasta ahora. Si podemos detener la tendencia, podemos evitar un viaje de regreso a Safeco Field. Tenemos a Roger, quien ponchó a quince Marineros la última vez que los enfrentó en la postemporada, y ellos tienen a Paul Abbott, quien ganó diecisiete partidos durante la temporada, pero tuvo una actuación desastrosa contra los Indios en la Serie Divisional. De vez en cuando, él tiene lo que tildaríamos de "problemas de control".

Esta es una de esas ocasiones. Abbott embasa a ocho en cinco entradas, lanzando cuarenta y nueve *strikes* y cuarenta y ocho bolas. De algún modo él logra conseguir un *out* cuando realmente lo necesita, sin embargo, no ha permitido imparables en cinco entradas.

Roger, quien está limitado por una lesión en la pierna, lanza cinco entradas y concede un solo imparable. Los *bullpens* toman las riendas. Seguimos en blanco en la octava. Ramiro logra los primeros dos *outs* y está a punto de cerrar tres entradas sin permitir un imparable, cuando Bret Boone envía un cambio a las gradas. Los Marineros tienen ventaja de 1 a 0 y están a seis *outs* de empatar la serie a dos.

Arthur Rhodes sale del *bullpen* de los Marineros en la parte baja de la entrada. Es un zurdo que, por alguna razón, es efectivo contra el resto de la Liga, pero no contra nosotros. Con un *out* y conteo de 3 a 2 a Bernie, Rhodes envía su mejor lanzamiento, una recta, sobre el plato. Bernie pega un elevado alto que cae en las gradas, apenas rebasando el guante estirado de Ichiro, quien saltó. El juego está empatado. El próximo lanzador en entrar seré yo, no para el salvado, sino para preservar el empate.

Olerud pega una roleta con mi primer lanzamiento. Javier empuja un toque hacia segunda y queda *out* con mi segundo lanzamiento. Cameron pega un elevado al cuadro con mi tercer lanzamiento. Como mucho, estoy en el montículo por noventa segundos. Me sorprende que Cameron no toma uno o dos lanzamientos porque una de las reglas no escritas del béisbol es: No permitas que el lanzador opositor tenga una entrada de tres lanzamientos.

Pero tampoco me voy a quejar.

Kazuhiro Sasaki, el cerrador de los Marineros, viene en la novena y retira a Shane Spencer con una roleta. Luego Brosius pega una pelota por el centro del cuadro que McLemore detiene, pero no puede hacer llegar a primera a tiempo para retirar a Brosius. Llega Soriano, Sasaki lanza una recta de dedos divididos, bien baja. Soriano le tira a todo, pero se queda quieto. Sasaki no quiere caer en desventaja en el conteo, pero tampoco quiere empujar la carrera ganadora a posición para anotar. Así que lanza una recta, a nivel de cintura, sobre el mismo centro del plato. Soriano la eleva alto al jardín derecho central. Mike Cameron escala el muro, pero no hay posibilidad de atraparla. Nuestro novato estrella, quien llegó a las Grandes Ligas para pegar dieciocho jonrones y setenta y tres impulsadas, nos ha puesto a un juego de la Serie Mundial. La fanaticada enloquece. Parece haber un mayor estruendo cada vez que alguien produce otra muestra de heroísmo en las últimas entradas.

El quinto partido es al día siguiente y nuestra filosofía es, ¿por qué esperar? No le quieres dar motivos de tener esperanzas a un equipo que ganó 116 partidos. Aaron Sele, otro lanzador que es bueno contra todos excepto los Yankees, lanza dos entradas en blanco antes de que nos soltamos, anotando cuatro veces en la tercera entrada, y el palo grande fue un jonrón de dos carreras de Bernie. Paulie le jonronea a Sele en la siguiente entrada, y con Andy dominando, nos sentimos seguros, especialmente después de añadir cuatro carreras más contra el *bullpen* de los Marineros. El público comienza a gritarle "sobrevaluado" a los Marineros, y "no sexto partido" a su dirigente Lou Piniella, quien había garantizado que la serie regresaría a Seattle. Jamás me ha gustado esta clase de burla. No me gusta la idea de mofarse de nadie. Pero al momento, estoy enfocado en regresar a la Serie Mundial para traer a casa un cuarto campeonato al hilo.

Mr. T me trae para cerrar el partido con ventaja de nueve carreras, 12 a 3. Mike Cameron pega una línea suave, y Shane Spencer, quien es un sustituto defensivo en las entradas tardías, la atrapa. El equipo abarrota el montículo, rayas por doquier, todos abrazándonos los unos a los otros. Hemos vencido a los mejores equipos de esta temporada en series consecutivas.

Nos quedan cuatro partidos más por ganar.

La Serie abre en Phoenix, un parque con piscina en el jardín central. No nos damos un chapuzón, pero bien pudiéramos haberlo hecho porque nadie está bateando excepto Bernie, quien le conectó un doble impulsador a Curt Schilling en la primera entrada.

Sin embargo, nuestros contrincantes enmudecen después del imparable de Bernie. Brosius conecta doble en la segunda entrada, Jorge conecta un sencillo en la cuarta, y ese es el total de la ofensiva Yankee. Schilling lanza siete entradas, poncha a ocho, y alcanza una foja de cuatro triunfos sin reveses para esta postemporada. Mussina, quien fue nuestro lanzador más seguro durante el pasado mes, permite jonrones a Craig Counsell y Luis Gonzalez. Perdemos 9 a 1.

El segundo partido enfrenta a Randy Johnson contra Andy y las noticias empeoran: Johnson es aún más dominante de lo que era Schilling. Lanza una joya de partido completo, una blanqueada con solo tres imparables permitidos y once ponches. Matt Williams le conecta

177

un jonrón de tres carreras a Andy y los Diamondbacks ganan 4 a 0. Como está lanzando Johnson, es como si fuese 40 a 0.

Regresamos a Nueva York, entregando nuestra temporada en manos de Roger. Jorge inicia al conectar jonrón contra Brian Anderson, el abridor de los Diamondbacks. Roger se escurre de un aprieto temprano con las bases llenas y se vuelve a escurrir en la sexta, cuando Shane Spencer se zambulle para atrapar un lineazo recio de Matt Williams que salva dos carreras. Brosius pega un sencillo para darnos ventaja de 2 a 1 en la sexta y Roger termina fuerte, con dos ponches en la séptima en una entrada 1-2-3.

Luego me entrega la pelota.

No he lanzado en ocho días, pero me siento bien. Retiro a Counsell en un intento de toque, luego poncho a Steve Finley y a González. Logro dos ponches adicionales en la novena y Williams cierra el partido con una roleta. Es un triunfo enorme para nosotros, con Schilling listo para el cuarto partido.

Schilling es tan bueno como lo fue en el primer partido, pero El Duque iguala el esfuerzo. Entramos a la octava con el partido empatado a uno y Mike Stanton en el montículo. González pega un sencillo, Erubiel Durazo, el bateador designado, pega un doblete, y los

Diamondbacks toman la delantera, 3 a 1. Su cerrador, el submarinista sudcoreano Byung-Hyun Kim, ha sido intocable en la postemporada, con su recta *sinker* y modo peculiar de lanzar. Le llena los conteos a Spencer, Brosius y Sori en la baja de la octava. Los poncha a los tres.

Ramiro domina en la novena y ahora nos quedan los últimos tres *outs*. Derek trata de embasarse mediante toque; Williams, el tercera base, lo fusila. Tras un sencillo de Paulie al jardín izquierdo, Bernie se poncha con tres lanzamientos y ahora le toca a Tino. Estamos a un *out* de caer en desventaja tres partidos a uno, teniendo que volver a enfrentar a Randy Johnson y luego a Schilling si es que llegamos. Nos queda un pulso, pero es tenue. Kim verifica a Paulie y lanza una recta a nivel de cintura a la parte de afuera del plato. Si Tino trata de halarla, será una roleta a segunda, o tal vez un elevadito al jardín central.

Pero Tino no trata de halarla. Trae todo el barril del bate y pega una línea recia que va por encima de la cabeza de Kim, elevándose hacia el jardín central. Finley corre hacia el muro y hace su mejor imitación del Hombre Araña, escalando el muro para intentar la atrapada, pero todos sabemos que Peter Parker es neoyorquino y la bola se fue. El partido está empate.

¿Les mencioné que era la Noche de Brujas?

Obtengo tres roletas rápidas en la décima entrada.

En la parte baja de la entrada, Brosius pega un elevado

al jardín derecho para el primer *out*. Sori le tira unas cuantas veces antes de elevar al jardín izquierdo para el segundo *out*. Próximo al bate es Derek, quien tiene un imparable para toda la serie, con promedio de .067.

La luna está llena y el reloj marca la medianoche, y la pantalla dice "Bienvenidos a noviembre". Dado que la temporada se retrasó una semana luego del ataque del 11 de septiembre, esta es la primera vez que se juega béisbol en noviembre en las Grandes Ligas.

Derek cae a 0-2, pero trabaja el conteo y bota una bola de *foul*, después la otra, tratando de enviar la bola al jardín derecho con su *swing* único de adentro hacia afuera.

Con el conteo lleno, Kim lanza y Derek le pega de adentro hacia afuera, elevando la bola por la línea de la primera base, y sigue y sigue hasta que rebasa el muro del jardín derecho. Jeter recorre las bases con el puño en alto, otra cosa única de él, y tiembla el Yankee Stadium mientras salimos del *dugout* para la fiesta en el plato.

Estamos a primero de noviembre y la Serie Mundial está empatada. Voy a casa para dormir en mi propia cama. Eso es difícil de superar.

Mussina consigue otra oportunidad ante Arizona en el quinto partido, ponchó a seis y permitió un solo imparable a lo largo de cuatro entradas. Pero tampoco habíamos podido tocar a Miguel Batista, el abridor de Arizona. Entonces en la quinta, Finley abre con un jonrón con el conteo 1 y 2 para la primera carrera del partido, y pasados tres bateadores, el receptor Rod Barajas hace lo mismo.

Batista parece ponerse más fuerte mientras transcurre el partido. Voy al *bullpen* en la parte baja de la sexta.

Pienso: *¡Cómo nos gusta hacer las cosas a lo difícil en esta Serie Mundial!*

Mussina sigue agresivo, y cuando Matt Williams pega un elevadito con dos en base y dos *outs* en la octava entrada, termina una jornada excelente. Colocamos a dos en base en la parte baja de la entrada, pero no anotamos, y Ramiro toma las riendas para la novena. Mientras caliento en el *bullpen*, oigo a los fanáticos en las gradas y en los palcos del jardín derecho gritar:

¡Paul O'Neill!

¡Paul O'Neill!

Han estado vitoreándole toda la noche, sabiendo que si no le damos giro a esto, esta podría ser su última oportunidad para dejarle saber a Paulie que agradecen su desempeño y corazón. Paulie ha estado lidiando con lesiones durante todo el año, Esta podría ser su última temporada. Los vítores sobrecogen el *bullpen*. Ahora todo el estadio está llamando su nombre. De oírlo, me da carne de gallina. Paulie actúa como si nada estuviese sucediendo, pero cuando Ramiro retira a los Diamondbacks para dar fin a la entrada, Paulie se quita el sombrero mientras sale del terreno y el público responde con un gran rugido.

Así que ahora estamos en una situación idéntica a la de anoche: con dos carreras de desventaja y Byung-Hyun Kim en el montículo.

Jorge comienza con un doble por la línea, pero Spencer pega una roletita al cuadro y Knoblauch se poncha. Está en manos de Scott Brosius. Se le queda mirando a la primera bola. Kim hace su lanzamiento y Brosius le tira. Y la bola se fue volando hasta la profundidad de las gradas del jardín izquierdo. Ahora es el puño derecho de Scott Brosius el que se levanta al aire.

No te puedes inventar esto.

Por segunda noche al hilo, estamos abajo por dos carreras, en nuestro último turno al bate, y pegamos un jonrón de dos carreras para empatar el partido. Mientras Brosius recorre las bases, se observa a Kim de cuclillas en la lomita, con aspecto de tortuga que quiere retraerse a su casco. En la toma cerrada de la transmisión televisiva, parece que va a echarse a llorar. Bob Brenly, el dirigente de los Diamondbacks, lo reemplaza con Mike Morgan.

Navego la décima con facilidad, pero Morgan lo hace también, retirando siete al hilo. En la undécima, permito dos sencillos, y tras un sacrificio, embasamos a Finley

Soy todo piernas y orgullo el día que me gradué de la Escuela Elemental Victoriana Chacón, saludando al alcalde de Puerto Caimito, Eugenio Castañón.

Aquí tengo 18 años, justo antes de abandonar el fútbol por una lesión grave del ojo.

Clara y yo el día de nuestra boda, el 9 de noviembre de 1991. Casarme con ella fue la mejor decisión que he hecho.

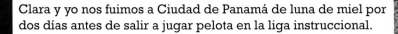

Clara y yo nos fuimos a Ciudad de Panamá de luna de miel por dos días antes de salir a jugar pelota en la liga instruccional.

El día en que salí de Panamá por primera vez, y viajé en avión por primera vez, puse una cara de valiente, pero tenía mucho miedo. Aquí estoy en el aeropuerto de Ciudad de Panamá con mi papá y mi mamá. Mi primo Alberto está detrás de mí. (Clara tomó la foto).

Caminando por el Aeropuerto Internacional de Tocumen en Ciudad de Panamá, con mi boleto en mano, para irme una temporada más. No le doy a entender a la gente que me aterra volar.

El 1992 fue un buen año para mí como abridor de los Yankees de Fort Lauderdale en el béisbol Clase A, hasta que una operación del codo puso en duda mi carrera.

Scott Brosius (izq.) y Jorge Posada me abrazan al barrer a los Bravos en 1999 y lograr nuestro tercer título de la Serie Mundial en cuatro años.

(Jamie Squire / Getty Images)

Saludo a los fanáticos después de salvar el juego número 602, pasándole a Trevor Hoffman y convertirme en el líder de todos los tiempos del béisbol.

(Rob Tringali / Getty Images)

Otra recta
cortada está
a punto de volar.

(Ronald C. Modra / Sports Imagery / Getty Images)

El último out es
siempre el más difícil
de conseguir. Aquí
celebro al sacar
a Mark Sweeney y
completar nuestra
barrida a los Padres
en 1998.

(Vincent Laforet / Getty Images)

Ganar nunca cansa.

(Pool / Getty Images)

(Jim McIsaac / Getty Images)

Una mecánica consistente y repetible es el mayor talento que tiene un lanzador. Aquí repito la mía en mis últimos lanzamientos de mi carrera.

Un segundo después de que mis viejos amigos Andy Pettitte y Derek Jeter vinieron a sacarme del juego con dos *outs* en la novena entrada de mi último partido, estuve llorando en los brazos de Andy. Me aguanté por mucho, mucho tiempo, pero era hora de soltar mi llanto.

(Al Bello / Getty Images)

(Jim McIsaac / Getty Images)

Caminé desde el montículo por última vez el 26 de septiembre de 2013, con los fanáticos de pie y vitoreando, tanto los Rays de Tampa Bay (al fondo) como los Yankees, fue uno de los momentos más intensos y emotivos de mi vida.

para llenar las bases. Con la inminencia de Johnson en el sexto partido, reconozco la enormidad de este momento. Ataco a Sanders y logro retirarlo con una línea.

Ahora enfrento a Mark Grace. Me le adelanto 0 y 2, y eso hace toda la diferencia. Puedo obligarlo a tirarle a mi lanzamiento, y eso hago, logrando que pegue una roleta a tercera para el *out* forzado y el fin de la entrada.

Duodécima entrada: Sterling Hitchcock (canjeado de vuelta a los Yankees por los Padres a mitad de temporada) me releva y lanza una entrada en blanco. Ahora Albie López toma el montículo por Arizona. Knoblauch pega un sencillo por el centro del cuadro; Brosius lo mueve a segunda con un toque. Soriano pega un sencillo al jardín derecho y Knoblauch cruza el plato con la carrera del triunfo. Ganamos nuestro tercer juego de una carrera al hilo. Solo necesitamos uno más y el cuarto campeonato mundial al hilo será nuestro.

El trofeo

Estamos de vuelta en el desierto para el sexto partido, y la noche resulta ser tan placentera como estar sentado encima de un nopal. Desde el 1996, Andy ha probado ser un lanzador de grandes partidos tan confiable como ninguno, pero hoy no está en onda, ni él ni el resto de nosotros. Los Diamondbacks anotan una en la primera, tres en la segunda, ocho en la tercera, y tres en la cuarta. Randy Johnson está en el montículo. Un jonrón en la novena entrada no va a ser suficiente esta noche.

El marcador final es de 15 a 2. Los Diamondbacks pegaron veintidós imparables, dos más que los que pegamos en los primeros cuatro juegos de la Serie. Diez de esos imparables fueron conectados contra nuestro relevista largo, Jay Witasick, en una entrada y un tercio. Lo siento por Jay. Es su única aparición en la Serie y su trabajo es absorber una paliza para rendir los otros brazos del *bullpen*, por si surge algún milagro. La noche entera es tan fea como puede ser, pero es tan solo una derrota, así que lo veo desde esta perspectiva:

Ahora es lo mejor de una Serie Mundial.

El enfrentamiento de lanzadores para el séptimo partido está salido de un libreto de película: dos derechos enormes, Curt Schilling y Roger Clemens, con foja combinada por la temporada de 42 y 9.

No creo que esto vaya a ser una paliza.

Mr. T ya nos ha dicho lo orgulloso que está de nosotros, así que le pide a Gene Monahan, nuestro entrenador físico, que nos brinde el discurso motivacional previo al partido.

El pedido de Mr. T causa risas a Gene porque no cree que es en serio.

Pero es otra idea inspirada de Mr. T. Gene es mucho más para nosotros que un entrenador físico, alguien que ayuda nuestros cuerpos a sanar a lo largo de la temporada con sus exigencias físicas. Es un hombre tan noble y tan generoso como conocerás. Has estado con los Yankees durante cuarenta años. Él nunca ha querido tener el foco. Pero lo tiene ahora.

"Muchachos, no importa lo que suceda esta noche, ustedes han tenido tremenda temporada", dice Gene. "Desde el primer día de entrenamiento primaveral, a través del 11-S y de dos series duras, ustedes han jugado con gran corazón. Han jugado con clase y han sido ganadores. Ustedes han sido verdaderos Yankees. Y nunca he estado más orgulloso de ser parte de un equipo, por lo que ustedes traen todos los días. Independientemente de lo que suceda allá esta noche, ustedes van a entrar a esta *clubhouse* y van a ser los mismos campeones que han sido durante toda la temporada. Nada cambiará eso".

La sala queda en completo silencio después de que Gene termina, con la excepción del sonido del llanto del entrenador Don Zimmer. Muchos de nosotros sentimos deseos de llorar también.

Ahora soy yo el que quiere decir un par de cosas.

"Este partido es nuestro para ganar", les digo. "Simplemente tenemos que confiar. Confiar en nuestros corazones y el uno en el otro. Estamos bendecidos de estar aquí, con nosotros".

Roger y Schilling salen encendidos. Roger poncha a ocho en las primeras cuatro entradas y Schilling lo iguala, permitiendo un imparable y ponchando a ocho en seis entradas.

Finley encabeza la baja de la sexta para los Diamondbacks con un sencillo, entonces Danny Bautista pega una recta contra el muro. Finley anota, pero un tiro brillante de relevo de Derek fusila a Bautista, quien intentó convertir un sencillo duro en un triple. (Chicos, recuerden el consejo de beisbolista: nunca sean el primer o tercer *out* en tercera base.)

Roger sale de la entrada habiendo permitido solo aquella carrera y vamos a la séptima. Derek abre con un sencillo. Paulie le sigue con un sencillo y entonces, con un *out*, Tino pega un sencillo duro al jardín derecho para impulsar a Derek y empatar el partido. Shane casi nos impulsa otras dos carreras, pero Finley le atrapa el lineazo y Schilling sale de la entrada sin mayores daños.

El partido va a la octava. Sori abre y cae a 0-2 en el conteo. Batea dos lanzamientos de *foul* y entonces Schilling lanza una recta de dedos abiertos que Sori envía sobre el muro del jardín izquierdo central. Es la primera vez que tenemos la ventaja en el Bank One Ballpark desde la primera entrada del primer partido. El teléfono suena unos momentos después que aterriza el jonrón de Sori.

"Mo, tienes la octava", me dice Rich Monteleone, el adiestrador del *bullpen*.

Miguel Batista y Randy Johnson (puede dormir el resto de la semana, ¿verdad?) combinan para obtener los últimos dos *outs* en relevo de Schilling, y yo llego para la baja de la octava. Vuelvo al montículo con la pelota en la mano derecha, cierro mis ojos y digo mi oración.

Retiro la entrada a ponches.

Johnson dice: "Yo también puedo hacer eso", y retira a Bernie, a Tino y a Jorge, en orden. Tenemos ventaja de

2 a 1. Tres *outs* nos separan de otro campeonato, no tan solo de un cuarto campeonato mundial al hilo, sino de un campeonato para la gente de la Ciudad de Nueva York.

Tres *outs* rapiditos y nos vamos de aquí.

Tengo una sensación poderosa de que vamos a ganar este partido. Esta es mi quincuagésima segunda aparición en la postemporada. He convertido veintitrés oportunidades consecutivas de salvados, y tengo la tasa de efectividad más baja de cualquier lanzador en la historia de la Serie Mundial. No estoy actuando con presunción. Simplemente creo que vamos a terminar el trabajo como equipo porque hacemos eso tan bien como cualquier otro equipo que yo haya visto.

Lo único en lo cual pienso es en hacer el mejor lanzamiento que pueda.

El primer bateador, Mark Grace, pega un elevadito de bate quebrado al jardín central para un sencillo. David Dellucci lo sustituye como corredor emergente, velocidad adicional que es importante porque de seguro que el próximo bateador, Damian Miller, intentará un toque. Miller se acomoda y pega el toque casi directamente a mí, lo cual sería una jugada forzada fácil en la segunda base. La tomo y se la disparo a Derek, pero mi tiro viene a parar al jardín derecho central.

Es el segundo error de mi carrera con los Yankees.

Es una jugada fácil. Simplemente la daño.

Vuelvo a pisar la goma. El Bank One Ballpark, el cual estaba como una funeraria hace apenas un minuto atrás, ahora late con sonido. Mr. T sale del *dugout*. Los jugadores del cuadro se concentran en el montículo.

"Simplemente consigamos un *out*; aseguremos uno", le oigo, pero mi mente está en otro lado.

Acabo de hacer una jugada terrible en un toque y ahora voy a compensar.

Un bateador emergente, Jay Bell, entra al cajón de bateo. Bell tiene una reputación de ser muy bueno con los toques, pero si queda de mí, estos corredores no avanzarán.

Bell se cuadra y toca el primer lanzamiento, demasiado duro, al lado de la tercera base. No es un buen toque y le caigo encima, atrapándolo y disparando a Scott para la jugada forzada en tercera base. Scott se retira de la base y retiene la pelota. Bell aún no atraviesa la mitad de la línea a primera base. Estoy esperando que Scott haga el disparo a Tino en primera base. Es una doble matanza garantizada que nos hubiese dejado con dos *outs* y un hombre en segunda.

Pero nunca tira la bola. Scott es un jugador agresivo e instintivo, un excelente tercera base, que siempre da el todo por el todo. ¿Será que las palabras de Mr. T, "aseguren un *out*", se le quedaron grabadas en mente al retener la pelota? No sé. No puedo preocuparme por eso ahora. La entrada no transcurre según mi expectativa. Tampoco puedo preocuparme por eso. No puedo dar cabida a los pensamientos negativos. Nunca hago un lanzamiento pensando que algo malo va a ocurrir.

Hay corredores en primera y segunda, con un *out*. Hay un bateador al cual retirar. Ese es mi único enfoque, Tony Womack, el campo corto de los Diamondbacks. Womack se acomoda en la caja de bateo. Si lanzo mi mejor recta cortada, sé que le puedo picar bien adentro y conseguir ya sea un ponche o un bate roto. Lanzo una recta cortada alta ara una bola y después otra, para caer a 2-0 en el conteo. Mi precisión no está presente. No estoy poniendo la bola donde quiero. Vuelvo a batallar hasta igualar el conteo a 2 y disparo otra cortada a Womack, pero no está tan adentro como quisiera, y pega un doblete al jardín derecho, empatando el partido y aún con corredores en segunda y tercera.

El público está ahora en un frenesí, saboreando la victoria, más dulce por ser contra los poderosos Yankees y su presunto invencible cerrador.

No me rendiré.

Jamás.

El próximo bateador es Craig Counsell. Con el conteo 0 y 1, lanzo una cortada que le corre hacia adentro. Comienza a tirarle, pero se detiene. La pelota le pega en la mano derecha. La bola le pega en la mano derecha.

Las bases están llenas.

Respiro profundo.

Luis González, el mejor bateador de los Diamondbacks, está de vuelta al bate. En dos turnos previos en la Serie lo he ponchado y he logrado retirarlo con una roletita.

Tiene postura muy abierta al bate. Mr. T ordenó a los jugadores del cuadro a moverse hacia adentro para fusilar al corredor en el plato, no queriendo correrse el riesgo de perder la Serie Mundial con una roletita. González no ha tenido buen contacto contra mí, así que acorta el bate. Luego me entero que esa es la primera vez en toda la temporada que acortó el bate.

Haz un buen lanzamiento, consigue un out, estos son mis pensamientos. Estoy tranquilo. Enfocado. Voy a retirarlo.

González pega la primera cortada de *foul*, y entonces lanzo otra cortada, una buena, que parte hacia sus manos. González le tira. Quiebra su bate. La bola toma vuelo, un elevadito hacia el campo corto. Veo su trayecto y sé que va hacia el filo de la grama detrás de Derek.

Sé que esto va a ser un problema.

En su posición normal, Derek da par de pasos hacia atrás y hace la jugada. Pero no está en su posición normal.

La pelota cae a un pie o dos más allá de la tierra del cuadro. Jay Bell corre hacia el plato.

No quedan lanzamientos por hacer.

Los Diamondbacks de Arizona son campeones mundiales.

Dejo el terreno mientras los Diamondbacks corren hacia él. Estoy en un estado similar al shock. Jamás pudiera haber visionado este final.

Entro al *dugout*, bajo las escaleras, y entro a la *clubhouse*. Jorge viene y me da un espaldarazo. Recibo muchos espaldarazos. No recuerdo si alguien me dice alguna cosa.

Paso mucho rato sentado en mi camerino. "No sé qué sucedió", le digo a Mr. T. "Sabía que estábamos ganando ese partido. No entiendo. Perdí el partido. Pero mire cómo sucedió. Vea todas las cosas que ocurrieron que fueron tan extrañas".

Hablo con la prensa, respondo a todas las preguntas, asumo toda la culpa. Sí, hice todos los lanzamientos que quise hacer. No, no recuerdo la última vez que erré así con un toque. Sí, logré que González bateara mi lanzamiento, pero pudo quitárselo de encima y hacer contacto. Hablo pausadamente. No tiro ni pateo nada. Pero estoy dolido. Seguro que hice mi mejor esfuerzo. Pero lo mejor de mí no fue suficiente. He decepcionado al equipo. Eso es lo más que duele. Mis compañeros contaban conmigo y no pude sacarlos adelante.

Luego de cambiarme y ducharme, veo a Clara en el pasillo afuera de la *clubhouse*. Ella frota mi espalda con ternura. Esto me trae más consuelo que cualquier palabra. Tomo su mano y caminamos al bus. Tengo lágrimas en los ojos. Los muchachos del equipo están ahí para mí, lo sé, pero me están dando espacio. Llegamos al aeropuerto. Las lágrimas no se detienen durante el viaje que cruza al país.

Clara está a mi lado, como lo ha estado desde mi

niñez. Aún en mi tristeza, estoy tan agradecido por mi esposa y por el amor con el cual el Señor me ha rodeado. Aterrizamos en Nueva York y conducimos a casa. El sol aún no ha salido.

Veo algo en el suelo afuera de la puerta de nuestra alcoba. Me inclino a recogerlo. Es un pequeño trofeo, como de ocho pulgadas de alto, con base de madera y sobre ella una semejanza dorada de un jugador de pelota. Es un trofeo de Pequeñas Ligas. Pertenece a nuestro hijo mayor, Mariano Jr., quien acaba de cumplir ocho años de edad.

Lo acerco a mi pecho, sin sonreír, pero sintiendo algo mucho más profundo.

La maldición del Bambino

Es un sábado cruento en abril, durante la primera semana de la temporada del 2002. Estamos jugando contra los Devil Rays de Tampa Bay (aún se llamaban así) en el Bronx. He tenido que hacer la paz con el desenlace de la Serie Mundial del 2001, pero ha sido difícil. La única manera de hacerlo es con un compromiso renovado de vivir en el presente.

Estoy en mi camerino en la *clubhouse*, comenzando a vestirme, pensando en la nueva temporada, un nuevo comienzo, y en lo dichoso que soy de poder vestir este uniforme, y cuánto lo atesoro.

Para mí, el ponerse el uniforme de los Yankees todos los días es emocionante. Uno oye a personas que firman con los Yankees hablar de lo maravilloso que es ponerse las rayas. Entiendo completamente. Esto se trata de la historia del uniforme, la dignidad y los campeonatos, y del modo en el que representa la excelencia duradera. Quizás el uniforme significa tanto para mí porque vengo de una aldea de pescadores que está casi en el fin del mundo. Tan solo sé que jamás lo tomaré por sentado.

Siempre me tomo mi tiempo para vestirme porque quiero saborearlo. Jorge me molesta diciendo que me tardo tanto en vestirme porque soy un fanático con la alineación de las rayas de la camisa con las rayas del pantalón. En realidad no hago eso, pero Jorge tampoco exagera mucho.

El uniforme de los Yankees trasciende el tiempo, pero hay más cambio con los Yankees que en cualquier otro año desde que llegué. Paul O'Neill se retira, al igual que Scott Brosius. Ahora Tino Martínez es un Cardenal, y Chuck Knoblauch es un Real, pero se retira después del 2002, habiendo terminado su carrera prematuramente debido al problema de lanzamiento. Nuestra primera base ahora es Jason Giambi, nuestra gran adquisición en el mercado de agentes libres. David Wells está de regreso y ahora hemos añadido a Robin Ventura, Steve Karsay y a Rondell White. Es otra temporada estelar, con 103 triunfos, pero es una de las más frustrantes de mi carrera. Doy tres viajes a la lista de los lesionados y lanzo en la menor cantidad de partidos (cuarenta y tres) de cualquier temporada desde el 1995, cuando estaba con los altibajos en Columbus. Se me hace difícil no jugar. No puedo correr tras elevados durante la práctica de bateo. No puedo lanzar. Me enorgullece ser alguien en quien mis compañeros puedan confiar. Reposo y recibo tratamiento, pero no soy un buen paciente.

Tampoco sé *ser* paciente.
Pregúntaselo a Clara.

Espero y observo más de lo que quiero esta temporada, pero ganamos el pase a una serie de cinco partidos contra los Angelinos de Anaheim tras terminar en primer lugar en el Este de la Liga Americana. Los Angelinos son el mejor equipo ofensivo en todo el béisbol, un equipo joven que ganó noventa y nueve partidos al año de haber ganado setenta y cinco.

Hemos estado pegando jonrones durante toda la temporada y, en el primer partido, en Yankee Stadium, Derek, Giambi, Rondell White y Bernie, todos disparan jonrones. A Roger y a Ramiro les caen a palos un poco, pero logro el salvado en un triunfo 8 a 5.

Venimos desde abajo cuatro carreras a cero en el segundo partido para tomar la delantera 5 a 4, pero entonces los Angelinos pegan un jonrón en las postrimerías del partido para ganar 8 a 6.

La serie se encamina a Anaheim y tomamos ventaja de 6 a 1 luego de dos entradas y media, pero vuelven los Angelinos con tres imparables más, entre ellos un jonrón de Adam Kennedy y un jonrón con cuatro impulsadas de Tim Salmon. Cabalgan al triunfo, 9 a 6.

Estamos a un partido de que nos eliminen de la postemporada con la mayor antelación en nuestra era de campeonato. Para cuando los Angelinos montan un desfile digno de Disneylandia en una quinta entrada de siete imparables y ocho carreras contra David Wells, ya estamos fritos. El marcador final es de 9 a 5. Los Angelinos batean .376 para la Serie y vienen de atrás en todos sus triunfos. Son inmisericordes y su *bullpen* domina al nuestro. Su tesón me acuerda de la manera como jugábamos cuando ganábamos campeonatos. Puedes ganar todos los partidos que quieras durante la temporada regular, pero es imposible sentirse bien acerca del año cuando tu temporada termina en cuatro partidos.

Nuestro tercer hijo se llama Jaziel, que significa "fortaleza de Dios". Nace a las siete semanas de concluida nuestra temporada, un niño saludable de nueve libras de peso. Todo le va bien, pero a Clara le surgen unas complicaciones que requieren cirugía inmediata. Estoy en la sala de partos en el momento en que su doctora se da cuenta de esto y me asusta. Es aterrador ver a mi esposa tan fuerte, ser, de pronto, tan vulnerable.

Les he dicho que no suelo orar por resultados, pero lo estaba haciendo en ese momento.

Gracias a Dios, Clara se recupera.

Nuestra primera postemporada como familia de cinco pasa en un abrir y cerrar de ojos, y llegó la hora de ir al entrenamiento primaveral para la temporada del 2003, donde sucederán todo tipo de cosas imprevistas. En el partido inaugural, Derek choca contra las rodilleras del receptor de los Azulejos de Toronto y queda lesionado por seis semanas. Me pierdo los primeros veinticinco partidos cuando resurge el problema de la ingle durante uno de mis últimos partidos de la pretemporada. Comenzamos con foja de 23-6, pero entonces nos vamos de 11 y 17 en mayo. Terminamos empatados con los Bravos de Atlanta para la mejor foja del béisbol (101 y 61), a pesar de que en un momento dado perdimos 11 y 12 en nuestra casa, que de algún modo nos dan un *"no-hitter"* entre seis lanzadores de los Astros de Houston, la primera vez que a los Yankees les brindan un *no-hit* desde el 1958.

¿Quién ha oído de recibir un *no-hit* entre seis lanzadores?

Me siento mucho mejor acerca de las cosas cuando llega octubre. Derrotamos a los Mellizos en cuatro partidos en la Serie Divisional y retiro a los doce bateadores que enfrenté. Ahora llega la hora de enfrentar Yankees y Medias Rojas, a jugarse un máximo de siete partidos por el banderín de la Liga Americana.

Los Medias Rojas, quienes nos han jugado duro durante toda la temporada, están convencidos de que este es su año y nos ganan el primer partido tras el nudillero

Tim Wakefield y jonrones de David Ortiz, Manny Ramírez y Todd Walker. Andy empata la cosa en el segundo partido, lanzando hasta la séptima, antes de dar paso a José Contreras y a mí en un triunfo 6 a 2, antes de enviarnos al Fenway para el tercer partido y un duelo entre Roger y Pedro Martínez. Está supuesto a ser el último partido de Roger en Fenway y se percibe una atmósfera cargada, aún mientras Roger calienta.

Manny Ramírez pega un sencillo impulsador de dos carreras para darle la ventaja a Pedro en la primera entrada, pero en la tercera, Derek envía una curva sobre la enorme muralla del jardín izquierdo, llamada el "Monstruo Verde". Volvemos a la carga en la cuarta entrada, cuando Hideki Matsui, quien está jugando en su primera serie postemporada entre los Yankees y los Medias Rojas, dispara un doblete al jardín derecho.

Karim García, nuestro jardinero derecho, viene al bate. Ya le bateó sencillo impulsador a Pedro. El primer envío de Pedro es una recta detrás de la cabeza de García, que le pega en la parte de arriba de la espalda. Karim está furioso; le lanza una mirada a Pedro y le habla malas palabras. Pedro hace lo mismo. Nuestro banco se pone de pie en la escalinata de arriba. El banco de Boston hace lo mismo. En la jugada siguiente, doble matanza del 6 al 4 al 3, García rebasa la segunda base y tumba a Walker, el segunda base de los Medias Rojas. Es una jugada sucia y Walker está enojado con derecho. Ahora García se dirige a Pedro mientras regresa, ambos bancos están en las escalinatas, y nadie increpa a Pedro más que Jorge.

Se caen mal el uno al otro y la paciencia se acorta en la postemporada. Pedro mira a Jorge y le señala, entonces se apunta a la cabeza dos veces. Lo estoy viendo en el televisor de la *clubhouse* y me perturba la conducta de Pedro. Es un lanzador demasiado bueno para actuar de esta manera. Primero le lanza a la cabeza de García, y ahora agita más la cosa al sugerir que le va a pegar un pelotazo a Jorge en la cabeza.

Pienso: *Si alguien frota dos palos aquí, este lugar podría estallar.*

Y a los pocos minutos, en la parte baja de la cuarta entrada, Roger lanza una recta alta, un poco adentro, a Manny Ramírez. El lanzamiento ni siquiera iba a pegarle, pero Manny blande el bate y comienza a gritar mientras camina hacia Roger, y ambos bancos se vacían. Mientras los demás se dirigen al montículo, Don Zimmer, nuestro rotundo adiestrador de banco de setenta y dos años de edad, corre hacia el *dugout* de los Medias Rojas y Pedro Martínez está parado frente a él. Pedro ve a Zimmer que viene hacia él como un torito redondo. Zimmer levanta el brazo izquierdo y Pedro da un paso hacia atrás como si fuera un matador, empujando a Zimmer al suelo. La gorra de Zim se cae y sufre un tajito, y todos se aglomeran a su alrededor para ver que esté bien.

Me pregunto: *¿Cuánto más bajo puede caer Pedro?*

200

Zim estuvo mal en embestir contra Pedro, pero no puedes tirar a un viejito al suelo de esa manera. Punto y se acabó.

No dejo que este desorden se me meta en la cabeza. Mantengo la calma, aunque no me ha ido bien contra los Medias Rojas esta temporada; he echado dos salvados a perder y en diez entradas contra ellos, me han pegado dieciséis imparables. Por más que me gusten los encantos del Fenway Park, su montículo es uno de los que menos me gustan en la Liga. El barro es blandito, así que para cuando llego a lanzar, luego de algunos doscientos lanzamientos, está bastante maltrecho y no tiene los puntos duros de aterrizaje que me gustan. Pero nada de eso importa. Uno compite donde tenga que competir. ¿Que el montículo está blandito?

Arréglatelas como puedas, Mariano.

Corro desde el *bullpen* y caliento con Jorge. Ya llevamos juntos como nueve años y no es tan solo un amigo, sino un hermano del alma, y alguien con quien estoy en *flow* total. Él sabe lo que me gusta, cómo pienso, que no me gusta complicarme. Sabe que jamás indicaré con la cabeza si quiero cambiar un lanzamiento o su ubicación. Lo único que haré es seguir mirando. Si sigo mirándole, entonces Jorge sabrá que quiero lanzar alguna otra cosa.

Pero, ¿a quién estamos engañando? Lanzo la recta cortada el 90 por ciento de las veces. Para la mayoría de los lanzadores, el receptor indica un dedo para pedir la recta, dos para la curva, tres para el *slider*, y así por el estilo. En el caso mío, un dedo para la cortada y dos para la recta de dos costuras. Si hay un corredor en segunda base, cuatro para la recta cortada y dos para la de dos costuras. Si Jorge menea los dedos al hacer la seña, eso quiere decir que quiere un lanzamiento alto.

Esa es la totalidad de nuestras señas.

Jorge muestra un dedo con exclusividad al final del tercer partido. Enfrento seis bateadores de los Medias Rojas y los retiro con diecinueve lanzamientos. Ganamos 4 a 3 y tomamos ventaja de 2 a 1 en la serie, pero esto es Medias Rojas contra Yankees. Siento que esto se extenderá al máximo, y eso es precisamente lo que ocurre. Ganamos los partidos 2, 3 y 5. Los Medias Rojas ganan el 1, 4 y 6.

El séptimo partido es en el Yankee Stadium. Pedro contra Roger, Parte II.

Pedro está mucho más preciso que en el tercer partido y le caen a palos a Roger; tres carreras en la tercera entrada; un jonrón de Kevin Millar para dar comienzo a la cuarta entrada. Luego siguen una base por bolas y un sencillo, y Mr. T decide que ya ha visto lo suficiente y envía a llamar a Mike Mussina, quien jamás había lanzado una entrada de relevo en su vida. Poncha a Jason Varitek con tres lanzamientos y logra que Johnny Damon pegue una roleta para doble matanza. Mussina ya había perdido dos partidos en la Serie y había permitido cinco jonrones, pero estos son los *outs* más importantes que logra cono Yankee, y no paró ahí. En la siguiente entrada, poncha a David Ortiz con dos en base.

Pienso: *Está logrando todos los outs que tiene que lograr.*

En fin, Mussina lanza tres entradas en blanco, lo cual le da tiempo a nuestros bates para despertar.

Giambi pega el primer lanzamiento de Pedro de la quinta entrada, un cambio afuera, sobre el muro del jardín central, para llevar el marcador a 4 a 1. Es solo nuestro tercer imparable de la noche.

En su próximo turno al bate, Giambi recibe una recta afuera, la cual vuela sobre el muro del jardín central. Ahora el marcador está 4 a 2, y hay más energía positiva en el Yankee Stadium de la que hubo en toda la noche, tras sencillos de Enrique Wilson y Karim García.

Entonces Pedro poncha a Sori por cuarta vez, y por ahí mismo se fue la energía. Pedro señala hacia el cielo con un dedo, su despedida acostumbrada, y recibe un abrazo de Nomar Garcíaparra en el *dugout*. Todos asumimos que había terminado, Pedro asume que ha terminado, pero su dirigente Grady Little le pregunta: "¿Me puedes dar una entrada más? " Pedro dice que sí, aunque claramente pensó que había terminado. Ortiz le pega jonrón a David Wells, otro relevista de emergencia, para llevar el marcador a 5 a 2, y nos quedan seis entradas.

Pedro sale para la octava entrada. Con un *out*, Derek pega un lanzamiento de cero bolas y dos *strikes* al jardín derecho que Trot Nixon torea, y la pelota rebasa su guante para un doblete. Bernie pega sencillo al jardín central para impulsar a Derek, y entonces Matsui dispara un doble al jardín derecho. Aun así, Little deja a Pedro en el partido. El juego está empatado. Yankee Stadium estalla. Pedro sale. El frenesí y el ruido son abrumadores, al igual que lo son mis emociones.

Dejo mi guante, salgo del *bullpen* y subo una pequeña escalera, donde hay un banco y un baño. Entro al baño, cierro la puerta y lloro.

Fui sobrecogido por el momento.

Estábamos abajo por tres carreras contra Pedro Martínez faltando cinco *outs*, y ahora se empató el partido. Hago una oración porque es lo que hago en momentos como este. Me tranquiliza.

Dejo que bajen las lágrimas por un minuto o dos, me las seco y termino mi calentamiento.

El *bullpen* de los Medias Rojas hace su trabajo y entro para una novena entrada bastante de rigor, cerrándola con un elevadito de Todd Walker a la segunda base con uno a bordo. Cuando la pelota hace contacto, me agacho para poder observarla, preocupado de que podría ser otro imparable suave con consecuencias terribles. Pero Sori brinca para hacer la atrapada, y salto en el montículo cuando lo hace.

Mike Timlin nos retira en orden en la novena, y con dos *outs* en la décima, Ortiz me pega un doblete al jardín derecho, pero me zafo al retirar a Kevin Millar con elevadito.

Luego de que Tim Wakefield y su bola de nudillos nos retira en orden en la décima, hago lo propio con dos ponches. Es mi primera aparición de tres entradas en siete años. Mel se me acerca tan pronto llega al *dugout*.

"Excelente trabajo, Mo", me dice.

"Puedo darle otra más", digo.

Estoy seguro que Mel no quiere que regrese al montículo. Pero no hay manera que salga del partido. Si necesito lanzar una cuarta entrada, lo haré. ¿Qué tal una quinta? También la lanzaré. La temporada está a punto de terminar. Tendré mucho tiempo para descansar. No es que quiera quedarme en el partido; es que tengo que hacerlo. Es mi deber. No permitiré que Mr. T le entregue la pelota a nadie más.

Aaron Boone inicia la parte baja de la undécima entrada. Está bateando con promedio de .125 para la serie. El primer lanzamiento de Wakefield es una pelota de nudillo que llega a nivel de cintura y sobre la mitad de adentro del plato. Boone conecta con ella y lo sabemos al instante. Todos en el Yankee Stadium lo saben; lo notas por el rugido del estadio. La pelota cae como a doce o más filas en la segunda grada.

Regresaremos a la Serie Mundial.

El equipo sale del *dugout* para celebrar con Aaron en el plato, pero tengo un destino distinto. Necesito estar en el montículo. Llego allí tan pronto Aaron ronda la segunda base y va camino a la tercera. Estoy de rodillas, elevando una oración de agradecimiento, llorando en la tierra.

Lee Mazzilli, nuestro entrenador de primera base, me sigue hasta el montículo y me abraza mientras lloro. Los muchachos se están abrazando en mi entorno. Yo estoy llorando. No estoy seguro de dónde puedan venir estas emociones profundas, ¿Será porque sentí que le había fallado a mi equipo hace dos años, en nuestro último séptimo partido?

No sé. Tampoco importa.

Cuando me pongo de pie, comparto un abrazo con Aaron y luego uno más extenso con Mr. T.

Soy nombrado el Jugador Más Valioso de la Serie de Campeonato de la Liga Americana, pero el trofeo debería dividirse entre veinticinco. No lo digo por decirlo; esa es la verdad.

Somos una banda de hermanos. Jamás dejamos de batallar.

NOTAS DE MO

El robo del siglo

El béisbol está repleto de relatos de malos canjes, incluyendo el canje entre los Mets y los Indios de Cleveland, en el cual los Mets aceptaron tomar al tercera base Harry Chiti por un "jugador a ser nombrado luego". Vieron a Chiti jugar por un tiempito, y decidieron que el jugador que enviarían a los Indios sería…Harry Chiti.

Pero la mayoría de las personas coinciden en que el acuerdo que envió a Babe Ruth desde Boston a Nueva York fue uno de los peores canjes en la historia del béisbol.

El Babe llegó a los Medias Rojas en el 1914, y ganó sesenta y cinco partidos como lanzador en sus primeras tres temporadas, antes de transformarse en jardinero, y en uno de los toleteros más temidos de todos los tiempos. Sus jonrones elevadísimos causaron una sensación nacional.

Durante sus cinco temporadas con los Medias Rojas (1914-1919), el equipo ganó tres campeonatos de Serie Mundial.

Entonces en el 1920, el dueño de los Medias Rojas,

Harry Frazee, vendió el contrato de Ruth a los Yankees por $100,000 y un préstamo de $300,000, porque necesitó dinero para invertir en otro interés comercial: musicales de Broadway.

Los cronistas deportivos lo llamaron "el robo del siglo". Antes de la llegada de Ruth, los Yankees jamás habían ganado una Serie Mundial. Luego de ponerse las rayas, los Yankees ganaron veintiséis campeonatos, entre ellos cuatro cuando Babe estuvo con el equipo.

La suerte de los Medias Rojas giró en dirección contraria. Luego de dejar ir al Babe, los Medias Rojas no ganaron un campeonato por *ochenta y seis años*, casi un siglo de mala suerte que se le atribuyó a "la maldición del Bambino", venganza cósmica por haber vendido uno de los mejores jugadores de la historia a un archirrival. La idea de una maldición se cimentó en el 1986. Los Medias Rojas tenían dos carreras de ventaja y estaban a un *out* de ganar, por fin, la Serie Mundial, cuando Mookie Wilson, de los Mets de Nueva York, pegó una roleta que chorreó entre las piernas del primera base de Boston, Bill Buckner, lo cual permitió que anotase la carrera del triunfo. Los Mets ganaron el partido, y luego ganaron su segundo campeonato de la Serie Mundial.

A los Medias Rojas les tocó seguir esperando.

Carnada de pesca

En la primera entrada del tercer partido de la Serie Mundial contra los Marlins de Florida, vi a Josh Beckett, en aquel entonces un joven de veintitrés años con una recta fulminante y una curva similar, ponchar a Derek con el mínimo de tres lanzamientos. Durante las próximas tres horas y ocho entradas del partido, Derek se dio a la tarea de asegurar que ganáramos el partido. Al observarlo, me doy cuenta que han pasado diez años desde que éramos compañeros de equipo en Greensboro, durante el año en que cometió cincuenta y seis errores, y aun así supe que iba a ser un gran jugador.

Veo ahora lo que vi en Greensboro: a un hombre con un deseo insaciable de ganar. La hoja de vida de momentos grandes de Derek es asombrosa. El doblete que inició el "rally" contra Pedro en el tercer partido. La jugada del lanzamiento contra Oakland que fusiló a Jeremy Giambi en el plato. El jonrón inicial contra los

Mets en el 2000. El imparable que dio inicio al "rally" en el cuarto partido de la Serie de 1996 contra los Bravos, el cual culminó con el jonrón de Jim Leyritz.

Ahora está dando una clínica en el tercer partido contra Beckett y los Marlins, un equipo de expansión que se formó en el 1993 y ya, de modo improbable, ganó una Serie Mundial al derrotar a Cleveland en el 1997. Los cronistas deportivos vaticinan que será un triunfo apabullante para nosotros, ya que no nos igualan en estrellas ni nómina, ni tradición. Nos dividimos los primeros dos partidos en Nueva York y sabemos que el derrotar a Beckett esta noche podrá alterar el curso de toda la Serie. Así que esto es lo que ocurre después de aquel primer ponche:

Derek pega doble al jardín derecho y luego anota en la cuarta. Pega sencillo al jardín central para abrir la sexta entrada. Pega doble al jardín derecho y anota la carrera del desempate en la octava.

Beckett lanza hasta la séptima entrada y poncha a diez al permitir tan solo tres imparables y dos carreras, todos a Derek.

Estoy calentando, preparándome para relevar a Mussina, quien ha sido brillante esta noche. A minutos de la salida de Beckett del partido luego de permitir el tercer imparable y segunda carrera de Derek, estoy en el montículo, retirando a Iván Rodríguez, Miguel Cabrera y Derek Lee con seis lanzamientos. Estallamos para cuatro carreras adicionales con jonrones de Aaron

Boone y de Bernie, y entonces dominamos a los Marlins para sellar el triunfo.

Hemos derrotado al mejor lanzador de los Marlins y tenemos a Roger Clemens en el cuarto partido y a David Wells en el quinto. Nadie toma nada por sentado, pero me gustan nuestras posibilidades. Cuando Rubén "El Indio" Sierra pega un tripletazo impulsor de dos carreras para empatar el juego a 3 con dos *outs* en la novena entrada del cuarto partido, me parece familiar, otro día más de trabajo al estilo Yankee en octubre.

Pienso: *Es un batazo sacado del 1996 o 1998 o 2000.* Pero es muy poco lo que le va bien a los Yankees de Nueva York a partir de ese momento en la Serie Mundial del 2003. Por más que duele pensarlo, la verdad es innegable: no somos el mismo equipo de antes. Ni siquiera la sombra. Los Marlins son agresivos y rápidos y juegan con chispa, pero aquellos equipos Yankees que ganaron cuatro campeonatos en cinco años los hubieran apabullado porque aquellos eran tipos que se preocupaban por ganar, más que por cualquier otra cosa. Y ya no es así.

Dejamos las bases llenas en la parte alta de la undécima entrada, para luego observar a Alex González, el campo corto de los Marlins, dejarnos en el terreno con un jonrón en la duodécima entrada. El jonrón queda como sacado del manual de Aaron Boone, excepto que ahora somos nosotros quienes lo sufrimos.

Así que la Serie queda empatada a dos partidos. El

quinto partido se descontrola más rápido que una línea de pescar desenfrenada. Logramos un imparable en ocho turnos al bate con corredores en posición para anotar. Eso lleva a una derrota de 6 carreras a 4. Regresamos al Yankee Stadium, donde Andy lanza muy bien, pero Josh Beckett lanza mejor, echándonos una blanqueada con tan solo cinco imparables permitidos y nueve ponches, con tres días de reposo. Regresamos a vaciar nuestros camerinos con el rabo entre las patas, a otra postemporada que no incluye un desfile.

Cualquier cosa que no sea un campeonato tiende a resultar en grandes cambios para los Yankees de George Steinbrenner, y el 2004 trae consigo el cambio más grande que puedes hacer: la adquisición de Alex Rodríguez, el Jugador Más Valioso de la Liga Americana, un hombre a quien muchos consideran ser el mejor jugador del béisbol. Alfonso Soriano va a los Rangers de Texas en el canje, y en una muestra de respeto a Derek, Alex se mueve a tercera base en lugar de jugar su posición natural de campo corto. Es el tercer equipo de Alex en cuatro temporadas y me alegra tenerlo a bordo, pero mirando hacia mi temporada del 2004, el año final de mi contrato con los Yankees, tengo un deseo abrumador de no ir en pos del contrato más grande que pueda conseguir. No quiero vestir otro uniforme. No quiero jugar el juego de los agentes libres, ni dar la apariencia de que podría jugar en otro lugar.

Tal vez eso me cueste dinero. Unos años después, los Filis de Filadelfia me ofrecen un contrato por mucho más dinero del que ofrecen los Yankees. ¿Saben cuánto tiempo me tomó considerarlo? La mitad del tiempo que se echaron en leer esta página. La razón es muy sencilla:

Nunca jugué este deporte por dinero. He sido bendecido con la habilidad de proveer buenas cosas para mi familia, pero el dinero nunca fue mi motivación para jugar. Siempre sentí que el asunto del dinero se resolvería por cuenta propia si trabajaba duro y me esforzaba en ser un buen compañero de equipo, y eso es exactamente lo que sucedió. No ha habido una sola instancia en mi carrera en que vi lo que otro se ganaba y sentía afán por ello. Me hubiera hecho infeliz el atar mi felicidad al tamaño de mi cuenta de banco. No necesito nada más que el amor de quienes son importantes para mí.

20

La maldición revertida

Es el día inaugural de la temporada del 2005, 11 de abril,
y de pronto soy más popular que el prócer Paul Revere.
Los Medias Rojas de Boston, los *campeones mundiales*,
están recibiendo sus anillos de campeón e izando el
banderín del campeonato; y qué casualidad que los
Yankees de Nueva York tenemos la dicha de presenciar la ocasión. Uno a uno, nos presentan. La fanaticada chifla a todos, a algunos más que a otros, sobre
todo a Alex Rodríguez. Luego que Randy Johnson, el
número 41, recibe su abucheo, me toca a mí.

El locutor dice:

Número 42, Mariano Rivera…

La fanaticada del Fenway Park enloquece, la gente
se pone de pie y aplaude mientras corro hacia el terreno, tomando mi lugar junto a Chien-Ming Wang y
Randy. Me quito la gorra y me inclino. Me río y me río
un poco más, y el aplauso sigue como si yo fuera uno
de ellos. Por supuesto que sé que no ocupo el mismo

lugar que Ortiz y Damon en sus corazones. Se me está reconociendo por mi aportación al primer campeonato mundial de los Medias Rojas en ochenta y seis años.

Maldición revertida.

Ganamos nuestra división en el 2004, pero los Medias Rojas nos siguieron el paso, tomando el segundo lugar y ganando el comodín. Tuvimos pocos problemas con los Mellizos en la Serie Divisional, pero los Medias Rojas tuvieron aún menos contra Anaheim, barriéndolos tres partidos a cero.

Aun así, tenemos las cosas bajo control en la Serie de Campeonato de la Liga Americana, tomando los primeros dos partidos en casa. Nos dirigimos a Boston, pero las esperanzas de los Medias Rojas de que el ver el Monstruo Verde les cambie la suerte quedan sepultadas bajo una avalancha de jonrones de los Yankees. Matsui pega dos de ellos y pega cinco imparables en seis turnos al bate con cinco carreras impulsadas. Alex Rodríguez pega otro jonrón, impulsa tres carreras y anota cinco. Gary Sheffield pega un jonrón y tiene cuatro imparables, y Bernie tiene cuatro imparables también. Es una sesión nocturna de práctica de bateo para nosotros, un triunfo de 19 carreras a 8. Con El Duque enfrentándose a Derek Lowe en el cuarto partido, no parece que siquiera será una pelea justa.

Retenemos una ventaja de 4 a 3 en siete entradas del cuarto partido. Suena el teléfono del *bullpen*.

"Mo, tienes la octava", dice Rich Monteleone.

Manny Ramírez pega un sencillo, pero poncho a Ortiz y retiro el corazón de la alineación de los Medias Rojas sin mayores inconvenientes.

Millar es el primer bateador de la novena entrada. Ha tenido éxito en mi contra, por tanto me tomo mayor cuidado. Mi lanzamiento con tres bolas y un *strike* queda alto, y le doy base por bolas. Millar es sustituido de inmediato por Dave Roberts, quien entra al partido para robarse una base. Yo lo sé. Jorge lo sabe. Lo sabe todo el parque. Roberts se robó treinta y ocho bases en cuarenta y un intentos este año. Tiro varias veces a primera base para que no se despegue mucho. Roberts arranca con mi primer lanzamiento al próximo bateador, Bill Mueller. Jorge hace un lanzamiento fuerte a Derek, cuya aplicación del toque es tardía por un solo instante. Roberts está en posición de anotar sin *outs*.

Lanzo una recta cortada a Mueller, no me queda donde quería, y Mueller la machaca por el mismo medio del cuadro. Trato de agarrarla cual portero de hockey sobre hielo, pero la bola va hacia el jardín central y Roberts anota.

Salvado perdido. Juego empatado.

Esto le encanta a la hinchada del Fenway. Salgo de la entrada, pero ya el daño está hecho. En la baja de la duodécima, Ortiz, conocido también como Big Papi, quien es además el toletero más caliente de esta postemporada, pega un jonrón de dos carreras.

El partido dura cinco horas y dos minutos, y además

de darles un triunfo a los Medias Rojas, les da esperanza. En el quinto partido, tenemos ventaja de 4 a 2 en la octava, pero perdemos en catorce entradas. Regresamos al Bronx para el sexto partido, Schilling supera a Lieber, y perdemos 4 a 2. Con cada entrada que pasa, nos vemos más apretados que tuerca de submarino.

Los Medias Rojas culminan el mejor repunte en la historia del béisbol de postemporada con una paliza de 10 carreras a 3 en el séptimo partido. Nadie se siente peor que yo al respecto. Yo fui quien dejé la puerta abierta, dañando el salvado en el cuarto partido.

Los Medias Rojas barren a los Cardenales de San Luis en la Serie Mundial, dando fin a una sequía de campeonatos que duró ochenta y seis años. Así que en el día en que el equipo recibe sus campeonatos, sus fanáticos están más que alegres, y yo estoy dispuesto a seguirles la corriente. Es la mayor celebración que Boston ha tenido en mucho tiempo, y es doblemente dulce debido a que su triunfo incluyó un repunte histórico contra sus rivales más feroces: nosotros.

Que se regocijen. Haré lo posible por retirarles la próxima vez, y tal vez me haga menos popular en la ciudad.

Tengo mayores cosas por las cuales preocuparme que vítores en parques enemigos al comienzo de la temporada del 2005. Principal entre ellas, el ser chiflado en mi propio parque local. Echo a perder salvados consecutivos contra, ya saben, los Medias Rojas, durante nuestra primera serie. Soy tan ineficaz en el segundo partido (tres bases por bolas, tres sencillos, cinco carreras) que Mr. T viene a sacarme del partido, lo cual me gana una sonora chiflada de la fanaticada en mi viaje de regreso al *dugout*. Algunos de mis compañeros de equipo están indignados de que me chiflen, pero no espero una exención de por vida por el mero hecho de haber logrado muchos salvados.

Enfoco mi atención en mejorar la ejecución que desencadena la chiflada. Mi problema no es tener mi precisión acostumbrada, el resultado; estoy seguro del dolor que impidió que participase durante parte del entrenamiento primaveral. Cuento con ser preciso, especialmente contra los Medias Rojas, un equipo paciente que me ha visto tantas veces que es difícil sorprenderles con nada. Hago treinta y ocho lanzamientos, y solo dieciocho son *strikes*. Estaría sorprendido si esa no es la peor tasa de bolas y *strikes* de toda mi carrera. Sé que es cuestión de ajustar las cosas. Si lanzo más y ajusto mi lanzamiento, sé que los resultados estarán ahí.

Convierto las siguientes treinta y una oportunidades de salvados, un tramo de más de cuatro meses. Una de las apariciones llega en Detroit a principios de julio, en un partido que le hace bien a mi corazón. A Bernie Williams, quien ahora tiene treinta y seis años de edad, se le está reemplazando gradualmente como jardinero central regular. Recientemente, habíamos perdido dos partidos de una serie de tres frente a los Mets en el Yankee Stadium. Bernie dejó caer un elevado en un partido, permitió que un corredor adelante una base en otro, y los corredores lo retan repetidas veces. Mr. T dice que le quiere dar a Bernie par de días de descanso para despejar su mente. Bernie no quiere tiempo de descanso, pero se lo dan igual.

No se le puede llamar héroe anónimo a Bernie, no cuando fijó la marca para carreras impulsadas (ochenta) en la postemporada. Ganó un campeonato de bateo e impulsó más de cien carreras en cinco temporadas distintas.

Y ni piensen que oirán a Bernie hacer alarde de esos números. Es un alma noble, un hombre sensible cuyo temperamento es más parecido al de un artista, que al de un atleta estrella. Faltando diez minutos para el primer lanzamiento, puedes encontrarlo en la *clubhouse*, tocando acordes de guitarra como si esa fuese su actividad principal esa noche.

Pero esta temporada no ha sido fácil para Bernie. Los Yankees están a punto de ascender a Melky Cabrera para que juegue el jardín central, y con mayor frecuencia, Bernie es o bateador designado o no juega. Todo atleta envejece, pero es más difícil de observar cuando alguien ha sido un campeón de la talla de Bernie.

Apenas somos un equipo con foja de .500 (39-39) cuando llegamos a Comerica Park esa tarde. En el montículo se enfrentan Mussina y Sean Douglass, un derecho de seis pies con seis pulgadas de estatura.

Bernie pega un sencillo en la cuarta entrada, el imparable número 2,154 de su carrera, lo cual lo lleva a rebasar a Don Mattingly en la lista de todos los tiempos de los Yankees, quedando únicamente detrás de los Cuatro Grandes: Lou Gehrig, Babe Ruth, Mickey Mantle y Joe DiMaggio. Entonces pega una línea de sencillo para impulsar dos carreras en la sexta entrada. Pega otro sencillo en la octava, y en la novena abre un partido cerrado con jonrón de tres carreras.

Sin duda alguna, Bernie es la estrella del partido. Y cuando la prensa llega a la *clubhouse* para hablar con él, ya se ha ido. Ha sido un compañero especial y un jugador estelar de los Yankees por mucho tiempo. Me alegra verle tener un gran día.

Del modo en que comenzó la temporada, con el recibimiento de héroe en Boston y el echar a perder las primeras dos oportunidades de salvados contra los Medias Rojas, no podría imaginar una mejor manera de cerrarla que regresar a Boston para sellar otro campeonato de la División del Este de la Liga Americana. Decido que llegó la hora para otra visita al *dugout*. "Acabemos esto ahora mismo", les digo. "Esta es nuestra División. Dejemos todo en el terreno hoy".

Los muchachos siempre se entretienen cuando hago el papel de porrista. No tengo problema alguno con entretenerles siempre y cuando rinda el resultado deseado. Tanto Alex como Matsui y Gary Sheffield disparan jonrones. Para Alex, es el jonrón número 48 en una temporada de Jugador Más Valioso. Cuando Johnny Damon me pegó una roletita con dos *outs* en la novena entrada, fuimos campeones del Este de la Liga Americana por novena temporada al hilo. Los Medias Rojas terminan la temporada regular con foja idéntica a la nuestra de 95 ganados y 67 perdidos, pero ganamos la División porque les ganamos la Serie de temporada.

Nos tocó enfrentar a los Angelinos en la Serie Divisional y volamos a Anaheim para los primeros dos partidos. Les ganamos el primero al explotar a Bartolo Colón temprano en el partido, gracias a un doblete impulsador de tres carreras en la primera entrada por nuestro novato en segunda base, Robinson Canó. Desperdiciamos una oportunidad dorada de tomar ventaja de dos partidos al cometer tres errores en el segundo partido. Aun así, estamos parejos de regreso a Nueva york, y tenemos al futuro integrante del Salón de la Fama, Randy Johnson, contra Paul Byrd.

Byrd tuvo un mal partido, pero Randy estuvo peor. Permite nueve imparables y cinco carreras en tres entradas. Aun así, salimos de un hoyo de cinco carreras para tomar ventaja de 6 carreras a 5, el cual el *bullpen* no puede retener. Perdemos 11 a 7.

Ahora estamos en desventaja de dos partidos a uno.

Luchamos para ganar el cuarto partido. Obtengo los últimos seis *outs*, pero la mejor parte es el derroche de amor recibido por Bernie, quien recibe cuatro ovaciones de pie y cuyo nombre es vitoreado una y otra vez, al igual que lo fue el de Paul O'Neill hace cuatro años atrás. No hay garantía de que Bernie regrese el año que viene. La fanaticada de los Yankees quiere asegurar que Bernie reciba una despedida adecuada.

Caemos en desventaja en el quinto partido, pero Derek abre la séptima entrada con un jonrón para acortarles la ventaja a dos carreras. Hemos batallado y regresado antes cuando las cosas se veían difíciles. Piensen en el partido 7 contra Pedro hace dos años atrás, con tres carreras de desventaja en la octava entrada. Podemos hacerlo de nuevo.

Alex pega una roleta, Sheffield pega un elevado, y Matsui pega elevadito al cuadro.

Tampoco hacemos nada en la octava entrada.

Derek abre la novena con un sencillo, pero Alex batea para doble matanza. Giambi y Sheffield pegan sencillos, y entonces Matsui pega un batazo por primera en la cual Darrin Erstad hace una gran jugada, lanzándole la pelota a Francisco Rodríguez para el último *out*.

Es mi tipo de partido menos favorito, en la cual la llamada para que "preparen a Mo" nunca llega. Es un sentir hueco y vacío, el querer competir sin conseguir la oportunidad de hacerlo.

El juego de los números

Me importan muy poco los números, y por más que quisiera culpar de ello a la Sra. Tejada, no puedo. Juego un deporte que está obsesionado con las estadísticas, el cual dispara tantos números como para llenar una barcaza. En cuanto a mí, sería un asesor malísimo de béisbol de fantasía. ¿Saben cuándo me entero de un hito? Cuando alguien me lo cuenta.

En junio del 2006, logro un salvado de cinco lanzamientos y tres *outs* en Fenway. (¿Se imaginan? ¡Ni siquiera aplaudieron!) Es el salvado número 391 de mi carrera, con el cual rebaso a Dennis Eckersley para llegar al cuarto lugar de la lista de todos los tiempos.

A las seis semanas, lanzo dos entradas en blanco contra los Medias Blancas en Yankee Stadium para el salvado número 400. El 15 de septiembre del 2008, salvo un triunfo para Phil Coke, también contra los Medias Blancas. Ese salvado es el 479, con el cual rebaso a Lee Smith para llegar al Segundo lugar de todos los tiempos.

Si no es porque los cronistas me lo preguntan constantemente, no sabría en donde estoy ubicado en la lista de todos los tiempos de salvados. Pero la cosa cambia cuando rebaso los 601 salvados de Trevor Hoffman, porque es comidilla para los medios de prensa.

Para mí, el significado de estos hitos no podría ser más sencillo: Estoy haciendo mi trabajo y estamos ganando partidos.

"Perdone, señor dirigente, no puedo calentar", podrían decir. O: "No creo que le sirva de mucho hoy". En otras palabras, dicen: "Si no puedo abultar mis estadísticas, no voy a entrar al partido".

Si yo fuese el dirigente de un lanzador con esa actitud, saldría de él de inmediato. Si lo único que te preocupa es tu carrera, entonces vete a jugar al tenis o al golf.

A principios de septiembre del 2007, estamos en carrera para ganar la división o el comodín, y tenemos ventaja de ocho carreras contra los Marineros, lo cual no es una oportunidad oficial de salvado. Mr. T me trae al partido para lograr los últimos tres *outs*. En los momentos finales de nuestro colapso y de la derrota ante los Medias Rojas en el séptimo partido de la Serie de Campeonato de la Liga Americana del 2004, Mr. T me pidió que lograse el tercer *out* en una derrota de 10 carreras a 3 que representa una de las peores noches en la historia de los Yankees.

¿Y saben lo que pensé?

Si mi dirigente quiere que lance, lanzo.

Jamás podría imaginar que me niegue a tomar la bola. Así que en cuanto a *mis* cifras, no me interesan mucho, a menos que me hables de las de mi *equipo*.

De principio a fin de la temporada del 2006, ponemos números en el pizarrón que harían humear a una calculadora. Anotamos 930 carreras en la temporada, 60 más que el equipo en segundo lugar. Pegamos 210 jonrones, y con una alineación que incluye a Rodríguez, Jeter, Sheffield, Posada, Abreu, Cano, Williams, Giambi, Matsui, y al ex Media Roja Johnny Damon, quien cambió de bando al firmar con nosotros en el 2006, es una maravilla que no anotamos 10 carreras por partido.

Terminamos con noventa y siete triunfos y cerramos la temporada en casa, como de costumbre, frente a 50,000 fanáticos, y con un nuevo dirigente: Bernie Williams. Bernie está jugando su último partido de temporada regular y con el campeonato de división ya sellado, Mr. T reanuda su costumbre de permitir a un jugador dirigir el partido final de la temporada. Este año, le toca a Bernie.

Para ser un músico tímido, Bernie es un dirigente brillante. Derek está batallando por el campeonato de bateo contra Joe Mauer de los Mellizos. Cuando Derek pega un sencillo en la primera entrada, queda solo a medio punto de Mauer. Pero Mauer logra conectar dos imparables, y cuando queda claro que Derek no lo va a alcanzar, Bernie envía a un recién ascendido de las ligas menores, a Andy Cannizaro, el número 63, a sustituir a Derek en la novena entrada. Derek se señala a sí mismo como para decir: *¿Yo?* Derek sale del partido en medio de una gran ovación. Más adelante, en la novena entrada, Bernie entra como bateador emergente y pega un doblete al jardín central. El adiestrador de primera base, Tony Peña, se asegura de recuperar la pelota—resulta ser el imparable número 2336 de Bernie, el último de su carrera—y la lanza al *dugout* donde Jorge la recibe, mira a Bernie por un segundo, y finge lanzar la pelota a las gradas.

Suena una nota discordante cuando Bernie trae a Kyle Farnsworth al partido, quien desafortunadamente permite un jonrón de dos carreras en la novena entrada, la cual es la diferencia en una derrota de siete carreras a cinco. En su conferencia de prensa luego del partido, Bernie anuncia que George Steinbrenner lo acaba de despedir.

Todo es buena diversión, y estamos de buen ánimo ante la Serie Divisional ante los Tigres, quienes pierden 31 de sus últimos 50 partidos, pero aún logran ganar 95, mejorando la foja de 71 triunfos del año pasado. El pitcheo siempre sido la médula de nuestros equipos de campeonato, así que no estoy completamente convencido de la idea de que vamos a sacar a nuestros opositores de la postemporada a palo limpio. Pero muchos lo piensan, incluyendo a Al Kaline, jardinero Tigre del Salón de la Fama, un hombre que jugó contra Mickey Mantle y los grandes equipos Yankees de los años 50 y 60, y quien dice que esta alineación Yankee es más profunda y mejor. La fórmula de a palo limpio funciona bien a principios de la serie, ya que Derek pega jonrón mientras conecta imparables en sus cinco turnos al bate. Giambi jonronea, Bobby Abreu impulsa cuatro carreras, y pegamos catorce imparables. Salvo un triunfo de 8 a 4 para Chien-Ming Wang, y cuando Johnny Damon le pega jonrón de tres carreras a Justin Verlander a principios del segundo partido para darle una ventaja de 3 a 1 a Mike Mussina, pensé que estábamos en buena posición. Pero los Tigres tienen el mejor cuerpo de lanzadores de las Grandes Ligas, y si es cierto que durante el primer partido el viejo refrán de que buen pitcheo vence buen bateo parecía un chiste, ahora nadie se está riendo. Dejamos a siete corredores a bordo, desperdiciando todo tipo de oportunidad para anotar.

Alex está claramente molesto por haber sido colocado en el sexto lugar de la alineación en lugar de ser el cuarto bate, y no puedo decir que entiendo el raciocinio de Mr. T. Alex pegó 36 jonrones e impulsó 121 carreras desde el cuarto bate, y aunque esa cifra es menos de las que rinde tradicionalmente y había tenido mala suerte en las pasadas dos postemporadas, estaba en buen ritmo este año de camino a la postemporada. No sé si Mr. T estaba utilizando esta decisión para quitarle presión a

Alex o para motivarle. "No te preocupes", le digo. "Tan solo ve y batea como puedes y todo se resolverá por cuenta propia".

Pero Alex es un hombre sumamente orgulloso. Le importan mucho las apariencias. No ha bateado tan bajo en la alineación desde su primera temporada completa con los Marineros hace diez años.

Perdemos el segundo partido por una carrera. La serie está empatada a uno.

Alex está de vuelta al cuarto bate para el tercer partido en Detroit, pero eso no cambia los resultados. Kenny Rogers, miembro de nuestro equipo de campeonato del 1996, no ha derrotado a un equipo Yankee en doce años, pero permite solo cinco imparables, poncha a ocho, y sale en la octava con una ventaja de 6 a 0 que perdura. Tenemos un decisivo quinto partido en casa con nuestro mejor lanzador, Wang, en la lomita. Logramos un buen turno al bate tras otro. Lanzamos un buen lanzamiento tras otro. Seguimos batallando. Esa es la receta de los campeonatos. El ganar todas las batallas pequeñas te permite ganar la batalla grande.

Los Tigres hacen estas cosas de maravilla. ¿Los Yankees? No tanto así. No podemos echar nada a andar con la temporada en juego. Alex, quien ahora batea octavo, se ve perdido, al igual que muchos en la alineación. Jeremy Bonderman, el lanzador recio de los Tigres, lleva partido perfecto en lo que va de cinco entradas. Nuestro abridor, Jaret Wright, otorga dos jonrones para caer en desventaja de 3 a 0 en la segunda entrada, y entonces permite otra carrera en la cuarta tras un error de Alex. La ventaja crece a 8 carreras a 0, y tan solo llegamos a 8 a 3 gracias a un jonrón de dos carreras de Jorge con dos *outs* en la novena contra el relevista Jamie Walker.

Fuera de ahí, no existen momentos culminantes de los Yankees. Alex termina la serie con promedio de .071 (un imparable en 14 turnos al bate) sin carreras impulsadas. Y Alex no está solo. Sheffield batea .083 y, como equipo, logramos dos imparables con corredores en posición de anotar. Por años hemos ganado con pitcheo de primera y un *bullpen* taponero, y un imparable clave tras el otro. No teníamos estrellas en todas las posiciones del terreno. Teníamos jugadores que jugaban con ganas y esmero y voluntad de ganar.

Hasta yo puedo mantener un conteo de lanzamientos en esta serie. Hago doce lanzamientos y termino una entrada.

Se acabó la temporada.

La primavera puede traer renovación, pero cuando me presento a Tampa en el 2007 también trae tristeza. Bernie Williams no estará en el entrenamiento primaveral. Quiere regresar a un rol de tiempo parcial similar al que desempeñó en el 2006, por muy poco dinero. Los Yankees no están interesados. Le dicen a Bernie que puede venir al entrenamiento primaveral, pero sin contrato de Grandes Ligas. Para Bernie, un tetracampeón mundial que ha sido un Yankee desde el 1991, el tener que jugar para ganarse un lugar en el equipo es un insulto.

Bernie les dice que no gracias, y se acabó. No hay despedidas, ni Día de Bernie Williams, sino simplemente un Yankee querido al que se le despachó. No me corresponde decirle a los Yankees cómo manejar sus negocios. Pero esta no era la forma correcta de tratar a Bernie, y no creo que sea el rumbo del béisbol correcto para el equipo. Voy a extrañar la guitarra. Voy a extrañar al número 51 aún más.

Y esto es lo que hace que sea más grato aun el regreso del número 46, Andy Pettitte.

Andy se fue de agente libre tras la derrota ante los Marlins en la Serie Mundial del 2003, firmando con su equipo local, los Astros de Houston. Ahora está de regreso después de cuatro años, y el mero hecho de verlo entrar por la puerta me trae gozo al corazón.

Andy es tan buen compañero de equipo como jamás podrías encontrar, un hombre de completa sinceridad y transparencia, aún después de ver cómo su nombre es mencionado en un informe del Béisbol de Grandes Ligas respecto al uso de drogas para mejorar el rendimiento. La mayoría de los jugadores en la misma situación jurarían, con mano sobre Biblia, que están limpios, o publican alguna disculpa genérica a través de su agente. Andy encara la situación de frente, y admitió que cometió un error. Hace falta mucha valentía para hacer eso. Hace que le tenga aún más respeto.

Andy trae esa misma valentía al montículo, un lanzador que prueba una y otra vez que no se puede enseñar corazón. Andy, el seleccionado número 594 en la vigésima segunda ronda del sorteo de agentes libres del 1990, era un muchacho gordito de la escuela Secundaria Deer Park en Texas, de quien no se proyectaba nada. Él no domina con su brazo, pero termina con 275 triunfos en las Grandes Ligas, un total que incluye 19 triunfos en la postemporada y algunos de los partidos más grandes en la historia de los Yankees.

No es culpa de Andy, ya que lanzó magistralmente, pero cuando caemos ante los Azulejos en mayo, estamos en un lugar inimaginable: la última posición. Nuestra foja es de 21 ganados y 29 perdidos. Estamos en desventaja tal ante los Medias Rojas, a catorce juegos y medio, que estamos en peligro de jamás alcanzarles.

Nos dirigimos hacia Toronto y, aunque no lo crean, la cosa se pone peor. Tenemos una ventaja de 7 a 5 en la novena entrada contra los Azulejos, cuando Jorge pega un elevadito a tercera base. Howie Clark, de los Azulejos, se ubica debajo de la pelota. Alex está corriendo con dos *outs*, y grita "¡Ha!" al pasar. Clark retrocede de la pelota pensando que el segunda base la había pedido, y la pelota cae. Anotamos tres carreras adicionales y ganamos 10 a 5. Luego, el dirigente de los Azulejos, Jay

Gibbons, critica a Alex por lo que considera una jugada sucia. Otros Azulejos también opinan lo mismo.

No hay duda de que Alex tiene un talento para verse en el centro de la controversia, pero también creo que sus críticos son más duros con él por el mero hecho de que es Alex Rodríguez. Si Jorge o Derek le hubiesen gritado a un jugador como lo hizo Alex, no creo que hubiera sido tan controversial. ¿Saben cuántas veces los bateadores y corredores han tratado el mismo truco para tratar de distraerme? ¿Saben lo que oigo cuando trato de hacer una jugada en un toque?

"¡Tercera!", grita uno.

"¡Segunda!", grita otro.

La gente grita para distraerme y provocar que tire la pelota a la base incorrecta. ¿Y acaso es correcto que el jugador de cuadro finja tomar un tiro de un jardinero para engañar al corredor?

Obtengo el salvado en el partido del "¡Ja!" y espero que sea el principio de un repunte. Es mi primer salvado en casi un mes, y tan solo mi cuarto en una temporada que ha tenido más bajos que altos. Transcurridas cuatro semanas en la temporada, tengo efectividad de 10 y pico. Entre los medios hay especulación de que no soy el mismo, y de que han quedado atrás mis días como un cerrador dominante. Yo no estoy entre los que dudan, así que no me preocupo. Sé que estaré más preciso. El día que yo salga y me sienta dominado, nadie me tendrá que decir que es hora de colgar los ganchos.

Mi peor momento fue probablemente durante un partido en casa contra los Marineros, cuando le dimos la pelota a un abridor novato llamado Matt DeSalvo. Matt acaba de ascender de las ligas menores y nos brindó siete entradas magistrales en su estreno en las Grandes Ligas, permitiendo tan solo tres imparables y una carrera limpia a los Marineros. En la octava entrada, un árbitro se equivoca cuando Willie Bloomquist trata de robarse la segunda base, declarando que llego a salvo cuando de hecho estaba fuera por la distancia equivalente a una caña de pescar, y los Marineros empatan el partido. Daño el partido en la novena cuando Adrian Beltré macetea una recta cortada mal ubicada sobre la cerca—quise colocarla alta y adentro, pero quedó sobre el centro del plato—y perdemos el partido. Nunca es divertido dañar una oportunidad de salvar un partido, pero el defraudar a Matt DeSalvo, quien luego habló de la "majestuosidad" del momento cuando se prestó a hacer su primer lanzamiento de Grandes Ligas a Ichiro, verdaderamente me impactó. El pobre muchacho no tiene nada qué mostrar por su debut fenomenal.

Luego lo busco en la *clubhouse*.

"Lanzaste un gran partido. Lamento el final", le digo.

"Está bien, Mo. Eso pasa. Sé que diste tu mejor esfuerzo", me dice Matt.

Vamos a Fenway para tres partidos, y uno de los fines de semana más difíciles que Alex jamás haya vivido. Los fanáticos de Boston se están divirtiendo en gran manera con los titulares problemáticos de Alex, y lo chiflan inmisericordemente.

Nos dividimos los primeros dos partidos de la serie, y con dos *outs* en la novena entrada y el partido del domingo de la noche empatado a dos carreras, Alex dispara un lanzamiento de Jonathan Papelbon con cero bolas y dos *strikes* al *bullpen* de los Medias Rojas. Les garantizo que jamás ha dado un recorrido tan alegre por las bases. Es el *hit* más importante de nuestra temporada. Obtengo el salvado. Ganamos dos partidos de tres en Fenway. Es algo sobre lo cual se puede edificar.

Pasadas unas semanas, el equipo tiene una serie interligas en Colorado, contra los Rockies. Nuestro hijo mayor, Mariano Jr., se gradúa de la escuela intermedia. Es nuestra primera graduación como familia. Jamás recuerdo haberle pedido a Mr. T un favor anteriormente. Definitivamente nunca he pedido ser excusado de un viaje de equipo.

"Sé que esto es mucho pedir, pero ¿estaría de acuerdo con que no haga el viaje a Colorado para poder asistir a la graduación de mi hijo? Significa tanto para mí, así como para mi familia", le digo.

Se ve sorprendido. Pausa. "Mo, me encantaría complacerte, pero se me haría bien difícil hacerlo. Envía un mensaje incorrecto. No sería justo permitir que hagas esto y no extenderles la misma cortesía a los demás".

Lo escucho, sabiendo que lo estoy poniendo en una posición incómoda al pedirle esto. Pero por esta vez, no soy el obediente de siempre que pone al equipo primero. No pienso que Mr. T entiende la importancia que esto guarda para mí. Abandoné la escuela cuando era poco mayor que mi hijo. Mi padre abandonó la escuela mucho antes. Este día es algo que merece ser celebrado adecuadamente.

"Lo siento, pero iré con o sin permiso. Es muy importante que yo esté allí", le digo.

"No puedo impedir que vayas", dice Mr. T, "pero si llegamos a la octava o novena entrada y te necesitamos y no estás allí, ¿qué le digo a la gente?, ¿que te fuiste sin permiso? No puedo decirle a la gente que te excuse con permiso cuando hay veinticuatro jugadores que cuentan contigo. No puedo hacer eso".

"Está bien", respondo. Necesito pensarlo. Necesito salir de su oficina y hablarlo con Clara. Le explico la conversación y mientras más lo pienso, más cuenta me doy que no puedo desafiar a mi dirigente. Así no es como trabajo.

Al volver a ver a Mr. T, le dejo saber que he reconsiderado.

"Estaré en el viaje a Colorado", le digo. "No sería correcto el no estar con el equipo".

Le explico a mi hijo que quiero estar en su graduación más que cualquiera otra cosa, pero que los Yankees no me dan permiso para excusarme de este viaje. Le digo cuánto le amo y cuán orgulloso estoy de él.

Mariano, Jr. es muy comprensivo. La triste realidad es que tanto él como Jafet y Jaziel están muy acostumbrados a mi ausencia en los momentos importantes. El béisbol le ha dado mucho a nuestra familia, pero el itinerario no perdona a nadie.

Nos barren en Colorado y ni siquiera lanzo.

Para el receso del Juego de Estrellas, hemos logrado llegar a una foja de .500, así que nos olvidamos de la primera mitad de la temporada y nos acordamos de jugar como los Yankees de Nueva York. En juegos consecutivos contra los Rays, anotamos 38 carreras contra 9 de ellos, y pegamos 45 imparables. Tenemos una foja de 24 y 8 luego del receso y nos acercamos a cuatro partidos de los Medias Rojas. Gran parte de nuestro repunte se debe a nuestra nueva arma secreta en el *bullpen*, un poderoso joven de 21 años de Nebraska llamado Joba Chamberlain. Joba lanza rectas de 99 millas por hora, y su mejor lanzamiento es el *slider*. No permite carreras limpias en sus primeros doce partidos y promedia más de un ponche por entrada, alzando el puño después de cada ponche. Para el final de la temporada regular, tiene treinta y cuatro ponches en veinticuatro entradas, y una efectividad de .038. Hemos ganado diecisiete de los diecinueve partidos en los cuales él ha lanzado. Es algo digno de admirar.

Estamos en la postemporada por decimotercera temporada consecutiva, pero por primera vez en diez años, no somos el campeón de la División del Este de la Liga Americana. Habiendo clasificado como el comodín, abrimos la serie como visitante contra los Indios de Cleveland. Johnny Damos abre el partido con un jonrón contra CC Sabathia, y entonces Chien-Ming Wang toma el montículo, un lanzador de bola *sinker* que nos ha ganado diecinueve partidos en cada una de las pasadas dos temporadas. No hay razón para tener mucha confianza en Wang. Ha ganado seis de sus últimos siete partidos y ha manejado bien la presión de la postemporada.

Pero Wang está descontrolado. En la primera entrada, concede dos bases por bolas, un pelotazo, tres sencillos, y tres carreras. Su *sinker* no baja como se supone que lo haga, sino que está volando por todo el parque. Para cuando sale del partido en la quinta entrada, ha permitido nueve imparables y ocho carreras. Aunque Sabathia tampoco trae lo mejor de sí, perdemos 12 a 3.

Ahora hay que ganar el segundo partido a como dé lugar y afortunadamente, tenemos a Andy Pettitte en el montículo. Tiene que durar mucho en el partido, y entregarle la pelota a Joba, quien me la entregará a mí. Andy vuelve a comprobar que puede competir con cualquiera. Permite corredores en base en todas las entradas, pero siempre sale de aprietos. Grady Sizemore abre la sexta entrada con un triple, pero se quedó viendo a Andy retirar a Asdrúbal Cabrera con roletita al montículo, seguido de ponches a Travis Hafner y Víctor Martínez.

El partido va a la séptima entrada y la única carrera vino en la tercera entrada, por jonrón de Melky Cabrera contra el abridor de los Indios, Roberto Hernández. Con un *out* en la séptima, Jhonny Peralta pega un doble y Kenny Lofton recibe base por bolas. Mr. T envía por Joba, quien se estrena en la postemporada ponchando a Franklin Gutiérrez y retirando a Casey Blake con elevado al jardín derecho.

Todavía estamos 1 a 0 en la parte baja de la octava entrada. Pero cuando Joba se prepara a enfrentar a Grady Sizemore, comienza a aplastar mosquitos y a sacudirse en el montículo.

Pero no se trata de uno o dos mosquitos. Se trata de un enjambre de insectos llamados jejenes, y en el calor de una noche inexplicablemente calurosa de otoño, ochenta y un grados Fahrenheit al inicio del partido, descienden cientos, sino miles, de jejenes contra Joba y su cuello y espalda cubiertos de sudor. Le cubren el cuello. Están en sus oídos, Vuelan alrededor de su boca y su nariz y sus ojos. Sigue batiendo sin efecto, al igual que el *spray* de insectos que trae el entrenador Gene Monahan.

El *bullpen* está libre de jejenes. No me molestan ni una sola vez. Pero al ver la reacción de Joba, no puedo creer que los árbitros no hayan detenido el partido. Lo detienen por una tormenta torrencial de lluvia. ¿Por qué no hacerlo por una lluvia torrencial de insectos? Debido a que no hay tantos jejenes en el área del *dugout*, Mr. T no entiende plenamente lo que le está sucediendo a Joba, y no presiona a los árbitros para que detengan el partido. Así continúa la cosa, y por vez primera desde que llegó a las Grandes Ligas, Joba Chamberlain, la máquina de ponches, se convierte en todo un descontrol. Da base por bolas a Sizemore en cuatro lanzamientos, lo cual nunca había hecho en su carrera. Sizemore toma la segunda base tras un lanzamiento salvaje, y a los dos lanzamientos, anota la carrera del empate tras otro lanzamiento salvaje. El pobre muchacho está tratando de mantener la compostura, pero con los jejenes en pleno ataque, brinda un pelotazo y otra base por bolas antes de retirar, por fin, a Peralta, con un *slider* afuera para dar fin a la entrada.

Joba sale del partido. Y los jejenes salen del terreno de juego tan misteriosamente como llegaron.

Dejamos a un hombre en segunda en la parte alta de la novena, pero Alex se poncha. Retiro a los Indios en orden y vamos a entradas extra. Luego de sobrevivir una décima entrada borrascosa, poncho a Peralta con las bases llenas, no hacemos nada en la undécima, habiendo producido nuestra ofensiva solo dos imparables desde la cuarta entrada.

Cuando Hafner le conecta un sencillo con las bases llenas a Luis Vizcaíno, los Indios ganan 2 a 1, y ahora estamos en otro hoyo del cual hay que salir.

De regreso al Bronx y libres de jejenes, Mr. T le da la pelota a Roger Clemens, de cuarenta y cuatro años de edad, y a quien se le convenció que saliese del retiro para estabilizar nuestro cuerpo de lanzadores. Ha luchado con las lesiones y la inconsistencia durante toda la temporada, y esta noche no es nada diferente.

Phil Hughes es estelar en el relevo, Damon y Cano pegan imparables cruciales, y salvo un triunfo de 8 a 4. Necesitamos un triunfo más para llevar la serie a Cleveland para el quinto partido. Le toca a Wang una vez más, pero al salir con solo tres días de reposo, es vapuleado por los Indios. Caemos en desventaja de 6 a 1, y pese a jonrones de Alex y Abreu, es otro partido en el cual no lanzamos o bateamos lo suficientemente bien como para ganar.

Nuestra temporada termina con una derrota de 6 a 4.

Cuando termina la temporada, soy como pescador que sale al mar. Salgo por un tiempo y no miro hacia atrás. Por más que amo este juego, si no estoy jugando en la Serie Mundial, tampoco la veo. Nada de diferente este año, cuando los Medias Rojas enfrentan a los Rockies.

Para cuando cumplo treinta y ocho años en noviembre, estoy en Panamá para el funeral de mi amigo Chico Heron, quien ha fallecido tras una larga enfermedad. He conocido y amado a Chico durante gran parte de mi vida. Si él no me hubiera evaluado, jamás habría llegado a las Grandes Ligas. No sé dónde estaría si él no hubiese creído en mí.

Chico era el mayor activo que jamás tuvieron los jugadores de béisbol de Panamá. Podrías estar jugando en un terreno pedregoso en el fin del mundo y mirabas, y allí estaba Chico. Y si estabas en el estadio más grande en Ciudad de Panamá, allí también estaba Chico. Amaba el béisbol, le encantaba la búsqueda de diamantes ocultos, y le encantaba ayudar a brillar a esos muchachos. A Chico no le preocupó que yo fuera un flacucho que lanzaba en los ochentas. Vio lo que podía ser: un muchacho que con más peso y más trabajo, podía convertirse en prospecto legítimo. Me recomendó a su jefe, Herb Raybourn, y pronto estaba de camino a Tampa.

Sin embargo, más allá de su talento, Chico tenía bondad en su alma. Sabía la manera correcta de hacer las cosas. Vez tras vez, me hablaba acerca de dar el todo en todo momento, sobre el ser respetuoso, y sobre el mantener mi enfoque y perseverar durante los tiempos difíciles que son parte del juego y de la vida.

"Confía en ti mismo y cree en ti", me decía Chico. "Cuando tienes esa confianza y estás dispuesto a trabajar, no hay límite a lo que puedes lograr".

Escuché y cambió mi vida.

NOTAS DE MO

Una oportunidad para un salvado

Todos saben lo que es un triunfo, pero un "salvado" es una estadística que el béisbol de Ligas Mayores comenzó a guardar oficialmente en el 1969. (¡El año en que nací! Estoy seguro de que no hay relación alguna entre los dos).

Para que un relevista logre un salvado, su equipo tiene que ganar el partido y tiene que estar en el montículo. Además, el equipo no puede tener una ventaja mayor de tres carreras cuando el relevista lo haga. En otras palabras, si los Yankees tienen ventaja de 10 a 0 y obtengo tres *outs* en la novena entrada, el equipo gana el partido, pero eso no cuenta como un salvado.

Hora de cerrar

Es un momento de gran transición en mi vida como beisbolista. Se ha ido Mr. T y Mr. G; Joe Girardi está aquí. Es el tercer dirigente de mi carrera de Grandes Ligas, y el primero que no ha sido tan solo mi compañero de equipo, sino mi receptor. La primera vez que fuimos dupla en un partido real fue contra los Rangers en el 1996. Ponché a Rusty Greer y trabajé dos entradas rápidas con Joe. Tenía buen ánimo y mucha energía, un hombre pequeño con gran presencia que era bueno bloqueando el plato y en la selección de lanzamientos. Era un jugador cuyo enfoque era en el equipo. Bateó octavo frente a Derek, y tuvo la mayor cantidad de toques de sacrificio para el equipo esa temporada, se robó trece bases y pegó uno de los imparables más cruciales de la Serie Mundial, el triple impulsador contra Greg Maddux en el sexto partido.

El tener un nuevo dirigente es un gran cambio, pero es tan fácil jugar para Joe como lo fue jugar con él. Me dice que quiere limitarme a una entrada donde sea posible, y que sea juicioso cuando me toque lanzar.

Ya sea por el nuevo dirigente o por el nuevo receptor José Molina, Jorge pierde gran parte de la temporada debido a una lesión, así que los Yankees se buscaron a uno de los hermanos Molina para sustituirle. Comienzo la temporada como si estuviese a punto de cumplir veintinueve y no treinta y nueve años. Pasados dos meses en la temporada, tengo veintiséis ponches, dos bases por bolas, efectividad de .038 y quince salvados. Después entramos en una racha de siete triunfos al hilo y obtengo mi decimonoveno salvado al ponchar la entrada contra los Padres. Se sentiría mucho mejor si no estuviésemos tan solo a cinco triunfos por encima de los .500 (50-45) cuando el Juego de las Estrellas llega al Yankee Stadium original por última vez.

Es mi noveno Juego de las Estrellas, y es la manera en la cual el béisbol se despide de "La casa que Ruth levantó", el estadio de béisbol más famoso de todo el mundo. La parte más poderosa para mí es ver a George Steinbrenner, cuya salud ha estado decayendo. No se le ha visto mucho durante toda la temporada y nadie puede dudar lo importante que es para él estar aquí. El Mr.George está sollozando al llegar desde el jardín en un carro de golf antes del partido. Le entrega pelotas a cuatro Yankees integrantes del Salón de la Fama: Whitey Ford, Yogi Berra, Goose Gossage y Reggie Jackson. Lo abrazan y lanzan las pelotas a sus receptores ceremoniales: Whitey a Derek; Yogi a Joe Girardi; Reggie a Alex; y Goose a mí.

No recuerdo cuándo fue la primera vez que conocí a Mr. George, pero ya estaba en las Grandes Ligas. Si presenció el entrenamiento primaveral cuando era yo más joven, lo habré visto de lejos, pero seguí enfocado en mi trabajo.

Mr. George está rodeado de su familia en el Juego de las Estrellas, y se ve abrumado por las festividades. Es triste porque Mr. George siempre ha sido una presencia tan imponente (y exigente). Quisiera poder agradecerle por concederme el honor de vestir el uniforme de los Yankees de Nueva York, pero no estoy seguro si abordarle o no. Decido que es mejor dejarle que disfrute a su familia y de la despedida al Estadio, el lugar que él ayudó a convertir en uno de los lugares más legendarios del deporte.

Es una de las últimas veces que veo a Mr. George Steinbrenner.

Ganamos ocho al hilo para arrancar en la segunda mitad. Joba, quien ahora es un abridor, lanza una joya 1-0 en el Fenway a finales de julio, y lo cierro con ponches al hilo. Eso nos coloca a tres partidos del primer lugar, lo más cerca que hemos estado desde la primera semana de mayo.

Entonces volvemos a caer en la mediocridad. Perdemos cuatro de cinco partidos y permitimos cuarenta y cuatro carreras durante el proceso, lo cual no es el tipo de pitcheo con el que se llega lejos. Perdimos a Wang en junio debido a una lesión del tobillo, y tan solo tenemos a un abridor, Mussina, con efectividad de menos de 4.00. En cuanto a la ofensiva, somos tan solo un equipo promedio esta temporada. Esta no es una combinación ganadora.

Los Medias Rojas llegan a la ciudad a finales de agosto, y es una serie que realmente tenemos que ganar, si no barrer. No hacemos ni lo uno ni lo otro. Le caen a palos a Andy en el partido inicial, una derrota de 7 a 3, y enviamos a Sidney Ponson en el próximo partido, pero Dustin Pedroia de los Medias Rojas monta un espectáculo, pegando tres imparables, anotando cuatro carreras e impulsando cuatro carreras con jonrón de bases llenas contra David Robinson. Está cubierto en tierra desde la cabeza a los pies, y juega cada partido como si fuera el último que jamás jugara.

Hasta que regresa al día siguiente y el que sigue, y juega de la misma manera.

Hay muchos jugadores a los cuales admiro, y Pedroia encabeza la lista. Es algo especial de presenciar, un jugador pequeño que hace lo que sea. He visto a muchos segundas bases de primera en las Grandes Ligas. Roberto Alomar podía derrotarte con su guante, su velocidad, o con su bateo. Robinson Canó tiene un *swing* hermoso y es tan bueno en el terreno como cualquiera. Chuck Knoblauch era otro tipo que podía tomar control de un partido con su velocidad y su tesón. Pero si estás buscando a alguien que va a dar el todo por el todo y hacer lo que sea para ganar, le echo a Dustin Pedroia a cualquiera.

Tres semanas después, nuestra temporada ha terminado para todos los efectos, al igual que nuestra racha de trece temporadas de llegar a la postemporada. Los Rays de Tampa son los Campeones del Este de la Liga Americana, y los Medias Rojas clasifican como el comodín. Los Yankees terminamos a seis partidos del primer lugar, con foja de 89-73. Al igual que Derek y Jorge, he estado en la postemporada durante casa temporada de mi carrera, pero la simple realidad es que no somos dignos de ir este año. Termino con una de las mejores temporadas de mi carrera en términos estadísticos (39 salvados en 40 oportunidades, efectividad de 1.40, 77 ponches y 6 bases por bolas), pero con todo eso y 45 centavos, lo único que voy a conseguir es un pasaje de bus a Chorrera.

Lo último que nos queda por hacer en la temporada del 2008 es terminar nuestra despedida del Yankee Stadium. Tras 85 temporadas y 26 campeonatos mundiales, se juega el último partido el 21 de septiembre contra los Orioles. Los portones abren con siete horas de antelación para que los fanáticos puedan caminar por allí y tener una despedida adecuada.

Pienso en la primera vez que me paré en el montículo de aquí durante la postemporada, en la alta de duodécima entrada en la Serie Divisional del 1995 contra los Marineros, ponchando a Jay Buhner para dar inicio a tres entradas y un tercio de relevo, antes de que Jim Leyritz pegase su jonrón en la parte baja de la decimoquinta entrada.

Recuerdo la celebración de la barrida de los Bravos cuatro años después, con Jorge y Tino y los demás, y pasados otros cuatro años recuerdo haber estado arrodillado en oración mientras Aaron Boone recorría las bases.

Estos son tan solo algunos de los recuerdos especiales de un muchacho panameño que iba a ser mecánico. ¿Qué tal de todos esos otros momentos históricos, y de todos los superastros que hicieron de este Estadio su casa, desde Ruth y Gehrig a DiMaggio y Berra y Mantle y ahora Jeter?

Derek dice que la historia y la tradición tan solo van a cruzar la calle, pero ¿podrá realmente recapturarse el espíritu de este Estadio? No lo sé.

Yankee Stadium no es tan solo la sede del triunfo, sino un lugar donde crecí como lanzador y como hombre, un lugar con recesos espirituales y especiales dentro de sí. Está la sala del entrenador, un lugar donde paso todas esas entradas de mitad de partido con Gene, y hombre mayor y uno joven creando lazos sobre la creencia mutua en la importancia del trabajo duro y de la minuciosidad.

Está el túnel debajo de las gradas del jardín izquierdo, donde hago la caminata hasta el *bullpen*, doblando a la izquierda desde la *clubhouse* y siguiendo el pasillo, detrás del plato, y hasta el poste de *foul* del jardín izquierdo, y donde doblo a la derecha y atravieso el Parque de los Monumentos de camino al *bullpen*.

Está el banco del *bullpen*, donde observo el partido, viendo el abundante terreno verde. Amo ese banco y cómo marco los ritmos de mi trabajo allí, juguetón y alegre, entonces tornándose más serio mientras espero que suene el teléfono, haciendo que mi mundo gire en torno a lograr *outs* y en el triunfo.

Amo ese banquillo. Lo amo tanto que los Yankees me permiten llevármelo a casa cuando el viejo Estadio cierre para siempre.

Luego está el montículo del *bullpen*, donde voy a trabajar tan pronto recibo la llamada, entrando en mi rutina precisa de calentamiento y esperando a que las puertas abran, para hacer mi recorrido solitario hacia el montículo.

Atesoro este lugar. Quiero ser el último hombre en pararse sobre este montículo. Quiero hacer el último lanzamiento y lograr el último *out*.

El poder y la emoción de ese día no cesan. Parece como si la mitad de Cooperstown estuviese en el terreno antes del partido. Hay leyendas de los Yankees por doquier. Por supuesto que Bernie está allí, y probablemente recibe el aplauso más estruendoso de todos. Julia Ruth Stevens, la hija de Babe Ruth con noventa y dos años de edad, hace el primer lanzamiento a Jorge. Yogi Berra está hablando de cómo el lugar siempre estará en su corazón, mientras luce la bayeta pesada de lana que lucían los jugadores de su época, antes de que los fabricantes de uniformes crearan telas más livianas y frescas.

El padre de Julia pegó jonrón en el primer partido jamás jugado en el Yankee Stadium, y en la baja de la tercera, Johnny Damon pega un jonrón de tres carreras que la da ventaja inicial a los Yankees, pero los Orioles empatan en la parte alta de la cuarta. Entonces José Molina, quien ha pegado dos jonrones durante toda la temporada, pega su tercero al jardín izquierdo central, el cual nos da ventaja de 5 a 3.

Voy caminando por el pasillo debajo de las gradas del jardín izquierdo en la sexta entrada. No quiero dejar este lugar. No quiero que sea la última vez.

No acostumbro a que me impacte la nostalgia. Pero ahora me pega como tren de carga.

Estoy en el *bullpen* por última vez, mi hogar beisbolístico durante los pasados cuatro años.

El teléfono suena en la octava entrada. Mike Harkey contesta.

"Mo, tienes la novena", dice Harkey.

La parte baja de la octava entrada termina con una roleta, y llegó la hora.

Las puertas azules abren.

Comienza "Enter Sandman".

Cruzo el jardín por última vez en "La casa que Ruth levantó". El público está de pie y vitoreando. Es surreal.

Llego al montículo y tomo la pelota. Necesito que esto sea como de costumbre; necesito enfocarme en estos tres *outs*, aún si esta noche no es como de costumbre.

El primer bateador de los Orioles es Jay Payton. Por si se les ha olvidado, conectó un jonrón de tres carreras en mi contra durante el segundo partido de la Serie del Metro hace ocho años atrás. Créanme, a mí no se me ha olvidado.

Retiro a Payton con roletita al campo corto, la cual Derek manejó hábilmente. Me le adelanto al próximo bateador con conteo de 0 y 2, vengo con una cortada dura hacia adentro, y la roletea a segunda base. Dos *outs*. Falta uno. Pero antes de que pueda hacer otro lanzamiento, veo a Wilson Betemit corriendo al campo corto desde el *dugout*. Joe quiere que Derek se despida del lugar de una manera digna, con una última gran ovación. Eso es exactamente lo que ocurre.

Derek Jeter, el último ícono de los Yankees en un estadio legendario, corre hacia el *dugout* al son de un aplauso estruendoso.

El próximo bateador de los Orioles es Brian Roberts. Siempre ha sido un hueso duro de roer para mí. Con un conteo de 2 y 1, pega roleta a Cody Ransom en primera base. Corro hacia primera, pero Cody se la lleva para el último *out*. Me coloca la pelota en el guante y me estrecha la mano. Los Yankees no ganaron suficientes partidos esta temporada, pero ganamos el último partido que jamás se jugó en la Calle 161 y la Avenida River, y estoy muy agradecido de ello.

Sé exactamente lo que voy a hacer con esta pelota. Se la voy a entregar a George Steinbrenner. Él es quien merece tenerla.

NOTAS DE MO

Reemplazo de una leyenda

El Yankee Stadium original ya tenía cincuenta años cuando cerró por dos años en el 1973 para una renovación extensa. Pero pasados treinta años, el Estadio necesitaba mucho más que una renovación masiva, y tras años de negociación con la Ciudad de Nueva York, la construcción de su reemplazo dio inicio en agosto del 2006. Podíamos medir su progreso cada vez que jugábamos un partido local por las próximas dos temporadas; el Estadio nuevo se levantó al cruzar la calle, en el local de un parque municipal.

A manera de honrar la historia Yankee, se diseñó el Estadio nuevo para que incluyese elementos del edificio original. Pero contrario al lugar antiguo, dos terceras partes de los asientos del Estadio se construyeron en la sección de abajo, contrario al diseño de tres gradas del original. El nuevo Yankee Stadium tiene cuatro mil sillas de menos (pero cada silla es un poco más amplia), y el triple de los palcos de lujo.

El precio de nuestra nueva casa también era un poco más alto. El Yankee Stadium original costó dos millones quinientos mil dólares, lo cual era el estadio deportivo más caro jamás construido al momento de su inauguración.

El nuevo Yankee Stadium costó mil quinientos *millones* de dólares.

Durante la construcción del nuevo Estadio, un trabajador de construcción quien era secretamente un gran fanático de David Ortiz sepultó una camisa de Ortiz debajo del *dugout* de los visitantes, esperando echar una "maldición" sobre los Yankees, al igual que la "maldición del Bambino". Pero hizo alarde de ello y los Yankees se enteraron, obligándolo a revelar el lugar, y removieron la camisa. Luego él dijo que sembró una tarjeta de anotación de la Serie de Campeonato de la Liga Americana del 2004 en alguna parte del Estadio, pero que no revelaría la ubicación.

No hay problema, yo no creo en maldiciones. ¿Y tú?

Nueva casa,
viejos sentimientos

El veredicto inicial del Nuevo Yankee Stadium era que le
iba a gustar a bateadores mucho más que a lanzadores.
Los jonrones están volando del lugar. A los equipos visitantes les podía gustar el Estadio también. A pesar
de su majestuosidad y lujos modernos, el parque nuevo
no aguanta el ruido, ni el fervor del equipo local, como
la hacia el Estadio antiguo. Es un ajuste cuando estás
acostumbrado a una casa llena y alborotosa. El Estadio
antiguo era nuestro décimo hombre; una caldera alborotosa y frenética de pasión rayada, con muchos fanáticos
de toda la vida en las gradas. De buenas a primeras, es
difícil ver cómo el nuevo lugar pueda duplicar eso.

Sin embargo, algunas cosas no son afectadas por la
nueva construcción, y una de ellas es el *swing* de Derek.
En la octava entrada del segundo partido en nuestro
hogar, con el partido empatado a 5 contra los Indios,
Derek pegó un lanzamiento de tres bolas y un *strike*

al jardín derecho. Arrancó a correr hasta que la pelota rebasó la cerca.

Ahora me toca a mí. Luego de un elevado largo al jardín central, permito dos imparables antes de ponchar a Grady Sizemore. Mark DeRosa viene al bate. Se llena el conteo y los corredores están moviéndose. Lanzo la cortada afuera, esperando rozar el lado alto de la esquina de afuera. Al hacer el *windup* y el lanzamiento, queda precisamente donde quiero colocarla. DeRosa cree que va a partir hacia afuera y se le queda mirando, el árbitro le canta el tercer *strike*, y tengo mi primer salvado en nuestro nuevo hogar.

Los Yankees pagaron caro para tener un nuevo equipo para el nuevo parque, gastando decenas de millones de dólares para traer a CC Sabathia, A. J. Burnett y Mark Teixeira, pero no impide que tengamos un arranque lento, incluyendo un fin de semana olvidable a fines de abril. Nos barrieron, y la derrota más dolorosa llega el viernes por la noche. Poncho a Ortiz y Pedroia y estoy a un *out* de salvar un triunfo de 4 a 2 para Joba cuando dejo una cortada con conteo de 1 y 0 sobre el corazón del plato para Jason Bay, quien la vuela casi hasta la Bahía de Boston. Es otro salvado dañado contra un equipo que me ha conectado mejor que cualquier otro por mucho. Creo que tiene que ver con familiaridad. He lanzado contra ellos tantas veces, que sus bateadores tienen un sentido más agudo de cómo y cuándo se mueve la pelota que lanzo.

Terminamos perdiendo en once entradas con jonrón de Kevin Youlikis que nos deja sobre el terreno, y perdemos el sábado cuando Burnett no puede retener una entrada de seis carreras. Los Medias Rojas vuelven a ganar el domingo cuando Jacoby Ellsbury le roba al *home* a Andy. Al par de semanas, permito jonrones corridos a Carl Crawford y Evan Longoria de los Rays, la primera vez que he hecho eso en mi carrera. Ya he permitido más jonrones que lo que hice durante toda la pasada temporada. Tuve cirugía menor del hombro en octubre, y aún no estoy donde quiero estar en términos de velocidad. Sé que mi brazo va a fortalecerse, pero hay menos margen de error que cuando lanzaba 96 a 97 millas por hora. Es crítico que recupere mi precisión.

Con la excepción de nuestros resultados contra los Medias Rojas—perdemos ocho al hilo contra ellos para abrir la temporada—veo algo en este equipo que no he visto en mucho tiempo. Estamos peleando hasta el fin, todos los juegos. Los equipos siempre dicen que lo hacen, pero pocos lo hacen en realidad.

¿Un ejemplo? Tengo un partido horrendo contra los Rays en el cual permito tres entradas limpias en dos tercios de una entrada.

¿Al día siguiente? Anotamos tres veces en la parte baja de la octava y lanzo una novena limpia, y llegamos al primer lugar con el triunfo. Es el vigésimo triunfo de repunte para nosotros y la temporada apenas tiene dos meses. Seguimos con el tema del repunte en una Serie del Metro contra los Mets, gracias al esfuerzo de Mark Teixeira.

Estamos perdiendo y nos queda el último *out*, luego de permitir un doble impulsador a David Wright en la octava. Derek, quien pegó un sencillo, está en segunda, y Teixeira, quien recibió base por bolas intencional, está en primera. Alex está al plato. Frankie Rodríguez, el cerrador de los Mets, lanza y logra que Alex pegue un elevadito alto, pero débil. Alex revienta el bate contra el suelo porque tenía una recta para batear, pero falló. La pelota flota al jardín derecho detrás de segunda base, detrás de Luis Castillo. Está bien alta. Castillo se le acomoda debajo, pero de algún modo la pelota rebota de su guante. Por supuesto que Derek está corriendo duro y Mark le sigue, corriendo a toda máquina desde el momento en que Alex hace contacto. Mark anota y ganamos, no tan solo por un error que tal vez veas una vez cada cinco años, sino por el esfuerzo de un jugador estrella que corre duro hasta que termine el partido.

Eso es lo que hacen los ganadores.

A tres juegos del primer lugar, con una foja de 51-37 al receso de Estrellas, entramos en nuestra mejor racha de la temporada. Ganamos dieciocho de nuestros primeros veintitrés partidos después del receso, incluyendo una barrida de cuatro partidos a las Medias Rojas. Les arrebatamos el primer lugar.

El último de esos partidos es un microcosmos de nuestra temporada. Estamos en desventaja dos carreras a una entrando en la parte baja de la octava, Damon y Teixeira vuelan jonrones consecutivos, y Jorge les sigue con sencillo impulsador de dos carreras. Cierro el partido al lograr que Ellsbury pegue una roletita. Voy siete semanas y veintiuna apariciones sin permitir una carrera, y para cuando logramos la próxima barrida de cuatro partidos, esta vez contra los Rays, estamos a cuarenta y un partidos sobre .500 (91-50) con ventaja de nueve partidos. Tengo bastante certeza de que esta temporada no va a ser una en la cual no derretimos en la Serie Divisional.

Tengo treinta y nueve salvados y mi efectividad es de 1.72. Para cuando llega la mitad de septiembre, he convertido treinta y seis oportunidades de salvados al hilo.

Los cronistas han dejado de vaticinar mi retiro.

Entonces, un viernes en la noche en Seattle, entro al partido con ventaja de 1 a 0 para salvar un partido para A. J. Burnett, quien superó al gran Félix Hernández. Poncho a los primeros dos bateadores y entonces Mike Sweeney pega un doblete largo. Ichiro es el próximo al bate. Es tan bueno bateando al jardín contrario, que quise lanzarle duro adentro para maniatarlo. Lanzo una recta cortada, pero la bola se queda sobre el plato. Ichiro la vuela sobre el muro del jardín derecho, un repunte asombroso en cuestión de dos lanzamientos. Ante un bateador tan bueno, uno tiene que estar mejor. Me perdí mi localización. Se dañó el salvado.

Se perdió el partido.

"Lo siento", le digo a A. J. "Merecías ganar ese partido".

"No te preocupes, Mo. Me has salvado muchos", dice A. J. Salgo de la *clubhouse* con un helado de chocolate, pero ni siquiera su dulzura quita el golpe de decepcionar al equipo.

Enfrentamos a los Mellizos en la Serie Divisional y ganamos el primer partido tras CC Sabathia.

El segundo partido es mucho más tenso. Los Mellizos repuntan para tomar ventaja de 3 a 1 en la baja de la novena, con Joe Nathan, uno de los mejores cerradores de la Liga, en la lomita para el salvado. Nathan ha salvado cuarenta y siete partidos durante la temporada regular, pero antes de que logre un *out*, Mark Teixeira pega un sencillo al jardín derecho y Alex vuela un lanzamiento al *bullpen* para empatar el partido a 3. Es el primer momento mágico de octubre en el Estadio nuevo, y es seguido en la undécima, cuando Mark los deja en el terreno con un jonrón. Tenemos ventaja de dos juegos a cero.

Vamos a Minneapolis y tomamos ventaja de 2 a 1 gracias a otro jonrón de Rodríguez, y una tremenda jugada defensiva de Derek y Jorge. Nick Punto pega un doble para abrir la octava entrada, entonces Denard Span pega un sencillo por el centro del cuadro. Derek lo agarra antes de que llegue al jardín, pero no puede fusilar al veloz Span. Sin embargo, Punto rondó la tercera base agresivamente, pensando en anotar. Derek dispara a Jorge, quien lanza a Alex, cuyo toque fusila a Punto intentando regresar a tercera base. Es un error garrafal de corrido de bases, pero solo una ejecución perfecta nos logra el *out*.

Estoy calentando en el *bullpen*. Casi puedes sentir el aire salir del Metrodome.

Pasado un bateador, vengo a enfrentar a Joe Mauer, con la carrera del empate en la base. Mauer bateó .365 esa temporada y fue el Jugador Más Valioso de la Liga Americana, pero no te puedes preocupar por eso. Confías en tu materia y sabes que si lanzas tu mejor lanzamiento, puedes retirar al que sea, aún a Mauer. Mi lanzamiento le revienta el bate a Mauer mientras pega una roleta a primera. Barremos.

Ahora nos toca enfrentar a los Angelinos en nuestra primera Serie de Campeonato de la Liga Americana desde el 2004. Ganamos el primer partido tras el esfuerzo de CC, cuatro a uno, hasta que Alex pegó un jonrón al jardín derecho para empatar la pelea. Es el tercer jonrón de Alex para empatar el partido en la postemporada, y ganamos pasadas dos entradas cuando Jerry Hairston pega un sencillo, es movido a segunda con un toque, y anota en un lanzamiento descontrolado. En Anaheim, los Angelinos ganan en entradas extra, pero CC lanza un gran partido en paliza del cuarto partido. Regresamos a casa para eliminar a los Angelinos en seis partidos, tras un triunfo de Andy, y mi tercer salvado de la serie.

Los próximos: los Filis de Filadelfia, los actuales Campeones Mundiales.

El estar en la Serie Mundial ya no parece como si viniese con el uniforme, no después que hayan transcurrido seis años desde nuestra aparición inicial. Tengo una nueva apreciación por lo difícil que es llegar hasta aquí. Estoy a un mes de cumplir cuarenta años. No sé si volveré a pasar por esto.

Mi primera gran prueba viene contra Chase Utley, con dos *outs* y uno en base en la parte baja de la octava en el segundo partido. Cliff Lee fue dominante en el primer partido, un triunfo de 6 a 1. Utley lo apoyo con dos jonrones.

Ahora Utley está de regreso. Burnett rinde un esfuerzo magistral, superando a Pedro Martínez, a quien los Filis contrataron para partidos como este. Lanza bien, pero Teixeira y Matsui conectan jonrones en su contra, y Jorge pega un sencillo enorme como emergente. Estoy protegiendo una ventaja de 3 a 1 mientras Utley llega a conteo de 3 y 2. Lo ataco únicamente con rectas cortadas, trabajando mayormente afuera, y con razón. Trata de halar todo. No sé si esta es otra instancia del bateador zurdo que busca aprovecharse de la verja corta en el jardín derecho, pero tal parece que Utley se está inclinando a ello. Con anotación de 3-2, le lanzo otra recta afuera. Él hace un sólido contacto, pero batea una roleta que va de Canó a Jeter y a Teixeira para una doble matanza que finaliza.

Una entrada después, hago que Matt Stairs abanique para terminar todo, y empatamos la serie a uno.

Con Alex, Matsui y Nick Swisher bateando jonrones en el tercer partido, y Andy lanzando bien aunque le permitió dos jonrones a Jayson Werth, ganamos 8 a 5 en Citizens Bank, y entonces anotamos tres en la novena para romper un empate a 4 en el cuarto partido, con unos buenos batazos de Alex y Jorge. Aseguro una victoria 7 a 4 con una novena 1-2-3. Estamos a un solo partido de ganar la serie.

Los Phillies tienen otras ideas, fuerzan la serie a un sexto partido al ganar su último juego del año en el Citizens Bank. Regresamos al Bronx para el sexto partido, Andy contra Pedro. Matsui batea un jonrón de dos carreras en la parte baja de la segunda para ponernos adelante, y después batea un sencillo de dos carreras en la tercera, y un doble de dos carreras en la quinta. Tiene seis carreras impulsadas en tres.

Ojalá si él pudiera mantenerse así.

Un jonrón de dos carreras de Ryan Howard pone el

marcador en 7 a 3, pero Joba y Dámaso Marte los cierran a partir de ahí, y yo saco los dos *outs* finales en la octava y después otros dos en la novena, antes y después de dar base por bola a Carlos Ruiz. Shane Victorino sale a batear. La multitud en el estadio está de pie. Victorino pelea. Él siempre pelea. Es otro de esos jugadores, como Pedroia, que pueden jugar en mi equipo en cualquier momento. Está atrás en el conteo, 1 y 2, luego batea cuatro lanzamientos seguidos de foul. Finalmente, está con el conteo completo.

Utley, Howard y Werth son los tres siguientes bateadores. Necesito sacar a Victorino ya. Lanzo otra recta cortada baja, y Victorino batea un roletazo inofensivo a Robby Canó, quien la pasa a Mark para el *out*. Levanto mi puño antes de que la pelota ni siquiera llegue a su guante. Me volteo hacia el cuadro y sigo corriendo, y ahora siento como si todo el equipo me estuviese persiguiendo.

Me río como un niño pequeño que juega a las atrapadas. Esta es la cuarta vez que he conseguido el último *out* en la Serie Mundial, y quizás, porque ha pasado mucho tiempo, se siente como el mejor de todos. Es hermoso no sólo que hayamos ganado, sino también cómo ganamos. Hideki Matsui, un profesional completo, batea .615 de promedio, y remolca ocho carreras en seis partidos. Dámaso Marte retira a los doce últimos bateadores que enfrenta, entre ellos Utley y Howard, a quienes poncha en el partido final. Andy lanza su segunda victoria, luego de un descanso de tres días. Derek batea .407 y Damon batea .364 de promedio. Alex, el nuevo hombre de octubre, consigue seis carreras impulsadas; Jorge, consigue cinco.

Lo que también es hermoso es que, por primera vez, Clara y los chicos están en cada partido, y también mis padres y mis suegros. Compartimos juntos toda la experiencia. ¿Qué podría ser mejor que estar rodeado por las personas que más quieres?

El número 42

Ustedes saben que amo mi uniforme. También amo mi
número: el 42. El número 42 más famoso, Jackie Robinson, era un tercera base con los Dodgers de Brooklyn,
quien derribó la "barrera del color" del béisbol en el
1947, convirtiéndose en el primer jugador de herencia
afroamericana en jugar béisbol de Grandes Ligas.

Quisiera haber podido conocer a Jackie Robinson.
Quisiera haber podido estrechar su mano y darle las
gracias, no tan solo por lo que hizo para el béisbol, sino
por jugadores como yo, cuya piel es trigueña o negra,
o de algún color en el medio. Pero Jackie murió joven,
a los cincuenta y tres años de edad, en el 1973. En ese
entonces yo tenía tres añitos, dándole hojuelas al Señor
Bocón.

Antes de presentarme para mi vigésimo primera temporada, logro conocer a Rachel Robinson, la viuda de
Jackie. Tiene gracia y porte real, es inteligente e incan-
sable; una paladina de la libertad y de la igualdad. No me

maravillan muchas personas, pero estoy maravillado de Rachel Robinson. Han pasado más de cuarenta años de su partida, pero Rachel aún mantiene vivo el legado de su esposo. Nos conocemos en Manhattan, en un evento de recaudación de fondos para la Fundación Jackie Robinson. Estoy allí con Hank Aaron, ahora sé quién es, y estoy hablando del privilegio y la presión que conllevan ser el último jugador en vestir el 42 de Jackie.

No podría ser más obvio el privilegio. ¿Quién no quisiera compartir un número de camisa con el gran Jackie Robinson? La presión consiste en vivir a la altura de un hombre que cambió el mundo y se condujo con dignidad a cada paso del proceso.

No sé si alguna persona pueda igualar ese estándar. Les diré que no soy ningún pionero. Roberto Clemente fue la primera estrella latina y muchos otros le siguieron, como Víctor Pellot Power y Orlando "Peruchín" Cepeda. El primer jugador panameño en las Grandes Ligas fue el relevista Humberto Robinson. Soy un hombre sencillo que mide su impacto de un modo más pequeño: tratando a las personas y ejerciendo el deporte de la manera correcta.

Nuestro partido inaugural en casa es siempre una ocasión festiva, especialmente cuando comienza con una ceremonia para repartir nuestros anillos de campeón de la Serie Mundial. Pero hay una nube negra sobre las festividades de este año. Un mes antes del comienzo del entrenamiento primaveral, me entero que a Gene Monahan se le ha diagnosticado con cáncer. Como adiestrador, dedicó cuatro décadas a cuidar de jugadores de los Yankees. Se tomó una licencia del equipo para someterse a quimioterapia, pero hace arreglos para estar en el Yankee Stadium en el día inaugural. Lo presentan después de Joe Girardi. Jorge pide al maestro de ceremonias que pause antes de anunciar a cualquier otra persona. El público se pone de pie para aplaudir a Gene, y los jugadores de los Yankees, quienes tanto le debemos, nos movemos a la baranda del *dugout*, también vitoreándole. Gene se ve al borde del llanto y señala a su corazón. Yo también estoy al borde del llanto.

Gene quiere reintegrarse al equipo a principios de junio. Oro que encuentre la fortaleza que necesita para atravesar esto y regresar al oficio que tanto ama.

Celebramos nuestros anillos y a Gene con un triunfo ese día, a pesar de que un ex compañero de equipo, Bobby Abreu, nos da un susto cuando le conecta jonrón con las bases llenas a David Robertson en la parte alta de la novena entrada para llevar el marcador a 7 carreras a 5. Joe envía por mí para conseguir los últimos dos *outs*. Poncho a Torii Hunter y viene al bate…Hideki Matsui, héroe de la Serie Mundial, quien firmó con nuestro oponente inaugural, los Angelinos, durante la postemporada. Hace unas horas, aplaudí por él mientras obtuvo su anillo.

Ahora quiero retirarlo para que la gente nos aplauda a nosotros. Es extraño a veces este lío de la agencia libre, pero cuando miro al guante de Jorge, Godzilla mismo podría estar en la caja de bateo y no me alteraría.

Hideki eleva mi primer lanzamiento a segunda base y terminó el partido.

Gene vuelve antes de tiempo, y tal vez es la inspiración de un entrenador de sesenta y cinco años, que casi me hace sentir joven. Tenemos la mejor marca en las Grandes Ligas cuando tomamos el terreno contra los Diamondbacks en Phoenix. Tenemos que repuntar para empatar en la novena entrada, pero nos vamos adelante en la décima cuando Curtis Granderson, nuestro nuevo jardinero central, vuela un jonrón hacia las gradas. Salgo en la décima, buscando sellar un triunfo. He retirado a veinticuatro bateadores al hilo, una racha que termina cuando Stephen Drew pega un sencillo al jardín derecho y Justin Upton pega un doblete. Joe me ordena a dar base por bolas intencional al cuarto bate, Miguel Montero, para obligar el *out* forzado en el plato.

Así que las bases están llenas de Diamondbacks, y todos se preguntan si me están dando recuerdos de la Serie Mundial del 2001.

Les doy mi respuesta:

"No".

Eso fue el 4 de noviembre del 2001. Este es el 23 de junio del 2010.

Tenía pelo entonces. Ahora no tengo.

Entonces, tenía a Scott Brosius y Tino Martínez en las esquinas. Ahora tengo a Alex Rodríguez y a Mark Teixeira.

Entonces tenía treinta y un años. Ahora tengo cuarenta.

Yo no cargo con cosas que no me hacen ningún bien. Las dejo ir, para andar liviano.

El bateador es Chris Young, el jardinero central. Le ato las manos adentro y pega un elevadito a mi receptor, Francisco Cervelli. Próximo al bate es Adam LaRoche. Ha impulsado las cinco carreras de los Diamondbacks. Le lanzo una cortada en las manos y le pega un eleva-dito a Alex.

Ahora el bateador es Mark Reynolds, quien lidera al equipo en jonrones. No es alguien con el que quieras ser impreciso.

Obtengo el primer *strike*, cantado con una cortada afuera. Lanzo una bola afuera, y luego toco la esquina afuera con otra cortada. Con el lanzamiento de 2 bolas y dos *strikes*, quiero subir la escalera, es decir, cambiarle el nivel de vista. Disparo otra cortada, alta. Reynolds abanica.

Se acabó el partido.

A los dos días, estamos en Los Ángeles para enfrentar a los Dodgers, nuestro primer partido contra Mr. T. Le doy un gran abrazo antes de que inicie el partido. No tan solo fue el hombre que nos llevó a cuatro campeonatos; sino es el hombre que vio algo en mí que le dio la disposición de darme una oportunidad de ser el cerrador de los Yankees. Uno jamás olvida eso.

"Ten compasión con nosotros esta noche, Mo. ¿De acuerdo?" me dice. "Estos muchachos jamás han visto una recta cortada como la tuya antes".

Me río y salgo de camino. CC Sabathia permite cuatro imparables y una carrera en ocho entradas, y tomo la pelota para la novena, a tres *outs* de salvar un triunfo 2 a 1.

Están por batear Manny Ramírez, Matt Kemp, y James Loney. Poncho a los tres. Me aseguro de no buscar una reacción en el banco de los Dodgers.

Mientras estamos en Los Ángeles, mi amigo antiguo del *bullpen* Mike Borzello, quien vino con Mr. T a los Dodgers, me pregunta si estaría dispuesto a hablar con Jonathan Broxton, el cerrador de los Dodgers. Es un muchacho del tamaño de un furgón, un joven con un gran brazo que tiene un fuerte inicio de temporada, pero está padeciendo problemas de confianza en sí mismo. Me presento durante la práctica de bateo y le pregunto cómo van las cosas.

"Sencillamente no estoy haciendo el trabajo como lo hice el año pasado", dice. Broxton habla de lo confiado y en control que se sentía cuando estaba volando la Liga el año pasado. Veo que se está atando en nudos al tratar de discernir lo que está haciendo mal.

"Esto te va a parecer aburrido y obvio", le digo, "pero ¿sabes en lo que pienso cuando entro en una situación de salvado? Pienso en lograr tres *outs* lo más rápido posible. No te afanes porque te vayan a derrotar. Va a pasar. Les pasa a todos. Estos son bateadores de Grandes Ligas y a veces van a conectar contra ti. Lo mejor que un cerrador puede tener es una memoria corta. No te puedes llevar al montículo hoy lo que te pasó ayer. Si haces eso, no tendrás posibilidad alguna de ser exitoso".

En el partido final de la serie, Clayton Kershaw nos limita a dos carreras y cuatro imparables. Broxton viene a cerrar. El muchacho me cae bien y le deseo lo mejor, pero no en este preciso momento. Poncha a Teixeira. Estoy pensando que tal vez debí haber hablado con él después de la serie, pero entonces Alex pega un sencillo. Robby pega un doble, y Jorge pega sencillo. Curtis obtiene base por bolas. Chad Huffman pega un sencillo, y anotamos cuatro veces para empatar el partido a seis, pegándole a Broxton con un salvado perdido tan brutal como tendrá en toda la temporada. Ganamos en la entrada siguiente cuando Robby pega jonrón con uno a bordo en la décima.

"Gracias por hablar con Brox", dice Mr. T la próxima vez que nos vemos. "Sea lo que le hayas dicho, empeoró bastante".

Estamos en primer lugar para el receso del Juego de Estrellas, con foja de 56 ganados y 32 perdidos, y aunque fui seleccionado al equipo por undécima vez, me excusé del partido para poder dar reposo a mi rodilla. El partido se celebra en Anaheim. La fecha es 13 de julio, e incluye oraciones y despedidas entre lágrimas: George Steinbrenner muere esa mañana en un hospital de Tampa, pasados nueve días de su octogésimo cumpleaños. Esto ocurrió a los dos días de la muerte de Bob Sheppard, el locutor legendario de los Yankees. Por supuesto que la enfermedad y la muerte son parte de la vida, pero eso no suaviza el golpe de perder a estos hombres que aportaron tanto a los Yankees y al béisbol.

Es difícil entender por qué cualquier cosa pasa en esta vida, o por qué aterrorizamos a los Mellizos de Minnesota con tanta facilidad. Los barremos otra vez en esta postemporada, lo cual hace nueve triunfos al hilo contra ellos en octubre, y doce de los pasados catorce partidos de postemporada. Los hemos eliminado en la

Serie Divisional cuatro veces en los pasados ocho años y parecería que siempre lo hacemos de repunte, como lo hicimos en dos de nuestros tres triunfos este año, incluyendo el primer partido.

Tengo más éxito contra los Mellizos que contra cualquier otro equipo. Para toda mi carrera, mi tasa de efectividad en el Metrodome y en Target Field es de 1.09, y de 1.24 contra los Mellizos. No lo puedo explicar. Dañé un salvado contra ellos durante la temporada en el Yankee Stadium, permitiendo jonrón con las bases llenas a Jason Kubel, pero aparte de eso, los he talado cual machete en un cañaveral, especialmente en la postemporada; he lanzado dieciséis y dos terceras entradas en blanco contra los Mellizos. Lo cómico es que la mayoría de sus toleteros me han bateado bien. Joe Mauer tiene promedio de .286 en mi contra. Justin Morneau y Michael Cuddyer promedian .250 contra mí. No es como si tengo un gran plan contra este equipo. Es siempre logro conseguir los *outs* que me hacen falta. Tengo confianza contra este equipo.

Me llevo esa confianza al primer partido de la Serie de Campeonato de la Liga Americana contra los Rangers en Arlington. Michael Young está al bate, con un *out* en la parte baja de la novena, y la carrera del empate en segunda base. Hemos salido de un hoyo masivo, tomando ventaja de 6 carreras a 5 mediante jonrón de Robby en la séptima y una explosión de cinco carreras en la octava. Estas dos entradas han dejado a Nolan

Ryan, presidente de los Rangers, con una expresión incómoda en su rostro, como si hubiese comido algo agrio.

Young es un hueso duro de roer, con promedio de .320 en mi contra. No temo a ningún bateador, pero respeto a unos más que a otros, y Michael Young se ha ganado mi respeto. Jorge y yo sabemos que tenemos que mover la pelota y mantenerlo a la expectativa. Comienzo con una cortada arriba y otra cortada adentro, y batea ambas de *foul*. Ahora Jorge se acomoda afuera. Me pide un lanzamiento alto. Le tiro una cortada asquerosa al guante. Young le abanica. El retirarlo tiene todo que ver con trabajar ambos lados del plato, y entonces atinar el último lanzamiento. Algunos *outs* dan más gusto que otros. Este es un muy buen *out*.

Con el siguiente lanzamiento, pillo a Josh Hamilton en las manos y logro que conecte una roletita a tercera base para el último *out* del partido, y un gran triunfo de repunte. Pero el estar a tres triunfos de regresar a la Serie Mundial no significa nada porque no los logramos. Casi todas las batallas restantes de la Serie de Campeonato son ganadas por los Rangers, quienes pichean, batean y juegan mejor que nosotros. También anotan más carreras que nosotros por foja de 38 a 19, ganando en seis partidos. Luego de que Hamilton pega cuatro jonrones con siete impulsadas en seis partidos, le damos el tratamiento que se le daba a Barry Bonds, y lo embasamos intencionalmente por tres ocasiones en el mismo partido. Merecidamente, es declarado el Jugador Más Valioso de la Serie de Campeonato de la Liga Americana.

Algunas cosas cambian. En la Serie Mundial, se le enfría el bate a Hamilton y los Rangers caen ante los Gigantes en cinco partidos.

Pero otras cosas no cambian.

No veo la Serie.

Cumplo cuarenta y un años al mes de terminar nuestra temporada y estoy de lleno en mi rutina de postemporada, la cual incluye mucho trabajo de calistenia y muy poco lanzamiento, aparte de unos pocos lanzamientos para mantener el brazo suelto. Otorgo pocas cosas a la edad. Como debidamente y cuido de mi cuerpo, así que no se crean que es un milagro que aún haga lo que hago. Escucho a mi cuerpo y le doy lo que necesita.

Si hay algo que he cambiado, es que trato de tener más economía de movimiento. ¿Quién sabe cuántas pedradas me quedan por tirar? Si puedo retirar a un bateador con uno o dos lanzamientos, ¿por qué tirar tres o cuatro? Hago 928 lanzamientos en el 2010 a lo largo de 60 entradas. Ambas cifras representan los totales más bajos de cualquier temporada en mi carrera, y es así por una sola razón: no hay razón por la cual estresarme sin necesidad.

En el 2010, estaba listo para arrancar luego de siete entradas en el entrenamiento primaveral. Esta temporada, puede que esté listo con menos. Es mi primer partido desde que lancé en el sexto partido contra los Rangers, enfrento tres Mellizos a mediados de marzo y los poncho a todos. Uno de ellos es Jason Kubel, quien conectó aquel jonrón con las bases llenas la última vez que me enfrentó. Esta vez se le quedó mirando a una recta de 92 millas por hora para el ponche cantado. No me tomo mucho en soltarme para un partido, y no me toma mucho prepararme para la temporada. No busco ser un jugador de poco mantenimiento, sino uno de ningún mantenimiento. Mi mecánica es simple, y como es el caso con cualquier máquina, mientras menos piezas se mueven, es menos lo que se daña.

En el partido inaugural del 2011, hago doce lanzamientos a tres Tigres para cerrarle el triunfo a Joba. Es una manera emocionante de arrancar, pero trae sentimientos encontrados porque mi receptor no es Jorge Posada.

No tengo nada en contra de Russell Martin, nuestro nuevo receptor, pero cuando creces junto a alguien, te comes todas esas cenas en el Applebee's de Columbus con alguien y compartes cinco campeonatos de Serie Mundial con alguien, tienen un lazo único. Jorge ha recibido más de mis lanzamientos que cualquiera otro. El que ya no lo esté haciendo le causa tristeza a Jorge, al igual que a mí. Además de ser tremendo jugador y compañero de equipo, es como un hermano para mí, unidos por el lazo de una misión en común: lograr *outs* y ganar partidos.

Yo hago mi trabajo con tranquilidad medida; él hace el suyo con una pasión que se desborda cual lava de un volcán. Nos complementamos perfectamente.

Jorge tiene treinta y nueve años y está en la que será la temporada final de una carrera magistral de diecisiete años. Ahora es el bateador designado a tiempo completo, y se le ha hecho difícil ajustarse a batear y nada más. Su frustración culmina durante un fin de semana en Boston. Joe hace la alineación y pone a Jorge en la novena posición. Jorge, en un arrebato de ira, se remueve del partido, apenas a una hora del primer lanzamiento. Las cosas empeoran cuando Brian Cashman comparece frente a la prensa nacional y da detalles de las razones tras la remoción de Jorge del partido.

Esa noche, Jorge y yo tenemos una conversación extensa. Sus emociones se acaloran, pero Jorge es un hombre que puede sincerarse consigo mismo, y hacer enmiendas de ser necesario.

Le digo: "Sé que sientes que te han faltado el respeto, pero esta conducta no es digna de ti, de alguien que se niega a jugar. Seguro que duele, pero tienes que hacer lo correcto por el bien del equipo porque te necesitamos y necesitamos tu bate".

"Tienes razón", dice Jorge. "Fue la gota que colmó la copa, pero tienes razón".

Jorge le pide disculpas a Joe y a Cashman y regresa a jugar béisbol, y muestra su madera en el día más memorable de la temporada, parado en el plato en la tercera entrada de un partido contra los Rays en Yankee Stadium. Es el 9 de julio, y Derek le acaba de conectar un jonrón a David Price para lo que sería su imparable número 3,000 en las Grandes Ligas, otro logro asombroso en una carrera repleta de ellos. Jorge es el primero en recibir a Derek, envolviéndolo en un abrazo masivo, y yo le sigo. Derek va rumbo a un día de 5 imparables en 5 turnos al bate—un doble, un jonrón y tres sencillos—y ganamos el partido con marcador de 5 carreras a 4. Para ser alguien a quien no le importa los hitos, me regocijo con toda esta experiencia, de ver a alguien con quien Jorge y yo hemos jugado por casi veinte años llegar a un nivel que jugadores como Babe Ruth, Joe DiMaggio y Mickey Mantle jamás alcanzaron.

Pasados dos meses, Jorge está allí de nuevo, dándome el abrazo a mí esta vez, en el día que rebaso a Trevor Hoffman para convertirme en el líder de los salvados de todos los tiempos con el salvado número 602 de mi carrera. Martin está detrás del plato, cuando agarro a Chris Parmalee de los Mellizos mirando a una cortada para el tercer *strike* y el tercer *out*. Jorge salió del *dugout*, celebrando antes de que siquiera comenzase a oírse "New York, New York". Tanto él como Derek me empujan hacia el montículo para recibir el aplauso.

Al poco tiempo, Derek y yo tenemos oportunidad de aplaudir para Jorge, cuando impulsa la carrera del desempate en el triunfo que sella otro campeonato de la División del Este de la Liga Americana. Lamentablemente, nos quedamos cortos. Bateamos y lanzamos más que los Tigres, pero caemos en el quinto y decisivo partido en el Yankee Stadium. Bateamos diez imparables, pero muy pocos de ellos llegan cuando hacen falta, la historia de esa serie.

Pero la otra historia de esa serie es la de nuestro mejor bateador, quien logró promedio de .429 y llega a base en diez de sus dieciocho turnos al bate. Su nombre es Jorge Posada, y estoy orgulloso de que sea mi receptor, mi compañero de equipo y mi amigo.

Lesión de rodilla

El jardín siempre ha sido mi área de recreo favorito. Es un lugar donde puedes correr libre, cazando elevados, tratando de alcanzarlos antes de que toquen el suelo, como quien derrota la ley de gravedad. Es donde aprendí a amar al béisbol. No hay mejor sensación que la de atrapar un elevado a toda carrera.

Siempre me consideré un jardinero central, aunque los Yankees me hayan contratado como lanzador.

Después de ser jardinero, lo mejor es serlo durante la práctica de bateo.

Servir durante la práctica de bateo, así se le dice. Muchos lanzadores sirven; es más un evento social que uno atlético. Comparten y hablan, y si por casualidad aparece un elevado en el área, lo atrapan. Pero no es así para mí. Estoy allí para atrapar cuanto elevado pueda. Estoy allí para correr duro. Las vueltitas por la pista de aviso o las carreras de una línea *foul* hasta la otra no hacen nada por mí. Quiero correr y sudar y ensuciarme. Si se cancela la práctica por lluvia o porque estamos jugando por el día luego de haber jugado la noche anterior, soy el jugador más desanimado en el estadio.

Entrado un mes en la temporada del 2012, nos dirigimos a Kansas City para una serie con los Reales. Llegamos tarde, así que me quedo durmiendo y me paso el día por el hotel, viendo un poco del canal *Animal Planet* antes de salir a almorzar. No he lanzado desde el lunes, cuando le salvé un triunfo a Hiroki Kuroda. No me gusta pasar tanto tiempo sin lanzar; espero entrar en el partido esta noche.

Es una hermosa noche primaveral. No he hecho ningún anuncio oficial, pero estoy casi seguro de que esta será mi última temporada, y eso me provoca a querer saborearlo todo, hasta cada elevado de práctica de bateo.

Estoy parado en el jardín central del Kauffman Stadium, vistiendo una campera azul marino de los Yankees y unas zapatillas grises de correr, mi uniforme para atrapar elevados. Casi siempre hace viento en Kansas City, y hoy no es la excepción. Cerca se encuentran Mike Harkey, nuestro adiestrador del *bullpen*, y David Robinson, mi amigo en el *bullpen*.

Hark es un hombre bueno que ayudó a lanzar mi carrera, algo que le recuerdo con frecuencia. El día que gané mi primer partido de Grandes Ligas en Oakland, el lanzador perdedor fue Mike Harkey, un ex seleccionado en la primera ronda de los Cubs de Chicago. Mis compañeros vapulearon a Hark al son de siete imparables y cuatro carreras. Y yo fui el beneficiario.

"Gracias por tirarles todos esos bombones, Hark", le digo.

"Me alegra poder ayudar", me responde.

Hark cree en mantener las cosas relajadas porque no suele serlo para cuando suena el teléfono del *bullpen* en las postrimerías del partido. En una ocasión me dijo que lo más que extrañaría es el elemento de calma que traigo al *bullpen*. Traigo calma, pero también traigo travesura. Es asombroso ver cómo un grupo de hombres se convierten en adolescentes cuando los metes en un *bullpen*. Cuando llego, normalmente brindo a todos el saludo del puño y entonces comienzo con la goma de mascar. La precisión que tengo con la cortada no es nada en comparación con lo que puedo hacer con la goma de mascar. ¿Una oreja a diez pies de distancia? Atino casi todas las veces. A cualquier oreja. Cuando están apercibidos de mi recta de goma de mascar, entonces cambio de táctica y se la pego a alguien, idealmente a Hark. En su trasero, su espalda, hay muchos buenos lugares en el cuerpo corpulento de Hank. Mi lugar favorito es en el bolsillo de su campera, para que la mano se le ponga bien pegajosa cuando la meta allí.

"Caí de nuevo", me dice.

"Eres fácil", le respondo.

La práctica de bateo está a punto de terminar cuando

Jayson Nix, recién ascendido de Scranton/Wilkes-Barre, entra a la jaula de bateo. Dispara un lineazo que se dirige hacia el muro del jardín izquierdo central y arranco, corriendo a toda máquina, ojos fijos en la pelota. Al acercarme a la pista de aviso, me percato de que el viento de Kansas City ha vuelto a hacer de las suyas, llevando la pelota hacia el jardín central. No importa. Estoy a punto de hacer mi mejor atrapado de la sesión de bateo cuando siento el crujir de la pista bajo mi pie mientras giro, muy ligeramente, para alinear mi guante con la pelota.

Un relámpago de dolor me recorre la rodilla.

La rodilla se siente como si fuese arrancada de lo que la estuviese sosteniendo en su lugar. Es el dolor más fuerte que haya sentido. La pelota rebota hacia la pista. Mi *momentum* lleva contra el muro antes de desmoronarme al suelo.

Trato de gritar, pero no sale ningún sonido. Mis dientes están apretados. Hark y David ven mis dientes y piensan que estoy riéndome, bromeando, fingiendo estar lesionado. No estoy fingiendo. Mi rostro está en el suelo y la rodilla me late. No sé lo que ocurrió, pero sé que no fue algo bueno. Ustedes saben que oro a cada momento. No estoy orando ahora. El dolor es muy fuerte. Sigo frotándome la rodilla, esperando aliviar en algo la agudeza del dolor.

Ahora Hark, David, y Rafael Soriano, quien también está sirviendo durante la práctica de bateo, se dan cuenta que esto es en serio. Hark silba y envía a llamar a Joe Girardi.

Joe sale corriendo, al igual que nuestro entrenador asistente, Mark Littlefield. Se detiene la práctica de bateo. Sigo retorciéndome.

"¿Oíste un chasquido?" pregunta alguien.

Con la cabeza indico que no.

"¿Ningún sonido?"

"No".

"Ese es un buen indicio".

Agradezco el diagnóstico alentador, pero no es muy convincente en este momento. Pasados unos minutos, me puedo sentar. Hark, Joe y Rafael me levantan a la parte de atrás de un carrito de mantenimiento del césped. Lleva herramientas de jardinería y ahora también lleva al líder de salvados de todos los tiempos.

"Espero que esté bien, Mo", dice un fanático en las gradas del jardín central.

Le saludo mientras se aleja el carrito. Otros fanáticos gritan cosas alentadoras, así como mi nombre. Les saludo nuevamente. Todo el suceso tiene aspecto irreal.

¿Qué rayos hago yo en la parte de atrás de este carrito? ¿Cómo puede algo que he hecho miles de veces en mi vida resultar así?

Mientras el carrito sigue por el túnel, pienso: *A lo mejor es una torcedura, algo de lo cual me puedo recuperar en una semana o dos.* Entro en un vehículo con Mark Littlefield, de camino al Hospital Kansas University MedWest. Varios escenarios me recorren la mente. Estoy tranquilo porque esa es mi posición natural, pero también soy realista. Tengo cuarenta y dos años de edad. Si la noticia no es buena, ¿cuál será el paso a seguir?

¿Podría terminar mi carrera postrado en la pista de aviso del Kauffman Stadium? Uno de los cronistas deportivos le pregunta a Joe acerca de lo que significaría si resulta que requiero cirugía de rodilla.

"Si ese es el informe, sería el peor escenario", dice Joe.

Llegamos a un edificio cuadrado de ladrillo donde me harán una resonancia magnética a mi rodilla, un procedimiento de media hora que se siente como un martilleo. En mi mente sigue ardiendo la batalla entre el optimismo y el realismo. Cuando termina la resonancia, le pregunto al médico que como se ve.

Se ve incómodo. "Aún no he visto los resultados, Te los vamos a hacer llegar lo antes posible", me dice.

Algo me dice que no quiere ser el que me dé malas noticias. Salgo del carro sin ayuda, y coloco bastante peso en mi rodilla.

Pienso: *Es difícil creer que puede ser tan malo si me puedo poner de pie y caminar así.*

Estamos en la quinta entrada cuando regreso a la *clubhouse*. No saldré al *bullpen*. Tendrá que ser otro el que le haga maldades a Mike Harkey.

Me reúno con el Dr. Vincent Key, el médico de los Reales. Es un tipo joven con barbilla, y cabeza rapada como la mía.

"Lamento ser el que te tenga que decir esto, Mariano, pero la resonancia muestra que tienes un desgarre del ligamento cruzado anterior y desgarre del ligamento colateral mediano de tu rodilla", dice el Dr. Key. "Esto requerirá cirugía. Podría tener resultados excelentes, pero seguramente te perderás el resto de la temporada".

Dejo que sus palabras calen por un momento:

Desgarre del ligamento anterior cruzado.

Desgarre del ligamento colateral mediano.

Cirugía.

Fuera por el resto de la temporada.

Es difícil de asimilar. Hace tres horas, estaba corriendo por el jardín, haciendo lo más que amo, quizás durante la última temporada que jamás jugaré, saboreando cada instante. Ahora enfrento una cirugía reconstructiva mayor de la rodilla y un plazo extenso de rehabilitación.

Agradezco a Dr. Key y espero en la *clubhouse* mientras termina el partido. Perdemos 4 carreras a 3. Me paro frente a todo el equipo. Estoy perdiendo la batalla contra las lágrimas. Les comparto mi diagnóstico: rodilla lesionada. Cirugía mayor. Adiós al 2012.

Derek me abraza. Al igual que Andy. Muchos otros de los muchachos lo hacen también. Por esto es que amo ser parte de un equipo. Compartes tus triunfos y tus dificultades. Están en esto juntos.

Al reunirme con los cronistas deportivos, una de las primeras preguntas que me hacen es si estaré definitivamente de regreso. Les había estado dejando indirectas respecto al retiro desde el entrenamiento primaveral; así que quieren saber:

¿Es así como se acaba esto?

Al instante, siento el surgir de todo tipo de emoción en mi interior. No sé qué decir ni pensar, y eso es básicamente lo que les digo: "No sé".

No le doy mucho pensamiento a las cosas. No puedo rehacer la lesión de mi rodilla, al igual que no puedo rehacer la novena entrada del séptimo partido de la Serie Mundial del 2001. Al día siguiente, mi rodilla se siente tan tiesa como un bloque de cemento. Me olvido de andar sin ayuda. Llamo a Mark Littlefield y le pido muletas. El tener que pedirlas no es una derrota. Es el primer paso hacia la recuperación. Estoy en mi camerino en la *clubhouse* de los visitantes, rodeado de cronistas, aún no han pasado veinticuatro horas desde que me retorcí de dolor en la pista de aviso. No estaré sirviendo o salvando partidos por el momento, pero tampoco iré hacia ninguna parte.

"Regresaré. Escríbanlo en letras grandes. No me puedo ir de esta manera", les digo a los cronistas. "Los milagros ocurren; soy un hombre positivo".

La cirugía me va bien. Me paso el resto del verano en rehabilitación, y me lo tomo tan en serio como una aparición en la Serie Mundial. Durante cuatro o cinco veces a la semana y por espacio de tres horas al día, hago una gama de ejercicios tortuosos para fortalecerme e incrementar mi flexibilidad, empujando, tirando, y castigándome a mí mismo. Hay muchos días en que el dolor es igual o peor que el de la lesión original.

Pero esto es lo que tengo que hacer si quiero estar de regreso.

Si hay una bendición inesperada en todo esto, es que descubro la alegría de pasar un verano con mi familia. No he tenido un descanso extendido durante el verano desde que tengo veinte años de edad.

Tenemos una parrillada en familia el 4 de julio, mientras los Yankees ganan en Tampa.

Pienso: *Podría acostumbrarme a esto.*

Voy a los partidos de mis hijos y estoy mucho más acoplado a los ritmos diarios de nuestra familia. Por supuesto que no estoy listo para el retiro; con el favor de Dios, tengo una temporada de regreso, la del 2013, por delante. Pero estos sentimientos me dejan saber que cuando llegue la hora del retiro, estaré en paz con ello.

Después de dos meses de rehabilitación, me siento tan bien que estoy convencido de que puedo lanzar en esta temporada. Me reúno con el Dr. Altchek para darle las buenas nuevas.

"Doctor, la rodilla se siente de maravilla", le digo. "Realmente creo que puedo".

Y ahí me corta. El Dr. Altchek conoce a los atletas y sabe hacia dónde se dirige esta conversación; que estoy a punto de tratar de persuadirlo a que me permita regresar al montículo en esta temporada. Me dice que el tratar de apresurar un regreso sería necio y arriesgado. Soy como un corredor que va hacia el plato a toda máquina, y él es como un hermano Molina, bloqueando el plato.

Y no voy a anotarle.

"Tu brazo se podrá sentir bien, pero ¿acaso el ser lanzador de Grandes Ligas no conlleva más que eso?" me pregunta. "¿Puedes *fildear* toques? ¿Puedes bajarte del montículo, correr, plantarte, girar, y sacar al corredor? ¿Cuándo bateen una roleta a primera, podrías llegar a primera antes que el corredor para cubrir la base?"

Hubiera querido hacer argumentos contrarios, pero tiene la razón.

"Yo sé lo mucho que quieres regresar al equipo para la postemporada, pero aun no estás listo para tomar un montículo de grandes ligas", me dice el Dr. Altchek. "Deberás estar en gran condición para el entrenamiento primaveral".

Resulta ser que no me necesitan en la postemporada. Tenemos otro octubre decepcionante tras derrotar a los Orioles en la Serie Divisional y ser barrido por los Tigres en la Serie de Campeonato de la Liga Americana. Somos vencidos debido a un montón de bates fríos.

Lo único que puedo pensar es: *Apresúrate a llegar, primavera.*

NOTAS DE MO

La razón por la cual oro

Podría no haber estado orando cuando me retorcía de dolor en la pista de aviso del Kauffman Stadium, pero elevé muchas oraciones después porque la oración es parte integral de mi vida diaria, tan esencial como comer o dormir.

Pero no suelo orar por desenlaces específicos. No es como si le dijese al Señor, "permítenos ganar este partido de la Serie Mundial", o "Por favor, haz que esta resonancia no muestre daños". Cuando mi agente negocia un contrato para mí, nunca me postro para pedirle a Dios que me haga rico. La oración no es como una máquina de dulces, en la cual colocas monedas (o palabras) para entonces apretar un botón y sacar el producto que quieras.

Para mí, las oraciones más significativas son cuando le pido sabiduría a Dios. El Señor puede no estar del lado de los Yankees, pero sí está de mi lado. Siempre está ahí, ordenando mis pasos si tan solo se lo permito. Así que oro, la mayoría de las veces, para escucharle a É, y confiar en Él. Si lo hago, sé que no hay nada qué temer, y que no hay ningún resultado que no sea parte del plan. Esa creencia es la que me permite vivir y lanzar en el momento.

Sale Sandman

Estoy en un terreno en nuestro complejo de entrenamiento primaveral en Tampa, habiendo pasado una hora trabajando en defensa contra toques y en movidas para fusilar a corredores que se duermen en primera base. Mike Harkey, nuestro adiestrador del *bullpen*, está cerca.

"Hasta aquí llegué, Hark, se acabó. No voy a pasar otro año en estas".

"Siempre dices eso", dice Hark.

"No, esta vez lo digo en serio", digo.

"Eres como el niño del cuento, que decía ver venir al lobo", dice Hark. Estarás de vuelta aquí el año que viene y a lo mejor el que le sigue, y estaremos teniendo la misma conversación. Jamás te retirarás".

Hark y yo tenemos esta conversación con frecuencia porque el entrenamiento primaveral es mi parte menos favorita de la temporada. Hay quienes dicen que el entrenamiento primaveral es un nuevo comienzo que viene repleto de esperanza. En realidad no entiendo eso. Creo que soy hogareño de corazón. Nunca ha sido fácil dejar a Clara y a los muchachos. Veo a mis hijos divertirse en la sala antes de irme una temporada, y comienzo a llorar.

"Siento que he fallado a mis hijos porque los dejo por tanto tiempo", le digo a Clara.

El irme de casa no era fácil cuando tenía veintitrés años, mucho menos ahora que tengo cuarenta y tres. Encuentro comodidad en la rutina y es desestabilizante cuando me cambia la rutina.

No es que no me quiera preparar ni hacer el trabajo. Entiendo que hay moho qué sacudir y fundamentos a practicarse, pero ¿cuántas veces puedes practicar el tiro a primera? Para mí, el entrenamiento primaveral es más aburrido que esperar a que un pez pique. Dame un puñado de entradas y estoy listo. Hay tantos ejercicios monótonos sin la ventaja de la emoción de la competencia.

Estoy en mi vigésimo cuarto y último entrenamiento primaveral, pero mi actitud es totalmente distinta. No es porque sé que esta primavera será la última, sino porque estoy completamente saludable. Mi rodilla se siente fuerte a los nueve meses de mi lesión en Kansas City. Todo mi cuerpo se siente fuerte.

Estoy tan agradecido por la oportunidad de jugar nuevamente; de correr por los jardines y tomar roletas y practicar con los muchachos.

Lanzo par de sesiones de *bullpen* y hago mi debut

primaveral el día 9 de marzo, algunas horas después de anunciar mi retiro en una conferencia de prensa. Nuestros oponentes son los Bravos de Atlanta. Retiro a Dan Uggla mediante elevadito a primera para el primer *out*, entonces poncho a Juan Francisco y a Chris Johnson para terminar una entrada rápida. Estoy rebosando de optimismo.

El sentimiento optimista se extiende a la temporada regular. A mediados de mayo, he logrado trece salvados en trece oportunidades. Cuando regreso a Kansas City, es para pararme en el montículo y no para caer tendido en la pista de aviso. Esta vez no soy un paciente. Soy un cerrador. Esto me gusta mucho más.

Es un día de profunda emoción para mí, en muchos sentidos. Me reúno con personas de la comunidad de Kansas City. A lo largo de toda la temporada, en cada ciudad, hago un esfuerzo por interactuar con la fanaticada y con los trabajadores de los estadios que hacen que nuestros partidos sean posibles, personas con quienes por lo regular podría no conectarme. En Cleveland, hasta logro una audiencia con el percusionista legendario John Adams, quien desde las gradas ha incitado a los Indios a que anoten casi desde que nací. No estoy tratando de ser noble ni heroico; sencillamente estoy tomando una oportunidad para agradecerles a las personas sus aportaciones. Cuando se trata de reunirme con personas que enfrentan adversidad o tragedia, ofrecerles lo que pueda para ayudar a mejorar una temporada difícil.

Los recuerdos de estos encuentros permanecerán conmigo para siempre, especialmente las personas que conocí en Kansas City: la familia Bressette, quienes perdieron a Luke, su hijo de diez años, en un accidente extraño; a Jonas Borchert, un lanzador de quince años que está luchando contra el cáncer con todo lo que tiene; Ricky Hernández, un joven en una silla de ruedas que construyó un parque de recreo en su patio para niños con incapacidades físicas.

Todos quieren hacer énfasis en lo bueno que es que yo saque una hora de mi vida, pero debería ser yo quien les dé las gracias. Mi vida ha sido enriquecida en gran manera por haber conocido a estas personas y forjar un lazo con ellos. Cuando abrazo al padre de Luke, Ryan Bressette, solo puedo expresar mi tristeza y decirle que oraré por su familia.

"Nos estás dando un regalo especial en un momento de muchas lágrimas", dice Ryan.

"Me estás dando un regalo a mí, al compartir tu tiempo y tu familia conmigo". Le digo entre mis propias lagrimas.

Todos nos reímos cuando otro hijo de Bressette, Joe, de 13 años, nos deja saber que Luke amaba el béisbol, pero odiaba a los Yankees.

Mi regreso a la escena del accidente no fue traumático, sino gozoso. Sirvo en la práctica de bateo antes del partido (aunque confieso que corro no tan duro como antes), y me río cuando veo el rótulo "Zona No Mo" que mis compañeros han colgado sobre el muro del jardín, en el lugar donde caí. Estoy muy deseoso de salir y lanzar. El teléfono del *bullpen* suena en la octava entrada. Hark contesta.

"Mo, tienes la novena", dice Hark.

Entro a salvar un triunfo para Andy, quien perdió el duelo de lanzadores contra James Shields. Logro dos *outs* mediante roletas al campo corto. Salvador Ortiz, el receptor de los Reales, pega un doble al jardín derecho y ahora el bateador es Mike Moutsakas, el tercera base. Pega cuatro lanzamientos de foul. Con el conteo lleno, lanza una cortada alta y afuera, y la dispara a la profundidad del jardín izquierdo central, directo hacia el lugar donde me lesioné. Giro y veo a nuestro jardinero izquierdo Vernon Wells correr y hacer la atrapada. Es nuestro cuarto triunfo al hilo, y al día siguiente lo convertimos en cinco cuando salvo un triunfo para Kuroda, retirando de nuevo a Moutsakas, esta vez con un elevadito al jardín derecho.

Salvo veintinueve partidos en mis primeras treinta oportunidades, y me siento tan bien como siempre. Tenemos altibajos como equipo, y la oleada de lesiones, sufridas no tan solo por Derek, quien se reventó el tobillo en la postemporada pasada y aún no se ha recuperado plenamente, sino por Mark Teixeira, Curtis Granderson, Francisco Cervelli y Alex Rodríguez (quien aún se recupera de cirugía de la cadera); es como nada que jamás haya visto.

Viajamos hacia el Oeste, y durante nuestra visita a Oakland tengo ocasión de visitar a un viejo amigo, mi instructor favorito de idiomas, Tim Cooper.

Han pasado veinte años desde que fuimos compañeros de equipo, pero Coop es alguien a quien jamás olvidaré. Estuvo allí cuando lo necesité, enseñándome el inglés y ayudándome a escapar de la soledad, Le dejo taquillas y le recibo a él y a su familia en el *dugout* antes del partido. Da gran gusto verle.

"Te ves bien", le digo.

"Te cortaría el pelo, pero no tienes", me responde.

Estamos a seis partidos del puntero y me dirijo hacia mi último Juego de las Estrellas, uno al que puedo conducir, ya que se llevará a cabo en el Citi Field, el nuevo hogar de los Mets de Nueva York.

Jim Leyland, el dirigente de la Liga Americana, envía por mí en la parte baja de la octava entrada. Mientras corro hacia el montículo, se comienza a escuchar "Enter Sandman" y los fanáticos aplauden de pie. No es sino hasta que estoy casi en el montículo que me doy cuenta de algo.

Estoy completamente solo en el terreno.

Completamente solo.

Mis compañeros de la Liga Americana se quedan en el *dugout* para homenajearme. Los jugadores de la Liga Nacional hacen lo propio desde su lado del terreno. Estoy tan honrado por la muestra de cariño que apenas soy consciente de lo que estoy haciendo. Inclino mi cabeza y soplo un beso. Ondeo mi gorra y me toco el corazón, y lo único que pienso es:

¿Cuán bendecido puede ser un hombre?

Quisiera recorrer todo el Citi Field para darle las gracias a cada persona que está allí.

Antes del partido, le dije a un camerino lleno de Todos Estrellas de lo orgullosos que deberían estar de sus logros, y del honor y privilegio que era el estar entre ellos. Torii Hunter se puso de pie e imploró a las Estrellas de la Liga Americana que ganasen el juego por mí, y recibió un gran aplauso al hacer una imitación de rapero.

Y ahora heme aquí, a las tres horas, tratando de ayudar a ganar el partido para ellos, para nosotros. Hago mis lanzamientos de calentamiento a Salvador Pérez con una ventaja de tres carreras que precisamos proteger. Retiro a Juan Segura, a Allen Craig, y a Carlos Gómez en orden. Tras retirar a Gómez con roleta al campo corto, camino lentamente al *dugout* de la línea de la tercera base. Los fanáticos están nuevamente de pie. Esta temporada ha sido llena de últimas veces...una última visita a este parque, a este estadio y a todos estos lugares. Esto se está acabando ahora. Este es mi último equipo Todos Estrellas. Es la mejor manera imaginable para despedirse.

Tras el receso, nos dirigimos a Chicago para una serie de tres partidos contra los Medias Blancas, quienes están en picada. No estamos comiéndonos a nadie crudo tampoco, ya que estamos estancados en el cuarto lugar de la División del Este de la Liga Americana. Pero la noticia de la noche no es nuestro juego inconsistente o la racha de los Medias Blancas de diez derrotas al hilo, sino el regreso de Alex Rodríguez, quien por fin da comienzo a su temporada tras estar fuera debido a la cirugía de su cadera. Sin embargo, la cadera es el menor de los problemas de Alex. Lo acaban de suspender por 211 partidos por presuntamente tomar drogas que mejoran el rendimiento, y entonces, según el Béisbol de Grandes Ligas, trató de bloquear la investigación.

Es la suspensión más severa por drogas jamás emitida y Alex apela la suspensión el mismo día que la recibe, lo cual lo hace elegible para jugar, y convierte la *clubhouse* en todo un manicomio. He visto partidos de la Serie Mundial donde no hay tanto alboroto ni tantos cronistas. No me importa. Estoy contento de tenerle de vuelta. Ya no estará en la etapa óptima de su carrera, pero aún es un buen jugador que podría ayudarnos a salir de la mala racha. Además, es mi amigo y compañero de equipo. Hay cosas que hubiese querido que él hiciese de manera distinta, pero no desprecias a un compañero de equipo por haber cometido un error, o siquiera muchos errores.

Cuando veo a Alex en su camerino, voy y le doy un abrazo.

Lamentablemente, el regreso de Alex a la alineación no hace mucha diferencia. Nos acribillan en el partido inicial cuando Andy tiene una de las peores apariciones de su carrera, y perdemos el segundo partido también. Ahora estamos tan solo a dos partidos por encima de los .500 y hemos perdido dos partidos al hilo ante un equipo que estaba fuera de contención a finales de mayo, lo cual hace que el último partido de esa serie sea aún más importante. Tenemos que enderezarnos, pero ya, porque estamos a diez partidos y medio del puntero.

CC Sabathia nos rinde un gran esfuerzo y tomamos ventaja inicial de 4 a 0, antes de que los Medias blancas cierren la brecha a 4 a 3. Tomo la pelota para la novena entrada. Los fanáticos del U.S. Cellular Field me dan una ovación de pie en mi última visita.

Agradezco el sentimiento y me quito la gorra ante ellos, pero a estas alturas soy bueno para enfocarme en la tarea por delante. Elevo mi oración detrás del montículo. Los primeros dos bateadores que tengo que enfrentar son los más peligrosos de los Medias Blancas, Alexis Ríos y Paul Konerko. Retiro a Ríos en un elevadito. Konerko entra, y eleva un lanzamiento 0-1 al jardín central. Dos *outs* en cinco lanzamientos, todos *strikes*. Me gusta eso.

Pienso: *Uno más y nos fuimos de aquí.*

Gordon Beckham, el segunda base, está en la caja de bateo. Nunca ha conectado un imparable en mi contra. Caigo en el conteo 2 y 1, y dejo el próximo lanzamiento muy por encima del plato. Beckham hace buen contacto y dispara un doble al jardín derecho central. Ahora la carrera del empate está en segunda base.

Tengo treinta y cinco salvados durante la temporada, y solo he dañado dos. Adam Dunn es el bateador emergente. Nos hemos enfrentado cuatro veces, y lo he ponchado cuatro veces. Le lanzo dos cortadas abajo y afuera, y las recibe para *strikes*. Ni siquiera se mueve, Desde el comienzo de mi carrera, John Wetteland, el cerrador de los Yankees antes de mí, siempre enfatizó una cosa sobre todas las otras: nunca dejes que te derroten con tu segundo mejor lanzamiento. Cuando necesitas un *out*, les tiras lo mejor. Nada más.

Necesito un *out*. A Dunn, un toletero grande y zurdo, le voy a lanzar otra cortada. La reacción de Dunn me da a entender que está buscando algo adentro, así pienso que me voy a quedar afuera. Austin Romine, el receptor, se acomoda, pero el lanzamiento toca demasiado del plato. Dunn pega una roleta dura hacia la tercera base. Giro justo a tiempo para ver la pelota írsele a Alex. Beckham anota y se empató el partido.

Estoy molesto conmigo mismo por volver a quedarme afuera con la cortada. Era tan obvio que estaba esperando algo adentro que probablemente no hubiese resistido abanicarle. Pero me quedé afuera, fui impreciso, y ahora el partido está empatado.

Poncho a Carlos Wells para terminar la entrada, pero se dañó el salvado. Doy el viaje que todo cerrador odia: de regreso al *dugout* luego de haber perdido la ventaja, y cuidado si también el partido. Es la caminata más larga del béisbol.

Sin embargo, no puedo enfocarme en el fracaso. Tengo otra entrada por lanzar, y los retiro en orden. Me siento mucho mejor cuando Robby dispara un jonrón en la parte alta de la undécima entrada, pero me siento mucho peor cuando los Medias Blancas anotan dos carreras en la parte baja de la undécima entrada.

Regresamos a casa a enfrentar a los Tigres, y es otro capítulo candente de la telenovela de Alex Rodríguez, el primer partido de Alex tras su regreso y desde la conmoción respecto a su suspensión y apelación. Miles de personas lo abuchean. Miles lo aplauden, también. Me pregunto cómo terminará todo esto, y si podrá mantener su enfoque durante todo este proceso. Llevamos una ventaja de 3 carreras a 1 a la novena entrada, y es mi turno nuevamente.

Con un *out*, Austin Jackson pega un doble al jardín izquierdo central. Retiro a Torii Hunter con roleta al montículo. Ahora llega Miguel Cabrera al plato, el mejor bateador en todo el béisbol, el toletero enorme de Venezuela. Cabrera tiene promedio de .358 con 33 jonrones (tengan presente, estamos a principios de agosto). Lo trato igual que a cualquier otro bateador; eso no cambia debido a quien sea. En ocasiones puedo lanzar de acuerdo a la debilidad particular de un bateador, pero Cabrera no tiene debilidades, así que simplemente le ataco.

El público del Yankee Stadium está de pie. Mi primer lanzamiento es una cortada alta en la zona del *strike*, y Cabrera eleva un *foul* cerca del *dugout* de primera base. Nuestra primera base, Lyle Overbay, va hacia la baranda del área de la cámara de televisión, estirándose para hacer la atrapada, pero la pelota cae a una pulgada de su guante. Cabrera recibe tremenda oportunidad y lo sabe. Logro que pegue otro *foul* para adelantarme en el conteo 0 y 2.

Una vez más, estoy a ley de un *strike*.

Un *strike*.

Termina la tarea. Cierra esto, me digo a mí mismo.

Le lanzo una pelota alta y afuera de la zona, pero no le pica. El próximo lanzamiento está adentro y Cabrera se lo quita de encima, pegando un *foul* que le roza la rodilla. Sale cojeando de la caja de bateo, y el entrenador le echa un vistazo. Después de par de minutos, cojea hacia la caja de bateo y se cuadra. Le hago otro lanzamiento adentro, y esta vez la batea de *foul* contra su pantorrilla. Ahora está cojeando aún más.

Lo único que quiero es terminar este partido. Trato de hacer que le abanique a un lanzamiento que parte de la esquina de afuera. No picó. El modo en que le está tirando a la cortada me indica que podría ser vulnerable a una recta de dos costuras; es un *sinker* duro, y creo que podría retirarlo si lo coloco en el lugar preciso abajo y adentro. Creo que es mi mejor oportunidad porque doy por hecho que está esperando otra cortada. Me inclino hacia adelante y disparo la recta de dos costuras, en violación al Evangelio según Wetteland, porque me creo que puedo engañar a Cabrera al lanzarle algo que no espera. Y lo pudiera haber hecho, excepto que la pelota se me quedó sobre el mismo centro del plato. Ahora le tira y tan pronto hace contacto con la pelota, bajo la cabeza. Sé a dónde va a caer la pelota.

En algún lugar sobre el muro del jardín central.

"Guau", dijo mientras Cabrera recorre las bases, cojeando. El "guau" es tanto por lo que pasó como por el talento de Cabrera con el bate. Manejó bien dos lanzamientos que normalmente hubieran terminado el partido. Extendió su turno al bate.

Y me venció.

Por segunda vez en dos partidos, estoy a un *strike* de sellar la victoria, solo para terminar haciendo la caminata larga al *dugout*, misión no cumplida, y sintiéndome como si me hubiesen pegado un puño en la quijada. He decepcionado a los muchachos.

Alguien va a pagar, me vuelvo a decir, de la misma manera que lo hice hace dieciséis años en Cleveland, cuando Santos Alomar, hijo, me pegó ese jonrón en la Serie Divisional en Cleveland. No les podría decir, específicamente, quién va a pagar, ni cuándo. Esa es la voz que le doy a mi determinación.

Lo que sucedió esta noche me hará más inteligente, más fuerte y mejor. No sacudirá mi fe en mí mismo, sino que aumenta mi determinación a lograr el próximo salvado.

Nos apabullan el sábado, así que si queremos empezar a mejorar, tendremos que vencer a Justin Verlander el domingo. Alex dispara su primer jonrón de la temporada hacia las gradas en la segunda entrada, y tenemos ventaja de 4 a 2 cuando entro al partido en la novena.

El primer bateador que enfrento es… Miguel Cabrera. Le brindo una cortada dura que abanica para el primer *strike*, y luego de una recibir una bola, coloco otra cortada en la esquina de adentro para conteo de 1 y 2. Le lanzo cortada afuera que iguala el conteo a 2 y 2. No haré lo del viernes con la recta de dos costuras.

Voy con Wetteland y con mi mejor lanzamiento. El lanzamiento queda un poco alto y sobre el plato. No quedó donde quise, para nada. Lo supe antes de que Cabrera siquiera le tirase. La vuela sobre el muro del jardín derecho. Ahora el marcador es de 4 a 3, hablando conmigo mismo.

¿Cómo pudo suceder esto de nuevo? Sé que es un gran bateador, pero me sentí en control durante todo el turno al bate.

Y después, pum, me vuelve a enviar un lanzamiento sobre el muro.

Retiro a Prince Fielder con línea a la tercera base, y ahora entra Víctor Martínez. Con conteo de 0 y 1 le envío una cortada con la que vuelvo a ser impreciso, y ahí va otro envío al espacio, a las gradas del jardín derecho, empatando el partido y sellando una historia de la que jamás quise tener parte. Por primera vez en mi carrera de grandes ligas, he volado tres salvados al hilo.

Me paro en el montículo y trato de procesar esto. No es fácil. Por tercera vez en cinco días, he fallado en el cumplimiento de mi deber. Gardner vuelve a ser el héroe, al pegar jonrón de dos carreras contra José Veras que los deja en el terreno en la baja de la novena. Tomamos dos partidos de tres, a pesar de mí. A mi carrera de Grandes Ligas le quedan siete semanas. No estoy atravesando una crisis de confianza, pero tenía la intención de hacer que alguien pagase hoy, y nadie pagó. En realidad eso me molesta.

El ser confiable significa todo para mí.

Y no lo he sido esta semana.

A la semana, estamos en el Fenway contra los Medias Rojas, y el abridor Ryan Dempster decide propinarle a Alex un pelotazo en la espalda. Por fin logra pegarle tras un par de intentos fallidos. No puedo creer que Ryan haya hecho esto tan desfachatadamente, ni puedo creer la alegría con la que los fanáticos aplauden. El veneno que sale desde las gradas, lo que la gente le grita a Alex, es muy feo. Se vacían los bancos. Alex cobra su venganza con un jonrón contra Dempster en la sexta entrada, y termino con mi trigésimo sexto salvado.

Pero con cinco semanas por jugar, estamos a cinco partidos del comodín. Necesitamos entrar en una buena racha con urgencia. Pero atravesamos un mes de septiembre de altos y bajos, y queda bien claro: mis días finales como un Yankee no incluirán una lucha por el campeonato.

Aun así, es un mes muy memorable.

Tenemos el Día de Mariano Rivera, en el cual retiran mi número, el 22 de septiembre. Es un día maravilloso que recordaré para siempre. Lanzo una entrada y un tercio en blanco ese día. El final perfecto hubiese sido un triunfo, pero caemos 2 a 1.

Y ahora, a los cuatro días, el 26 de septiembre del 2013, tengo mi aparición número 1,115, la cual será la última de mi carrera. Llega contra los Rays de Tampa Bay. Se abre la puerta en la parte alta de la octava y vengo corriendo desde el *bullpen*.

El público está de pie, cantando mi nombre.

Ma-ria-no.

Ma-ria-no.

Entro con dos en base y un *out*, haciendo el mejor esfuerzo de no pensar en el peso de este momento. No es fácil. Retiro a dos bateadores con seis lanzamientos, y entonces camino desde el *dugout* a la sala del entrenador en la *clubhouse*. Siento el antebrazo apretado. Le pido a Mark Littlefield que le ponga una pomada caliente. Está trabajando con mi brazo cuando entra Andy Pettitte.

Le pregunto: "¿Qué haces aquí?".

"Jeet (Derek Jeter) y yo queremos venir a sacarte antes de que termines la novena. ¿Qué te parece?". Lo que él quiere decir es que quieren sacarme antes de que termine el partido para que el público me dé una ovación, y traer a otro relevista para que yo pueda tener una gran despedida.

"No hagan eso", les digo. "Por favor, no lo hagan. Ustedes me conocen, quiero terminar el partido. Ese es mi trabajo".

"Está bien", dice Andy, y por ahí se va. Con el antebrazo suelto, regreso al *dugout* y me siento en el banco. Sencillamente me siento y me quedo mirando al terreno y el montículo, antes de salir por última vez.

Mi última novena entrada en el Bronx.

No tengo idea de cómo voy a pasar esto. He reprimido un torrente de emociones hasta ahora, pero la represa se está debilitando.

Hago mis lanzamientos de calentamiento. El público vuelve a ponerse de pie y aplaude. El primer bateador, José Lobatón, me batea una cortada de roleta que pica alto frente a mí. Brinco para agarrarla y hacer la jugada.

Un *out*.

El próximo bateador es el campo corto Yunel Escobar. Toma una cortada afuera para una bola. Vuelvo con otra cortada que queda un poco alta, sobre el plato, no es la mejor localización, pero Escobar conecta un elevadito a Robby Canó.

Dos *outs*.

El próximo bateador es Ben Zobrist, uno de mis compañeros del Juego de las Estrellas en Citi Field. Respiro profundo, esperando poder terminar esto antes de que se me quiebre la represa, esperando poder hacer mi trabajo una vez más.

Mi última novena entrada como el cerrador de los Yankees.

Necesito un *out*.

Y no lo voy a conseguir.

Andy y Derek salieron del *dugout*, y vienen al montículo.

Pienso: *Creí que les dije que no hicieran esto.*

Ambos llevan una sonrisa traviesa. No me queda remedio que devolverles la sonrisa.

Andy indica al árbitro del plato que quiere que envíen al derecho desde el *bullpen*. Él y Derek, compañeros amados, que son como hermanos para mí, caminan hasta alcanzarme. Andy extiende su mano izquierda y coloco la pelota en ella.

Ya no me hará más falta.

Mi última novena entrada en el Bronx es historia. He hecho mi último lanzamiento como un Yankee de Nueva York.

Ahora se abre la represa. Me quito el sombrero ante la mejor fanaticada en todo el béisbol y me seco las lágrimas en la manga, pero la finalidad de todo esto me impacta con la fuerza de un tsunami. Andy me abraza y permite que colapse sobre él. Lloro como un niño en sus brazos. Sostiene la parte de atrás de mi cabeza y me permito sollozar, al hijo de un pescador que jamás soñó que podría vivir una vida como esta, llanto de alegría por lo que se me ha dado, y llanto de tristeza por el hecho de que esta parte de mi jornada ha llegado a su fin. Soy un hombre muy, muy dichoso.

El abrazo dura por mucho tiempo, y entonces abrazo a Derek, también, quien me reconforta. "Está bien", me dice. "Está bien".

El derecho Matt Daley llega desde el *bullpen*. Ah, sí, aún queda un partido por terminar.

Ningún cerrador se acostumbra a entregarle la pelota a otro.

¿Será demasiado tarde para enviarlo de vuelta? No quiero que esto termine.

Por fin, estoy listo. Me voy del montículo y me quito el sombrero ante la fanaticada, mis compañeros de equipo, y los Rays.

Cuando termina el partido, me siento solo en el *dugout*, tranquilo, recordando este lugar y el poder de este momento. Se va el gentío. Todos me dan mi espacio.

Decido que necesito regresar una vez más al montículo, a lo que fue mi oficina por los pasados diecinueve años.

Piso la goma par de veces y entonces me inclino y recojo un puñado de tierra en mi mano derecha. Me hace sentido. Comencé a jugar en tierra, así que por qué no terminar jugando en tierra.

El recuerdo perfecto para un hombre sencillo.

Glosario

Agente libre: Un jugador profesional sin contrato, o uno cuyo contrato expira al final de la temporada, permitiéndole negociar directamente con cualquier equipo, incluyendo con el mismo para el cual juega al momento de expirar el contrato.

Bateador designado: En la Liga Americana, es un espacio en la alineación que es reservado para que un jugador batee en lugar de otro jugador defensivo (usualmente el lanzador) y cuyo solo papel en el juego es batear imparables. La Liga Nacional usualmente no usa bateadores designados.

Bateador emergente: Un bateador sustituto, quien a menudo reemplaza a otro (usualmente al lanzador) en la alineación inicial durante una situación crítica.

Bateo al aire/*Whiff*: Es un *swing* a un lanzamiento donde el bateador falla darle a la pelota completamente.

Batería: Este término se refiere a la combinación del lanzador y receptor de un mismo equipo.

Béisbol de Grandes Ligas (MLB por sus siglas en inglés): Béisbol profesional en Estados Unidos y

Canadá que es gobernado por las Grandes Ligas, la cual supervisa la reglamentación del juego en las dos ligas. La **Liga Americana** (AL), formada en 1901, está compuesta por 15 equipos en tres divisiones geográficas: la del Este, Central y Oeste. La **Liga Nacional** (NL), fundada en 1876, está organizada de forma similar por 15 equipos en las mismas divisiones geográficas.

Béisbol de Ligas Menores: Es también conocido como el "sistema semillero" o las "Menores", que son los campos de entrenamiento para jugadores que esperan algún día jugar en las Mayores. Las Ligas están organizadas por la experiencia y habilidad del jugador:

Pelota Aficionada es el primer nivel de béisbol, para nuevos jugadores. La temporada es de sólo 60 partidos.

Pelota A es el segundo nivel más bajo, pero tiene subcategorías de la A-Alta, para jugadores más avanzados, A-Baja y A-Temporada corta.

Pelota Doble A es el segundo nivel más alto, y los equipos en estas ligas juegan en ciudades en vez de pueblos, por lo que hay una fanaticada que los apoya durante temporadas largas y estadios más grandes.

Pelota Triple A es el nivel más alto de las Ligas Menores. Los equipos a este nivel juegan en ciudades más grandes de Estados Unidos que no tienen equipos de Ligas Mayores, tales como Columbus, Ohio; Las Vegas, Nevada; y Norfolk, Virginia.

Blanqueada: Un partido en el cual un equipo evita que su oponente anote carreras.

***Bloop/Blooper*:** También conocido como un "*hit* tejano". Es un imparable débil que cae justo por encima de los jugadores del cuadro interior pero no lo suficientemente lejos como para que los jardineros puedan atraparla para el *out*.

Carrera impulsada (**RBI** por las siglas en inglés): Una carrera impulsada es el crédito oficial dado a un bateador por mover una carrera. En ocasiones no hay que moverla, el bateador se gana la carrera impulsada cuando las bases están llenas y le dan base por bola, o porque le dieron con un lanzamiento o le otorgaron la primera base por una interferencia. Un elevado de sacrificio o una jugada de selección que permita que se anote una carrera también se le contará al bateador como una carrera impulsada.

Comodín/*Wild-Card*: En el Béisbol de Grandes Ligas, es una posición que se le da al equipo que accede a las series de postemporada como segundo mejor club por su registro de victorias y derrotas en cada liga.

Cuenta completa: La cuenta de tres bolas y dos *strikes* en un bateador. Un tercer *strike* resultará en un *out*; una cuarta bola le otorgará al bateador una base por bola.

Doble juego: Dos partidos que se juegan el mismo día entre los mismos dos equipos.

Doble matanza 6-4-3: Para propósito de anotaciones, cada posición en el campo de béisbol es representada por un número. El lanzador es el número 1, el receptor es 2, el de primera base es 3, y así sucesivamente. Así que si el anotador registra una doble matanza "6-4-3" significa que el campo corto (6) atrapó una pelota bateada, se la pasó al jugador de segunda base (4), quien pisó la base (para forzar la jugada) o sacó al corredor adelantado antes de tirar al jugador de primera base para el segundo *out*. Una doble matanza 6-4-3 ó 4-6-3 son las "asesinas gemelas" más comunes en el béisbol.

Elevado de sacrificio: Cuando un bateador le pega a una bola que se eleva hasta el jardín exterior y la agarran de *out*, pero se va lo suficientemente lejos como para permitirle al corredor en base adelantar hasta la próxima base, y al bateador se le acredita como un elevado de sacrificio. Si el corredor anota la carrera, al bateador se le acredita con una carrera impulsada y no se le carga como un turno al bate. También se refiere como un "sac fly", abreviado en inglés "SF".

El Salón de la Fama y Museo Nacional del Béisbol: El museo oficial del béisbol, el cual se inauguró en Cooperstown, New York, en 1939.

Juego de Estrellas/Equipo de Estrellas: A mitad de la temporada del juego 162, las Grandes Ligas suspenden los partidos regulares por el Juego de Estrellas. Los jugadores son nombrados al Equipo de Estrellas por la cantidad de más votos que reciben de los fanáticos, excepto los lanzadores, quienes son nombrados por sus dirigentes. (Los dirigentes de los Equipos de Estrellas son aquellos que sus equipos ganaron los campeonatos de la Liga Americana y la Liga Nacional el año anterior). El Equipo de Estrellas de la Liga Americana juega contra el Equipo de Estrellas de la Liga Nacional en un juego de nueve entradas. Desde los inicios del 2003, el resultado del juego determinaba cuál liga tendría la ventaja de su parque de béisbol para la Serie Mundial. El partido siempre se hace para mediados de julio.

Juego perfecto: Un juego no-hitter bien raro donde ningún bateador logra llegar a primera base por la vía de un imparable, ni por base por bola, ni un error ni cualquier otro medio, y también se refiere al "27 arriba, 27 abajo" en la jerga del béisbol.

Jugada de selección: La acción de un jugador defensivo, quien recoge una bola bateada y decide sacar de out al jugador que trata de adelantar a la base, en vez de sacar el out del bateador que corre a primera base. El bateador no recibe crédito por el imparable.

Lista de incapacitados: Una lista en la que se colocan a jugadores que han sufrido lesiones por un tiempo determinado. Mover un jugador a la lista de incapacitados permite al equipo traer a otro jugador, usualmente de las Ligas Menores, mientras el jugador incapacitado se recupera.

No-Hitter: Un juego en el que un equipo no logra hacer hits. Cuando un lanzador está haciendo su juego sin imparables, es tradición para sus compañeros de equipo no decir nada acerca del no-hitter al lanzador o a cualquiera. Algunos comentaristas en vivo también evitarán mencionar específicamente el no-hitter hasta que el bateador opuesto logre conectar un hit o el partido sin hits finalice.

Ponche: Llamado así porque muchos árbitros hacen una señal con el puño hacia arriba en el tercer lanzamiento en zona de strike, sobre todo si el bateador se queda observando en vez de hacerle swing al lanzamiento.

Promedio de Carreras Limpias (ERA por sus siglas en inglés): La estadística que mide la efectividad del lanzador al calcular el promedio de carreras que un lanzador permite por nueve entradas. Las carreras que se anotan debido a errores en el campo o pase por bolas, llamadas "carreras no ganadas", no se utilizan en el cálculo del ERA.

Salvado: Lo que un lanzador relevista hace cuando convierte una oportunidad de salvar un partido y lo gana para su equipo.

Agradecimientos

El despedirse de un deporte que has jugado durante toda una vida, como hice yo en el 2013, trae consigo mucha reflexión. Cuando escribes tu biografía en el mismo año, eso hace que la reflexión y el autoexamen sean mucho más profundos.

De muchas maneras, el escribir *El cerrador* fue semejante a lograr un salvado. Yo podría ser el que logre la estadística (o mi nombre en la portada), pero hay todo un equipo de personas que hicieron grandes aportaciones para permitir que esto ocurriera. Podría llenar otro capítulo con los nombres de todas las personas hacia quienes siento un profundo agradecimiento, y espero y oro que se tenga presente que cualquier omisión se debe a limitaciones de espacio y a mi memoria imperfecta, y no al sentir de mi corazón.

Fernando Cuza ha sido mi agente de béisbol, amigo y mano derecha por muchos años, y tanto él como Aaron Spiewak, primer vicepresidente de *Relativity Sports*, fueron los guías y mayordomos del libro desde el principio. Aaron, en particular, encontró un hogar para el libro en Little, Brown, una casa publicadora de primera con gente de primera, quienes han estado conmigo desde el principio de este proyecto, comenzando con el publicador Reagan Arthur. La Editora de Producción, Karen

Landry, hizo un trabajo excelente junto a su equipo de trabajo, en convertir un manuscrito en un libro terminado. De la misma manera, las publicistas Elizabeth Garriga y Nicole Dewey hicieron un trabajo excelente en correr la voz, con creatividad y persistencia, respecto a *El cerrador*. Mi editor, John Parsley, además de ser diestro en su trabajo, fue un aliado indispensable de principio a fin. Gracias, también, a su capaz asistente, Malin von Euler-Hogan.

Jason Zillo, Director de Relaciones Mediáticas de los Yankees, estuvo conmigo a través de los años, y ha sido una fuente constante de consejería y apoyo, aún más que en mi gira de despedida del 2013.

Tanto mi primer receptor y amigo de veinticinco años, Claudino Hernández, como mi compañero de Panamá Oeste Emilio Gaes, vieron mis posibilidades antes de que yo las viese; ¿cómo se le agradece eso a alguien? Claudino también fungió como chofer y guía en Puerto Caimito para mi coautor, Wayne Coffey, cuando fue a Panamá a llevar a cabo su investigación. Wayne y yo dimos comienzo a este libro con una oración, pidiéndole al Señor su iluminación y fortaleza para que mi historia le honrase, así como cuenta la historia de un hombre humilde tan imperfecto como cualquier otro. Creo que nuestra oración fue contestada. Durante nuestras largas horas juntos forjando el manuscrito, Wayne me ayudó a sacar recuerdos y a encontrar una manera sincera y auténtica de intercalar todos los elementos de mi jornada. De paso descubrí que escribir un libro es trabajo duro, pero trae recompensa.

Agradezco también a la esposa de Wayne, Denise Willi, y a sus hijos Alexandra, Sean, y Samantha por su paciencia, ya que no vieron ni oyeron mucho de mi coautor mientras se acercaba la meta. Frank Coffey y Sean Coffey estuvieron entre aquellos primeros lectores cuyas perspectivas fueron invaluables. Tanto la agente literaria de Wayne, Esther Newberg de ICM, junto a su asociado, Colin Graham, establecieron nuestra colaboración con *Relativity*, lo cual nos allanó el camino a Wayne y a mí. Los estimados cronistas deportivos con quienes Wayne labora en el *New York Daily News*—Teri Thompson, Bill Price, Eric Barrow, Mike Matvey, e Ian Powers—también fueron acérrimos con su apoyo, y les agradezco eso.

Mis padres y hermanos y primos, muchos de ellos quienes aún están en Puerto Caimito, fueron el fundamento de mi vida antes de que nadie supiera quién yo era, y de tantas maneras me ayudaron a convertirme en el hombre que soy hoy día. No puedo decir que los fanáticos y jugadores y empleados de los otros equipos de las Grandes Ligas hayan tenido alguna parte en forjarme, pero hicieron tanto para hacer que este viaje fuese especial. A todas las personas que conocí y a los equipos que me honraron en el 2013—a los fanáticos de Detroit, Cleveland, Tampa Bay, Colorado, Kansas City, Baltimore, los Mets, Seattle, Oakland, los Angelinos,

Minnesota, Texas, los Dodgers, San Diego, los Medias Blancas, Boston, y Houston—espero, de todo corazón, que sepan cuánto me tocaron sus tributos y su gentileza para conmigo. A los fanáticos de los Yankees de Nueva York, bueno, ustedes estuvieron conmigo en el principio y estuvieron conmigo al final, y jamás olvidaré el amor y apoyo que me brindaron durante todos estos años. No quise ser cerrador de nadie más, sino el suyo. Así que les doy las gracias a todos, y que Dios les bendiga.

Es casi imposible describir cuán importantes son Mario y Naomi Gandía para la familia Rivera; tanto como miembros amorosos de la familia extendida y como fuentes de sabiduría e inspiración cristianas. Mario y Naomi andan en la luz del Señor, comparten su amor, y por ello hacen que el mundo sea un lugar mejor. Siempre quieren estar tras bastidores, pero en esta ocasión, tienen que estar al frente.

No hay palabras suficientes, ni en inglés, ni en mi lengua materna que es el español, para expresar el amor y admiración que siento por mi esposa Clara. Ella es la roca de nuestra vida familiar, una ayuda idónea en buenos momentos y en otros no tan buenos. A nuestros hijos, Mariano, Jr., Jafet, y Jaziel, ustedes son el mayor regalo que un padre puede tener, y estoy tan orgulloso de los jóvenes en los cuales se han convertido, como agradecido de su amor. He estado afuera durante muchas ocasiones en sus vidas, y lo mejor del retiro es que puedo dejar de decir adiós con tanta frecuencia.

Y al Señor, quien me ha bendecido con su gracia y misericordia, y cuyo amor y sabiduría son los faros de mi vida, no tan solo te quiero dar las gracias. Te quiero glorificar y honrar con todo lo que hago, y oro que *El cerrador* sea un buen comienzo.

MARIANO RIVERA pasó toda su carrera con los Yankees de Nueva York. Es el líder de juegos salvados y de efectividad de todos los tiempos de Grandes Ligas, trece veces elegido al Juego de Estrellas, y cinco veces campeón de la Serie Mundial. Él y su esposa Clara tienen tres hijos y viven en Nueva York.

WAYNE COFFEY es uno de los periodistas deportivos más respetados del país. Escribe para el *New York Daily News*, fue coautor del popular libro de R. A. Dickey, *Wherever I Wind Up*, y es el autor de *The Boys of Winter*, una obra que ha estado en la lista de los más vendidos del *New York Times*, entre otros libros. Vive en Hudson Valley con su esposa e hijos.

SUE CORBETT es autora de varios libros para niños, entre ellos *Free Baseball* y *The Last Newspaper Boy in America*. Además, regularmente contribuye como escritora para el *Publishers Weekly* y la revista *People*. Vive en Virginia con su familia.